———— 想象，比知识更重要

幻象文库

# TOM FELTON

## Beyond the Wand

# 魔杖之外

德拉科·马尔福
成长中的魔法与混乱

[英] 汤姆·费尔顿　　　　靳婷婷　余汀　黄韵歆
———— 著 ————　　　————  译  ————

**NEWSTAR PRESS**
新　星　出　版　社

谨以此书献给一路走来给予我支持的麻瓜们。

# 目 录

推荐序　　　　　／ 1

第 1 章　　头号不良分子（之一）　／ 5
　　　　　德拉科第一次以身试法

第 2 章　　我的麻瓜家庭　／ 11
　　　　　孩子窝里的小矮子

第 3 章　　早期试镜　／ 25
　　　　　我的妈呀

第 4 章　　神奇的电影拍摄过程　／ 35
　　　　　詹姆斯·布朗和姜黄色的胡须

第 5 章　　我哥已经厌烦了　／ 47
　　　　　首映礼上的大喷射

第 6 章　　安娜与国王　／ 51
　　　　　克拉丽斯和汉尼拔

第 7 章　　试镜《哈利·波特与魔法石》　／ 61
　　　　　当德拉科遇到赫敏

| 第 8 章 | 剧本围读会 / 73 |
|---|---|
| | 亲亲亲屁股 |

| 第 9 章 | 德拉科和达尔文 / 79 |
|---|---|
| | 马尔福冷笑的起源 |

| 第 10 章 | 头号不良分子（之二）/ 85 |
|---|---|
| | 格雷戈里·高尔和爆炸的热巧克力 |

| 第 11 章 | 片场的一天 / 95 |
|---|---|
| | 西弗勒斯·斯内普的香肠三明治 |

| 第 12 章 | 粉丝 / 103 |
|---|---|
| | 如何（避免）成为一个浑蛋 |

| 第 13 章 | 如何骑飞天扫帚 / 115 |
|---|---|
| | 小黄蜂与大尻包 |

| 第 14 章 | 戏里戏外两全其美 / 123 |
|---|---|
| | 骑扫帚的讨厌鬼 |

| 第 15 章 | 大闹变形课 / 131 |
|---|---|
| | 玛吉与千足虫 |

| 第 16 章 | "德赫" CP / 139 |
|---|---|
| | 鸡与鸭的故事 |

第 17 章　　**工作中的韦斯比** / 151
　　　　　　和格兰芬多呆瓜打高尔夫

第 18 章　　**德拉科与哈利** / 159
　　　　　　一枚硬币的两面

第 19 章　　**不打不相识** / 165
　　　　　　克拉布、海格和诡异的橡胶汤姆

第 20 章　　**来自邓布利多的美言** / 175
　　　　　　如沐春风的"新鲜空气"

第 21 章　　**艾伦·里克曼的耳垂** / 183
　　　　　　别他妈踩我的斗篷！

第 22 章　　**头号不良分子（之三）** / 193
　　　　　　世界上最棒，也是最糟的监护人

第 23 章　　**马尔福的家教** / 203
　　　　　　"老伏"的拥抱

第 24 章　　**万物必将消逝** / 213
　　　　　　霍格沃茨礼堂里的女孩

第 25 章　　**魔杖之外** / 223
　　　　　　幻城之殇

| 第 26 章 | **巴尼酒馆之歌** / 237 |
| --- | --- |
| | 我是个富足的人吗？ |

| 第 27 章 | **美好时光** / 257 |
| --- | --- |
| | 不同版本的我 |

| 后　　记 | / 267 |
| --- | --- |

| 新　　章 | **迷失之章** / 271 |
| --- | --- |
| | 你知道我觉得自己是谁吗 |

| 致　　谢 | / 285 |
| --- | --- |

# 推荐序

艾玛·沃特森

你的生命中是否有过这么一个让你感觉自己备受关注的人？这个人见证了你所有不为人知的故事，而且知道——是真的知道——发生在你身上的事情和你所经历的一切，你甚至无须多言。

于我而言，这个人就是汤姆·费尔顿。

正如你们将会在书中读到的，起初我们的关系并不融洽。初次见面时，我还是个多愁善感、可能还有点儿烦人的九岁女孩，成天像小狗一样跟在他身边打转，渴望得到他的关注。但是，正如他在这本书中用优美动人的文笔慷慨讲述的一切：我们的友谊并未就此结束。谢天谢地，它开花结果，经久不衰。

如果要用一个单一的观念来提炼"哈利·波特"的故事（当然，我从这个故事里体会到了诸多感悟），那么答案一定是关于友谊的价值，以及失去友谊一切都将毫无意义。友谊是人类生存的关键，我非常感激在我人生的关键转折点上，汤姆一直都在，他理解我并给予我安慰。我们的友谊帮助我度过了人生中最具挑战性以及最需要自我反思的时刻。

我的事就说到这里吧。这本书的主角是汤姆。他有一颗行星般大小的心脏，除了在他的妈妈莎伦身上，我或许从未见到过这样的胸怀。"费尔顿因子"是真实存在的。你会在书中读到很多关于汤姆的哥哥克里斯的故事，他是"哈利·波特"片场的常客，也是我见过的最有趣的人之一。他们全家都十分特别，作为四兄弟中最小的那个，汤姆继承了费尔顿一家善良的天性与脚踏实地的品格。

这就意味着如果你遇到了汤姆，那你见到的就是原原本本的他。并非所有演员都是如此。大多数演员会在公众面前扮演出一个固定人设。这就像是按下开关一样：他们无比专业，做得非常到位，以至于跟他们打照面的人永远看不出"真实"与"扮演"的区别。而你看到的并非真实的他们，他们只是例行公事罢了。但汤姆绝不会那样做，汤姆始终都是汤姆。他不会按下这个"开关"，因为根本就没有这个开关。你看到的便是真实的，所见即所得。他对自己的粉丝以及"哈利·波特"粉丝群体非常慷慨，他那种"让我感觉自己备受关注"的特殊能力甚至会扩展到每个人身上。他在电影里或许的确扮演了一个盛气凌人的恶霸，有时他甚至觉得自己就是个横行霸道的"恶霸"，但是听我说：他绝非如此。他富于创造力、敏感且全心全意。他想要爱每一件事和每一个人，他真的是这样一个人。

苏格拉底曾说，未经审视的人生不值得过。当我在这本书中读到汤姆是如何诚实地反思自己的生活和人生经历时，我意识到他有着令人震惊的强烈的自我意识。他既懂得自嘲，也敢于回顾生命中那些于他而言困难与痛苦的时刻，他一直处在一段自省的旅程中。而我认同苏格拉底的观点，寻求自我成长的人才是真正的人。不过汤姆比大多数人要更进一步：他将这段旅程毫无保留地向我们展示出来——他的读者朋友。在这样一个充斥着社交媒体、快餐新闻，舆论极端两极化的环境中，以这样的方式坦率地暴露自己，是一种多么慷慨的举动，又多么令人捏一把汗。人人都想过真实坦率、经过审视的人生，而汤姆显然正在以这种方式生活。

和汤姆一样，我总是努力地向人们解释我们之间的联系和羁绊。二十多年来，我们一直以一种特殊的方式爱着对方。我已经记不清人们对我说了多少次："你们肯定在醉酒后亲热过，哪怕只有一次""你们一定接过吻""你们之间一定有点什么！"但是我们所拥有的远远比这些要深刻得多。这是我能想到的最纯粹的爱之一。我们一直互相扶持，是彼此的灵魂伴侣，而我知道我们将永远如此。每每想到这一点都会令我动容。有时候，生活在这样一个人们迅速做出判断、互相怀疑并互相猜忌的世界里，会令人倍感艰辛。但是汤姆永远不会恶意揣测。我知道哪怕我做错了什么，他都能理解我是出于好意。我知道他永远相信我，哪怕并不了解事情的全貌，他也绝不会怀疑我的出发点，并且相信我会竭尽所能做到最好。这便是真正的友谊，被这样的人关注和爱着是我生命中一份珍贵的礼物。

我们一直热爱文字，喜欢探讨如何更好地用文字表达自己。汤姆，你是一位诗人。你的思维方式以及你表达事物的方式都是如此地美好、迷人、有趣且温暖。我真的很高兴你写了这样一本书并与我们分享。这是一份惊喜，也是一份礼物。这个世界何其幸运能拥有你，而我则因有你这位朋友感到加倍幸运。

以我灵魂的一小片为你作序，并献上我由衷的祝福。

艾玛·沃特森
2022年于伦敦

# 第 I 章
## Chapter 1

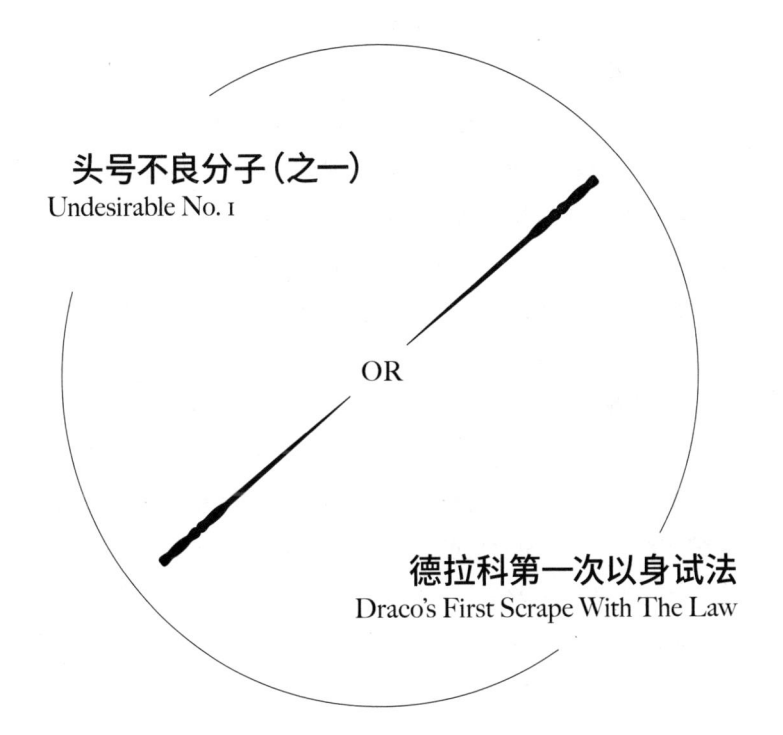

### 头号不良分子（之一）
Undesirable No. 1

OR

### 德拉科第一次以身试法
Draco's First Scrape With The Law

首先要跟大家摊牌：这绝不是什么我人生的高光时刻。实际上，妈妈甚至都不知道这件事。所以，对不住了，妈妈。

这是在熙熙攘攘的英国小镇上一个忙碌的周六下午。顾客们正忙于自己的事情，成群的青少年出没在购物中心、做着这个年纪该做的事。没有人刻意关注一个身材瘦削、皮肤苍白的十四岁少年，留着一头漂染过的头发，正在这附近闲逛，他的身边围绕着一群小伙伴。毫无疑问，这个男孩便是我，与此同时我必须抱歉地承认，此刻我们可没安什么好心。

你也许会认为——事实上也确实如此——留着我这样一头别具一格的发型的人，最好还是别惹麻烦。你也许还会认为，我大概不太会去找"麻烦"。但事实证明，正值青春期的普通青少年绝不会一直都做正确的事情——当然他们的行为也不可能总是合情合理的——而我此刻正努力做一个普通青少年。

然而事实并不总像说的这般简单，尤其当你的另一面是一名巫师的时候。

这是在我巫师生涯的早期，正值"哈利·波特"系列电影第一部和第二部拍摄之间，我们盯上了萨里郡吉尔福德镇一家叫"主人之声"[1]的音像店，这家店在当时可是相当时髦的聚集地。

孩子们会把CD碟片从盒子里翻出来并藏在外套里悄悄带走，这在当时是稀松平常的事，而抓住恶作剧不停的淘气包对于那些在过道里来回踱步巡查的保安来说则是一个长期挑战。不过，在这个特别的周六，比起单纯的CD碟片，我的伙伴们物色到了更大的战利品：一张成人DVD。显而易见，我们这群人中没有一个人达到了购买年龄。直到现在回想起来，我依然感到害怕，实话说，当时我内心真的非常恐慌，但我并不想表现出来，因为我正试图跟这群"酷小孩"打成一片。即使是孩子中的老大也不愿意犯下这样严重的罪行，因为他极有可能陷入尴尬的窘境。

这便是我自告奋勇去做这件事的原因。

各位读者，我可不是"神偷道奇"[2]。我手心冒汗，脉搏狂跳，佯装镇定，漫不经心地走进那家店。此刻最明智的做法无疑是快速锁定目标，迅速偷到手后马上离开。哪怕我身上只有一丁点儿斯莱特林的狡猾诡诈，我就真的能这么做了。然而事实并非如此，我并没有像想象中那般神不知鬼不觉地快速得手，而是在锁定它所在的位置后偷偷地向它靠近。我肯定在过道上来来回回走了不下五十次，如芒在背。我甚至随手拦下路过的陌生人，问他们是否愿意为我买下这张DVD，这样我就可以在那些"酷小孩"面前佯装成功得手。毋庸置疑，陌生人拒绝了我的请求，于是我只好继续一边在过道上徘徊，一边假装漫不经心地监视着这张DVD。

来来回回……

---

1 HMV record store，著名连锁音像店。——本书均为译者注
2 Artful Dodger，英国小说《雾都孤儿》中一位狡猾的神偷。

来来回回……

我敢打赌，肯定过了有一个小时之久。老实说，到目前为止保安们应该没注意到我，我也不知道他们有没有认出眼前这个全世界最笨拙无能的商店扒手是出现在"哈利·波特"系列电影中的男孩，但我清楚地知道，我那别具一格的发型，就算不是彻头彻尾的诡异怪诞，也十分独特醒目，它就像海上的灯塔一般，让我完全无法融入周围的环境。

我真希望自己一开始并没有自告奋勇，因为我知道这么做十分愚蠢。但我也不能允许自己夹着尾巴，空手离开，一无所获。所以最终，我深吸一口气，无声潜行，向目标靠近并准备下手。我一边装作仰望天花板，一边用我完全汗湿的、不听使唤的手指笨手笨脚地撕下防盗标签，将那张闪亮的碟片从塑料盒中偷出来，悄悄滑进口袋，然后快步走向出口。

我得手了！我似乎已经看到我的伙伴们，还得意地冲他们会心一笑，我仿佛能感受到他们的兴奋之情。

紧接着……大祸临头！

就在我即将跨出店门的瞬间，三个魁梧的保安包围了我。我的心一下子凉透了，他们礼貌又坚决地将我押回店里，我低着头穿过商店，迈出的每一步都充满了羞愧，周遭所有的目光都聚焦在我身上，我死命期盼他们都没有认出我来。虽然当时我的角色还不那么具有标志性，但我依然有一定的可能会被认出来。保安们带我来到商店后方的小隔间里，他们围在我身边，一脸严肃地要求我掏空口袋。我害怕极了，万分羞愧地将碟片交了出去，并请求他们——恳求他们——不要让这个糟糕的恶作剧变得比原本不堪十倍。"求求你们了，"我真切地恳求道，"求求你们千万不要告诉我妈妈！"如果她知道了，那对我而言真的是奇耻大辱。

他们没有告诉我妈妈。但他们将我推到墙边，拿出拍立得相机，对准我的脸拍摄了快照。他们将这张照片贴在了店里的墙上，这面墙上贴满了曾经企图抢劫、偷盗唱片店的惯犯们。他们还告诉我，我被终身禁止入店，我将永远无法踏进这家店一步了。

我也绝不会再来这家店了，朋友们。我脸颊滚烫，以最快的速度头也不回地逃离了此处。我的伙伴们在保安出现的那一瞬间就四散溜走了，所以我独自一人坐火车回了家，躲起来低调处理此事。

至于那张金发汤姆的照片在"主人之声"挂了多久？谁又知道呢。说不定现在还挂在那里。但在那之后的几周里，我都极度担心华纳兄弟电影公司或者八卦小报会发现我这鲁莽又愚蠢的行为。我从没将此事告诉过任何人，但如果有人认出我那张大头照该如何是好呢？他们会开除我吗？下一部电影里的哈利、罗恩和赫敏会不会就要被另一个人饰演的德拉科威胁恐吓了？我会因为这次擦边犯法的耻辱事件成为公众的笑柄吗？

正如之前所说，我真的很努力地想做一名普通的少年。在大多数时候，即便是算上未来的林林总总，我认为我的表现也还算不错。但当你的成长过程一直暴露在公众的视线中，普通与莽撞间便有一条微妙的界线。毫无疑问，我在那个周六的下午越界了。虽然年轻气盛的汤姆·费尔顿不是德拉科·马尔福，但他也不是圣人。又或许，这便是我最初能得到这个角色的原因呢？还是交给你们来评断吧。

哦，对了，我们最终也没有看成那张DVD。

# 第 2 章
## Chapter 2

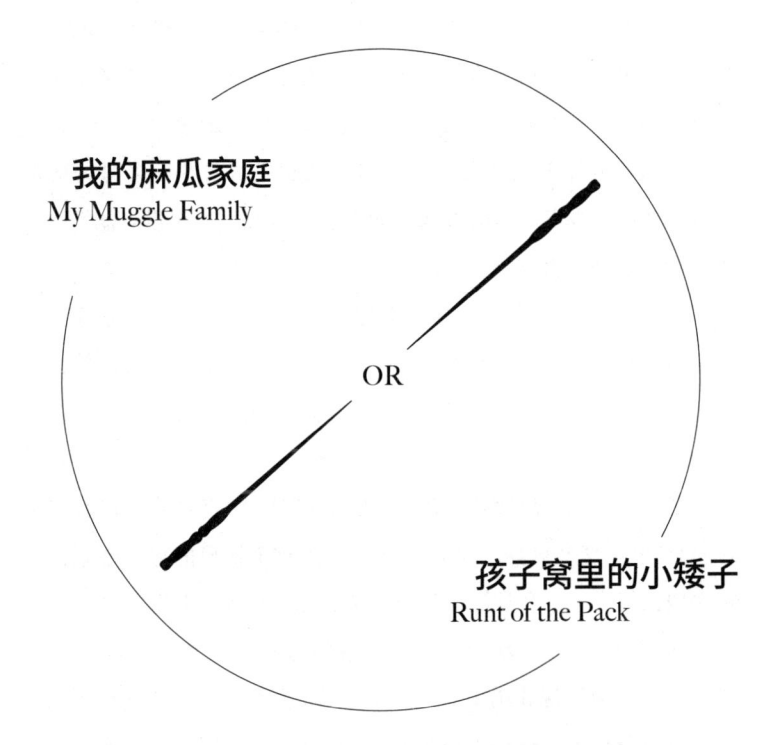

**我的麻瓜家庭**
My Muggle Family

OR

**孩子窝里的小矮子**
Runt of the Pack

德拉科·马尔福——我饰演的最为著名的一个角色——是出生在一个冷漠无情的家庭中的独生子，而我则截然相反。家人是我幼年生活的中心，我们紧密联系、爱意满满，虽然生活鸡飞狗跳，但我们始终相互支持。我是费尔顿四兄弟中最小的一个，在我向大家介绍我的爸爸妈妈之前，我想先讲讲我三个哥哥的故事。他们分别以不同的方式深刻地影响着我，如果没有他们，我将会和现在截然不同。

我的三个哥哥会很乐意告诉你，我是孩子窝里的小矮子。至少，小时候他们是这样好心告诉我的。（我猜他们是在开玩笑，你知道的，兄弟之间的调侃。）我是四兄弟中最小的一个。在四年的时间里，乔纳森、克里斯托弗和阿什利相继出生，家里有了三个男孩。之后妈妈曾有六年的喘息时间，直到我于1987年9月22日来到这个世界。所以从我降生到这个世界的那一刻起，家中便已经有了三个让我屁股挨不着沙发、手指摸不到电视遥控器的哥哥。三个以爱之名"欺负"我的哥哥，三个总拿我开玩笑的哥哥，他们说我出生得这么晚并不是因为我是后添的孩子，而是因为我其实是送奶工的儿子（无论是过去还是现在，他们三个的体格都比我大很多,身高都超过了六英尺[1],健壮得好似砖块砌成的一样)。简而言之,这三个年长的家伙将我牢牢地钉在我的位置上——我想这对一个即将开始巫师生涯的孩子来说绝非坏事。

三个哥哥不仅会叫我"小矮子",还会慷慨地称我为"小不点儿"。但这也不完全是坏事,在我不同寻常的童年时光里,他们都对我产生了巨大的积极影响,虽然方式、方法不尽相同。

乔纳森——我们都叫他金克——是大哥,小时候是他第一次让我切实地感受到对艺术满怀热情是一件很酷的事。金克会在卧室墙上挂"绿洲乐队"[2]的海报,以及一把黑色的斯特拉托卡斯特吉他[3]——或者至少是一把山寨版的斯特拉托卡斯特吉他。他热爱音乐、唱歌和表演,热衷于追求一些很多孩子并不被鼓励去做的事情。如果不是金克,我可能也会遇到一样的阻碍。在我很小的时候,他去上表演课,我会和家人一起看他登台表演。所有演员都是小孩子,最大的也就十来岁,坦率地说这些节目都不能算专业表演。如今金克成了一名脊柱治疗师,正如他经常提醒我的那样,这份职业对他的天赋来说是一种浪费,不过他依然极富创造力。我仍能记起他表演过的那些音乐剧,《南太平洋》[4]《西区故事》[5]《红男绿女》[6]和让我印象最为深刻的《异

---

1 约182厘米。
2 Oasis,一支著名的摇滚乐队。
3 Stratocaster,著名乐器商Fender公司出品的传奇电吉他,诞生于1954年,是吉他爱好者的终极追求之一。
4 *South Pacific*,第一部关于"二战"的百老汇音乐剧,历史上仅有的9部获普利策戏剧奖的音乐剧之一。
5 *West Side Story*,最早于1957年上演,又名《梦断城西》,百老汇著名的歌舞剧。
6 *Guys and Dolls*,经典百老汇音乐剧,最早于1955年上演,由马龙·白兰度主演。

形奇花》[1]。正是坐在观众席上目不转睛地欣赏这些表演的时候，我学到了成长过程中非常重要并且影响深远的一课：演戏这件事并不怪异，反而十分有趣。看到大哥在台上表演，我领悟到，不管别人怎么想，有表演的欲望是完全没有问题的。

干得漂亮，金克！下面我们来说说二哥。

克里斯？他跟大哥完全相反。"表演很没有意义""演戏多没出息啊，兄弟！跳舞？滚蛋！"

克里斯在费尔顿四兄弟中排行老二，可惜他现在不会再穿上粉色紧身连体裤假装自己是仙女教母，也不再假装自己会飞了。不得不说真是太遗憾了，因为他穿着芭蕾舞裙的样子实在是妙不可言。金克对别人的情绪变化十分敏感，而克里斯总是直来直去。或许你想不到，不过克里斯是我在拍摄"哈利·波特"系列那几年里最亲密的兄弟，他十分照顾我，让我能脚踏实地、保持谦逊，对十几岁的汤姆来说，他的影响是最大的。克里斯陪我拍摄了两部半"哈利·波特"系列电影。所谓的陪伴，其实是他睡在片场的房车里，充分利用免费的片场餐饮服务，这个我们以后再细说。现在我只能说克里斯并没有一直认认真真地履行他的监护人职责，通常我们会在晚上八点离开拍摄现场，开一个多小时的车从片场来到当地的渔场，然后搭起帐篷，支起鱼竿，享受夜钓的快乐。到了早上六点，我们准时收起鱼线，收拾好各种装备，掉头（身上略带泥泞）回到片场，向华纳兄弟各位好心的工作人员假装我整晚都在房车睡得很香。所以如果你觉得德拉科偶尔看起来脸色苍白，那绝不仅仅是梳化组的功劳。

---

[1] *Little Shop of Horrors*，又名《恐怖小店》《绿魔先生》，由音乐剧改编的两版电影分别于1960年和1988年上映。

曾经有一段时间，在我眼中——我想应该是在大多数人眼中——克里斯无疑会成为费尔顿兄弟中最著名的那一个。他的成名之举是什么？他曾是英国最有前途的鲤鱼垂钓者之一。鲤鱼垂钓者有一个亲密无间的社群，克里斯备受关注。他曾因为在颇有名望的湖区钓起非常著名的鱼而数次成为《鲤鱼谈》[1]和《大鲤鱼》[2]等杂志的封面人物，这使得我在热爱钓鱼的同龄人中非常受欢迎。人们都十分仰慕克里斯，得益于我们的兄弟关系，我也被认定为酷小孩。我很尊敬他，我们曾经几乎一有休息时间就会相约去钓鱼。所以当"哈利·波特"改变了我们所有人的生活时，克里斯一定过得很艰难：前一分钟他还是全英国赫赫有名的垂钓者之一，下一分钟所有人便都开始称呼他为德拉科·马尔福的哥哥，而且还冲他大喊："骑上你的扫帚，伙计！"尽管如此，克里斯依然泰然处之，即使我经历了这么多，他依然是我成长过程中真正的英雄。他带我听了很多音乐——鲍勃·马利[3]、神童乐队[4]、马文·盖伊[5]以及2Pac（图派克·夏库尔）[6]——这些都成了我的一生所爱。他也向我推荐了一些不那么单纯的消遣娱乐，这些我们之后再说。不过钓鱼依然是最令我们痴迷的休闲活动。

多亏了克里斯，我成了萨里郡伯里山渔场的常客，在"哈利·波特"系列电影拍摄的早期，我甚至在那里找了一份周末的兼职，赚些额外的零花钱，还获得了免费钓鱼的许可。我的主

---

1 *Carp Talk*，英国杂志，世界上唯一专门报道鲤鱼捕捞的周刊。
2 *Big Carp*，英国杂志，专注于鲤鱼垂钓相关内容。
3 Bob Marley，牙买加唱作歌手，雷鬼乐的鼻祖。
4 The Prodigy，英国电子音乐乐队。
5 Marvin Gaye，原名Marvin Pentz Gay, Jr.，美国摩城唱片著名歌手、曲作者，有"摩城王子"之称，是黑人流行音乐史上一个最受人敬重及喜爱的超级巨星。
6 Tupac Amaru Shakur，美国说唱歌手、词曲作者、社会活动家、诗人。

要工作是帮忙泊车,所以每逢周末,我早上六点就来到渔场,将一头漂染过的马尔福金发藏在钓鱼帽下,然后开始引导摩拳擦掌的钓鱼爱好者将车停进小小的停车场。在那之后,我会先给自己买一个培根三明治,然后挎上一只装满硬币的棕色皮包沿湖转一圈,向垂钓者们出售门票。

坦白讲我并不是最认真负责的员工。有一次我结束拍摄后回到克里斯的公寓,等着观看一场凌晨四点在英国播出的大型拳击比赛。我非常兴奋,成功熬到了拳击比赛开始的那一刻,结果下一秒十二岁的小汤姆倒头就睡。两小时后哥哥叫醒了我,让我去上班。我准时赶到了,但是当老板发现我在树下打盹儿时,我再次被叫醒。渔场的钓客们已经自行把车停进了停车场,简直一片混乱。真的很抱歉,老板。

也许你会觉得,来钓鱼的人发现原来是德拉科·马尔福在指挥他们如何停好越野车并向他们收取停车费时,会感到奇怪,不过我成功地隐藏了自己的身份。实际上,我被认出来的次数屈指可数。这个渔场的顾客大多是脾气古怪的老头,或者当时在我看来是这样。他们中根本没人认识我,让我告诉你吧,能在周六清晨就精神百倍地起来钓鲤鱼的姑娘真的少之又少。偶尔会有记者来写一些关于我在麻瓜世界的临时工作的文章,渔场的老板便会时不时地借此宣传一下自己的公司,但也仅此而已。总的来说,我非常享受这份工作。我确实乐在其中,不过并不是因为每工作一天就能拿到二十英镑现金,而是因为可以免费钓鱼。这一点是吸引我和克里斯最主要的原因。我们固然痴迷于钓鱼,但我们对与钓鱼有关的一切更为沉迷,月亮星辰、拥抱大自然、鱼竿、鱼线卷轴、钓鱼露营帐篷,当然还有欧式鲤鱼饵[1]。

---

1 Boilies,一种流行的钓鲤鱼的鱼饵。

一种和大号弹珠差不多大的鲤鱼鱼饵,你可以自己在家用各种恶心、难闻的原材料来制作它,比如鱿鱼的肝脏、一对恶魔蟹,等等——都是些只有在魔药课上才不会显得格格不入的东西。那时我们常在家里做这种鱼饵,妈妈会因为我们把厨房搞得又乱又臭而非常愤怒,我们只能向她发誓,保证我们会清理干净之后再去我们钟爱的渔场。

三哥阿什在年龄上与我最相近,从某种程度上说,我童年的大部分时间都是跟他一起度过的。不同于另外两个哥哥,我们的年龄足够接近,所以可以同时在同一所学校读书。(这么说吧,有一个哥哥在身边非常让人安心,尤其是像和阿什一样身强体壮。)阿什和我都有一种特别的幽默感,我们一直一起看《辛普森一家》或者《瘪四与大头蛋》[1]。直到现在,相比于用自己的声音,我还是更习惯用瘪四的声音和他说话。有时,我们在公共场合不得不克制爱玩的天性。我们会一起运动——在看完《空中大灌篮》[2]后,我们会缠着爸爸让他在花园里给我们做一个篮球架,而看完《冰上特工队》[3]后有一段时间我们又特别想成为冰球运动员。

阿什善良而慷慨,拥有我最爱的幽默感,在我心里他是世界上最好的人之一。但他在十几岁的时候遭遇了剧烈的情绪波动,以至于青春期时无法出门上学,甚至不想离开家。他总是对自己感到不满意,郁郁寡欢,在很长一段时间里都需要住院治疗,记得那时我经常在放学之后去吉尔福德镇的一家医院探望他。我很想说探望阿什的时候我始终小心翼翼而且富有耐心,

---

1 *Beavis and Butt-Head*,简称为B&B,美国著名动画片。
2 *Space Jam*,华纳兄弟娱乐公司出品的一部科幻电影。该片由乔·派特卡执导,迈克尔·乔丹、韦恩·奈特、特里萨·兰德尔等主演。
3 *The Mighty Ducks*,又名《野鸭变凤凰》,美国喜剧电影。

但那时我年纪尚小,恐怕没能完全明白究竟发生了什么,所以我只记得当时我一直问妈妈我们什么时候才能离开。

当阿什好起来并且能够回家的时候,谢天谢地,我们终于又能在一起开怀大笑了。但是他遇到的青春期问题预示着其他费尔顿兄弟的心理健康问题——包括我,之后我们再细说,但现在请记住我们几个普遍都有这样的倾向,而且有些问题很难解决,它们始终存在,围绕着我们。

所以现在你已经知道了我有三个哥哥,他们以各自的方式与我亲密无间地相处。我非常敏锐地意识到,参与"哈利·波特"系列电影的拍摄已经不可逆转地影响了他们的生活:从某种程度上说,他们永远都会被称为德拉科·马尔福的哥哥。但是我也同样意识到他们每个人都用自己的方式对年轻的汤姆产生了不同的影响。金克:创造力和对表演的热爱。克里斯:对户外活动的热情和脚踏实地的天性。阿什:幽默感,以及对"没有阴影就没有光明"最初的认知。这些都是重要的人生经验。我也许真的是小不点儿——费尔顿兄弟中最矮小的那一个,但如果没有他们,我也无法成为现在的我。


和很多孩子一样,我的热情总是从一件事跳到另一件事。我人生中最大的幸事便是拥有一个一直鼓励我的妈妈,她绝不会对我过度施压,逼我专注于某一件事。

我们在萨里郡一家农场对面一栋叫作"红叶"的房子里度过了舒适的成长时光。那里充满欢乐,热闹有趣。我的家庭从不富裕。每周的快乐时光便是去逛多金[1]的旧货市场,在那里二十

---

[1] Dorking,英国萨里郡的一个小镇,位于伦敦以南约 34 千米处。

便士就能买到很多东西，如果你口袋里有五十便士，那简直能高兴得笑出声了。我非常确信爸爸——一位勤奋的土木工程师——会原谅我说他花钱过于谨慎这件事。我甚至见过他在慈善义卖商店里讨价还价！当然，这也是我每天都能吃饱饭的原因，但我觉得这也是导致爸爸妈妈在婚姻关系后期关系紧张的原因，妈妈会说："我真的认为我们需要给汤姆买一把小提琴，他想学琴。"对此，爸爸也会有理有据地反驳："我们刚给他买了曲棍球棒！他现在不学曲棍球了吗？"

答案当然是肯定的，我确实不学曲棍球了。我很快就对曲棍球不感兴趣了，并且开始对其他吸引我的东西兴趣满满，就像是喜鹊被一个闪闪亮亮的新物件吸引，转移了注意力。这让爸爸感到心烦意乱，但是妈妈对我每一次新的心血来潮都兴奋不已，不管这份热情多么短暂，她都决心不让我的一腔热忱遭受打击。当一件新事物对我的吸引力不可避免地减弱时，她也从不会因此责怪或批评我。在我收到小提琴三个月后，我便开始躲在男厕所里逃避小提琴课，取而代之的是对悠悠球的痴迷，对此她并没有生气或不满。我不会责怪爸爸想把小提琴砸到我的后脑勺上，不过妈妈依然乐于鼓励我成为激情洋溢的男孩，不会逼迫我在新事物涌现时依然坚持做之前的事。

当然，这并不是说爸爸没有个人兴趣。他非常擅长制作东西，我们想要什么他都能做出来。他为我们制作了一个精致的篮球架，一个曲棍球网，甚至在跟我们商量了一番并确定我们真正想要的东西之后在花园里安装了一个滑板坡道。他经常会大半夜在工具间里锯东西，用一些从当地废品堆里"借来"的材料为我们做出令人惊叹的小玩意儿。

不过，也有一些东西是他做不出来的，以及即使他能做出来,我们也不想要。我们想要光鲜亮丽、印着商标的东西,就像朋友所拥有的那样。要想得到这些我们渴望的东西就需要妈妈拨款,所以,除了要照顾四个男孩(算上爸爸实际是五个),她还要抽出时间来多做几份工作,以满足日常生活之外的开销。她有一份本地房产经纪公司的工作,还会在晚上跟她的朋友莎莉——我们叫她莎莉阿姨——一起整理货架、打扫办公室。莎莉阿姨一直都是我生活中的一部分,甚至作为现场监护人在片场陪伴过我一段时间。而这一切不过只是因为我想要一个新的悠悠球,又或者是因为阿什想要一个印着空中飞人乔丹标识的篮球,而不是售价只有五分之一的伍尔沃斯[1]。无论是什么吸引了我们,妈妈都尽她所能地为我们圆梦。

一言以蔽之:我之所以能成为现在的自己,我的妈妈功不可没,虽然她从未把我往演员的方向推。我本可以立志成为一名专业的小提琴家,或者曲棍球守门员,又或者一名出色的悠悠球大师。对她来说,我最终选择哪一个作为事业都无所谓,但有一件事是确定的:不管我最终选择了什么,妈妈都会帮助我实现它。

从过去到现在,爸爸始终是一家人中最搞笑的一位。他喜欢不把自己当回事儿,总是有办法开一些无伤大雅的玩笑,或者适时插入一些自嘲的幽默。想象一下德尔小子[2]、黑爵士[3]和贝

---

1 Woolworths,澳大利亚连锁超市品牌,大型日用品和食品零售商。
2 Del Boy,一部著名情景喜剧《只有傻瓜和马》中的男主角,本名为德里克·爱德华·特罗特。该剧集由英国广播公司在二十世纪八十年代播出,男主角总是想出些异想天开、匪夷所思的招数致富,可总是空亏一篑,奋斗不息地出了很多洋相。
3 Blackadder,英国同名电视剧中的人物。该剧由"憨豆先生"罗温·艾金森主演,片中有大量对英语语言的巧妙使用,十分有名。

塞尔·弗尔蒂[1]的合体吧。这是我从他身上继承的一个特质，至今我仍在坚持。工作中，我发现自己常常处在一个会遇到陌生人并且需要快速打破僵局、和大家热络起来的情境中，我经常会尝试一些能令人卸下防备的小幽默，一点点插科打诨，这些都是我从爸爸身上学到的技能。

作为土木工程师，爸爸的工作是在世界各地实地投身于各种大型建筑项目，这也意味着他有时会离开家一段时间。不过，随着我慢慢长大，他在外工作的时间变得越来越长。这种缺席在他跟妈妈闹掰的那段时间变得更加明显。他们结婚二十五年了，我真切地记得他们曾经非常恩爱，特别是在每年露营度假的时候，他们会称呼彼此为"宝贝"和"亲爱的"。后来，我坐在楼梯上听到的则是完全不同的声音——不是打架，而是明显缺乏亲密感的沟通。我记得大约是在拍摄《哈利·波特与魔法石》那段时间，有一天妈妈开车送我去学校，然后郑重其事地告诉我："我跟你爸准备离婚了。"整个过程没有大张旗鼓。这是一个典型的英式的、务实的时刻。我不记得自己当时有没有心痛，也不记得当妈妈告诉爸爸她已经找到了新伴侣时我是否感到生气，毕竟那时我才十二岁，我可能更关心那天我应该在操场找哪个女孩搭讪呢。

在那之后，爸爸会在周中出去住然后周末回家，当他回来时，妈妈便会去她的妹妹——我的姨妈——琳迪家住，我想这并不是普通夫妻的相处模式，但这种情况持续了好几年。对于当时十几岁的我们来说这简直太棒了，因为这意味着只要到了周末，我们便可以为所欲为，免受大人的责罚。换作妈妈，哪怕

---

[1] Basil Fawlty，英剧《弗尔蒂旅馆》的男主角，笨手笨脚、脾气糟糕、极度老派、市侩而且怕老婆到死。

她离我们有半英里远，但凡你敲一下烟盒，你都能听到她的咆哮——"你们几个在搞什么？"但跟爸爸在一起时就自由多了。我记得有一次他在周六凌晨三点蹑手蹑脚地走下楼梯时发现我跟几个朋友在厨房做煎饼，爸爸非常不解地问："你们究竟在捣鼓些什么？""呃，做煎饼。"他耸耸肩说道："好吧。"然后便笑了笑，拖着沉重的脚步回到床上继续睡了。别的父母离婚会让孩子感到难过，而我父母离婚并没有伤到我的心。我并不希望看到他们仅仅因为觉得不离婚对我而言是好事而继续生活在一起，然后继续互相折磨。如果分开能让彼此更加快乐，那对我来说更有意义。当妈妈带我离开"红叶"——那个我唯一有记忆的家——搬到附近一处小得多的政府安置房里时，看到她心情好起来，我也快乐多了。当她为了缓和搬家对我们带来的打击而同意让我们收看天空电视台[1]的节目时，我便完全释然了。这些琐事对于一个孩子而言的重要程度真是让人不可思议。

平心而论，爸爸在我加入电影行业之初是持怀疑态度的。他倒不怎么担心名气的问题，但我觉得他格外担心我没有足够的时间跟普通人——或者说麻瓜——接触，我实在想不到更好的词来表达了。我能理解他这种担忧。他付出了令人难以想象的努力才达成现有的成就。他在二十六岁时便有了四个孩子。他清楚地知道一英镑的价值，我想他一定很担心他的孩子们也需要像他一样省吃俭用。他希望我们能学习并继承他这种优秀的职业道德。但我从很小就开始靠表演赚钱，不需要像他那样努力埋头工作，这对他而言一定是怪事一桩。也许这让他感觉自己被剥夺了父亲这个角色的威望，在这样的情况下，置身事外

---

[1] Sky TV，英国天空电视台，设有新闻、娱乐、电影、体育等十多个基本频道和几个收费频道。

也是很自然的事情。

有时爸爸的抽离会让我觉得难以接受。在《哈利·波特与火焰杯》的首映礼上，爸爸妈妈分别坐在我的两侧，当片尾字幕开始滚动时，他对我打趣道："哎，你的戏份也不太多嘛，对吧？"他这种泼冷水般的回应在当时显得非常刺耳，不过事后看来，我发现自己有了不同的解读。通过与他的朋友及同事们的交谈，我知道了当我不在场时爸爸是如何谈论我的。我也知道他是多么的为我感到自豪，我同样意识到这是一种典型的英国男人的特质，不愿意表达真实的情感、说出真实的想法。我从不觉得爸爸对于我表演事业的质疑意味着他不为我感到骄傲或是不关心我。我想他只是不知道该如何表达，他只是试图搞明白一个于他而言极为特殊的状况，这并不是一件容易的事情。

小时候，我的表演事业带给我区别于同龄人的独立性，不过爸爸在这方面也发挥了重要作用。在我九岁的时候，有一次他带我去阿姆斯特丹出差。记得当时他在一个大广场边的咖啡厅外坐了下来，对我说："去吧，你自己找地方玩吧。"我身无分文，甚至不知道自己到底身在何方，但他很坚持地鼓励我去自行探索并且解决这些难题。在当时看来，他的做法非常冷漠无情，而现在我明白了这是成长过程中至关重要的一部分。他知道我可能会迷路，不过就算真的迷了路，我最终也会想办法找回来。我也有可能误入两性博物馆，然后立刻就被撵出来，并不会受到任何伤害。我还有可能会摔个狗吃屎，如果是那样，我便要学会重新爬起来。这些都是非常重要的课程，之后的人生中我也会遇到摔倒了不得不自己重新爬起来的时候。我非常感谢爸爸早期的这些教导，以及他为我所做的一切。

在接下来的几年里，我会发现自己成了另一个家庭的一分子，一个巫师大家庭。然而我的麻瓜家庭就和大多数家庭一样，充满爱，也满是生活琐事，偶尔有些摩擦，但家人总会陪伴在我身边。在篮球和恶作剧之外，在我的生活发生了非比寻常的转变后，他们用尽全力为我提供了我原本很容易失去的东西：让我的生活在一定程度上维持常态。

# 第 3 章
## Chapter 3

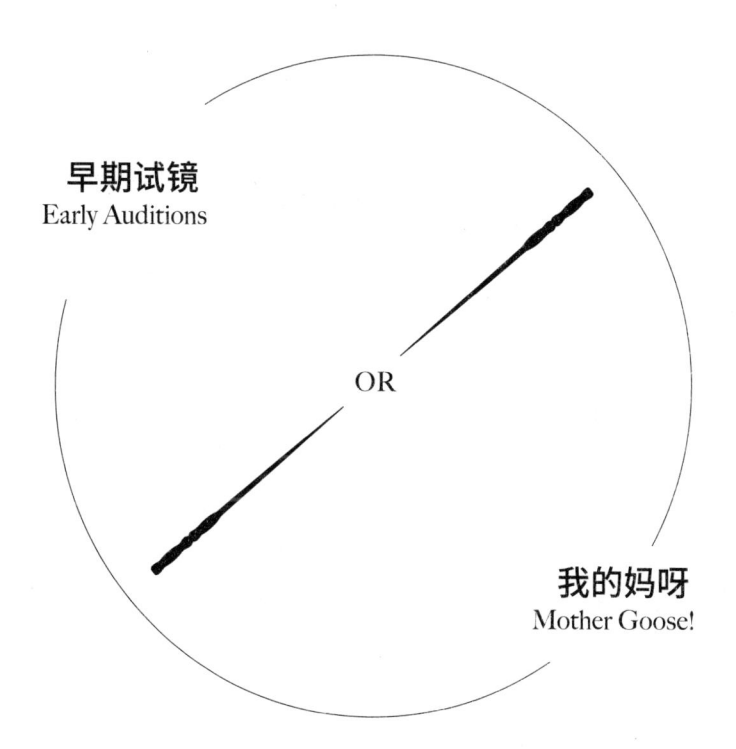

**早期试镜**
Early Auditions

OR

**我的妈呀**
Mother Goose!

能有幸成为德拉科·马尔福，完全得益于妈妈脚上扎进的一块碎玻璃。

让我来解释一下。

我并不是什么天才儿童。诚然，我从大哥金克身上学到，每个人都可以去追求有创造性的兴趣。诚然，无论何时妈妈都支持我去做感兴趣的事情。但必须承认，我只是天生热情洋溢，而非天赋异禀。

这并不是虚伪的谦虚。我确实有一些成为歌手的潜力。费尔顿四兄弟都加入了布肯姆[1]的圣尼古拉斯教堂唱诗班（为了披露实情全貌我必须说明，后来克里斯因为偷拿小卖部的糖果被踢出了唱诗班）。一所颇有声望的唱诗班学校邀请我这个天使般的小家伙加入，可他们一提出邀请我就哭了起来，因为我不愿意换学校，也不想离开我的朋友。妈妈和往常一样，告诉我不要担心——但她确实时不时就会提起我被录取的事情。妈妈就是这样。所以，有记忆以来我第一次站在舞台中央并不是因为

---

1 Bookham，英国地名，位于前文提到的多金附近的一座小城。

演戏，而是某年圣诞节，我在圣尼古拉斯独自演唱了《美哉小城伯利恒》[1]。

除了唱诗班的活动，我还加入了家附近费勒姆乡村礼堂里举办的课后戏剧俱乐部。俱乐部每周三下午举行活动：十五个到二十个年龄在六到十岁之间的孩子，每三个月就会为爸爸妈妈演绎一出混乱不堪的戏。演出并没有什么大不了的，不过小孩子们都玩得很开心。值得反复这样做的原因是，我的生活过于平常乏味。我真的很乐意去戏剧俱乐部，可是我关于表演最重要的回忆却充满了尴尬和窘迫，而非得意与自豪。在一部作品中——可能是《圣诞颂歌》[2]——我被分配去演一个极具艺术性和技术难度的角色，"三号雪人"。妈妈和外婆费了很大力气为我制作了一套雪人服，戏服由两部分金属丝线编织的衣服组成，一部分套在身上，另一部分套在头上。把这套装备穿上身绝对是一场噩梦，我至今都记得自己站在舞台侧面从幕布的缝隙里向外窥探，看到三四个男孩正在偷偷嘲笑光着屁股站在那里、双臂在空中挥舞的小汤姆·费尔顿，正是他们帮我穿上了这套雪人演出服。成长过程中我已经习惯了经常被拍照，但我非常庆幸那个特别的时刻没有被拍照留念。

还有一次，我们上演了《龙蛇小霸王》[3]。在我奥斯卡级的雪人表演后，这次我被提拔为"头号大树"。主要角色都分配给了年纪稍大的孩子，因为他们能够流畅地表达，较小的孩子往往只能被分配到一句台词，我便是其中之一。我尽心尽力地背台词，勤奋认真地参加排练，规规矩矩地站在临时搭建的舞台

---

1 *O Little Town of Bethlehem*，一首经典的圣诞颂歌。
2 *A Christmas Carol*，英国作家查尔斯·狄更斯的作品。
3 *Bugsy Malone*，由全儿童阵容演绎的黑帮题材音乐剧，于1976年以电影的形式推出，后来被改编为舞台剧等多种形式。

上，耐心地等待我的戏份到来。

等啊。

等啊。

我在脑中反复演练我那句台词。

准备迎接属于我的荣耀时刻。

突然间，我察觉到一种令人痛苦的沉默。每个人都满怀期待地看着我。那本该是我的高光时刻，但我的脑子里一片空白。于是我做了所有有自尊心的年轻演员都会做的事情：我当场大哭，然后收拾起我身上的树枝，克服阻力以最快的速度跟跟跄跄地离开了舞台。演出结束后，我满脸泪水向妈妈跑去，边哭边向她道歉：我真的很抱歉，妈妈。我真的非常抱歉。妈妈一直安慰我，告诉我没关系，我的失误对整个故事的影响微乎其微。但直到今天，我仍为这件事感到羞愧，我让整个演出团队失望了！

简而言之，我的演艺生涯并非开门红。我非常热爱这项事业，但表现并不出色。后来家庭作业越来越多，我对小提琴那份短暂的热情也在此时高涨起来。我告诉妈妈自己已经没有多余的时间去戏剧俱乐部了，就到此为止吧。

除非，不允许我就这么到此为止。

经营这家俱乐部的是一位充满热情又富有戏剧感的女士，名叫安妮。当妈妈告诉她我准备退出戏剧俱乐部时，她的反应非常夸张："不，不，不！这个孩子是属于艺术的！你必须向我保证，你一定会带他去伦敦物色一名经纪人。他太有天赋了！如果他对这种天赋坐视不管，那将是多么可怕的浪费啊！"

我确信她对很多离开俱乐部的孩子都说过这段话。在那些周三放学后的时光里，我并没有表现出任何过人的天赋，甚至恰恰相反。这毫无疑问只是一位热情女士极其浮夸的言论，但她十分执着，她的话在我心里埋下了一颗种子。我也许确实可以找一位演艺经纪人，多么酷啊，是吧？也许表演这件事对我来说远不止于"三号雪人"和"一号大树"，我开始纠缠妈妈，让她接受安妮的建议，带我去伦敦参加演艺经纪公司的试镜。

妈妈平时很忙，为了给我们几个买篮球、钓鱼竿卷筒和小提琴，她做了那么多份额外的工作。通常情况下，她不可能兼顾一切还抽出时间带我坐火车进城，满足我这种心血来潮的要求，不过，那块碎玻璃正是在那个时候发挥了作用。它扎进她的脚里已经很久了，但像大多数妈妈一样，她只是忍痛继续生活，将个人需求放在第二位。然而，到了必须处理这个问题的时候了。碎玻璃被取出后，她拄了几天拐杖。这件事对我来说意义重大——她有了一周的空闲时间。因此，当她一只耳朵被我的请求塞满，另一只耳朵里又满是安妮充满说服力的建议时，她认为我们是时候该去一趟伦敦了。

我们从莱塞黑德坐火车出发。妈妈一手拿着她所信赖的"从A到Z"城市指南，一手拄着拐杖。我们的目的地是阿博卡斯经纪公司，它位于伦敦市中心某个三层楼高的小办公室里。当我打完招呼，进行了自我介绍并坐下后，我觉得自己勇敢非凡。还记得吧，我有三个哥哥，这可以教会你如何跟比自己年纪大的人交谈。整个试镜——或者说在我当时看来——只是为了确保你并不木讷，不会羞于面对镜头。他们给了我几个《纳尼亚传奇：狮子、女巫与魔衣橱》[1]中的片段让我朗读，然后很快发现我不仅没有回避镜头，反而对它很有兴趣，试图弄明白它是如何工

---

1　*The Lion, the Witch and the Wardrobe*，英国作家C.S.刘易斯创作的小说，《纳尼亚传奇》系列奇幻儿童文学小说的第二部。

作的。他们给我拍了一张用于《焦点》杂志的照片——类似演员目录,然后便把我打发回家了。我能想象大多数孩子每周都会做些什么,而我并没有做任何特别的事,但我一定是做对了某些事,因为几个星期之后我接到了一个电话。电话是阿博卡斯经纪公司打来的,他们给我提供了一个去美国拍商业广告的机会。

这种来电你会一直铭记,尤其是得知自己赢得某份工作时那种强烈的兴奋感。第一次也绝不例外。我才不到七岁,他们就给了我去美国的机会,我们家任何一个费尔顿男孩都没去过。我不仅仅要去美国旅行两周,还是去美国最有意思的地方旅行两周。广告是为一家叫作商联保险的保险公司拍摄的,主题是"加入我们的投资计划,当你老去时,就可以带着孙子一起进行一生难忘的公路旅行",他们需要一个可爱的小男孩来扮演孙子,他只要在美国最酷的地标性地点牵着爷爷的手就好了,完全不需要任何天赋。小汤姆登场了。

妈妈陪我一路同行,这是理所当然的。我们去了洛杉矶、亚利桑那州、拉斯维加斯、迈阿密和纽约。他们为我们安排了住宿,这对我而言是一种新奇的体验。只要我们住在有台球桌的地方,妈妈就会格外开心,因为它能让我安静好几个小时。我被一种叫卡通频道[1]的美妙事物迷住了——又一种新奇的体验,它的存在意味着我能看一整天动画片。我还头一次发现某些酒店会有一个特殊系统:你可以拿起电话打给楼下某个人,然后他们便会为你送来食物!对我来说,食物就是——炸薯条!我还记得妈妈小心翼翼地给制作人打电话,询问是不是可以给我点炸薯条并记在酒店的账单上。我想相较于他们曾经接触过的童

---

[1] The Cartoon Network,由美国特纳广播公司(Turner Brocasting System;TBS)成立的一个专门播放动画节目的有线电视频道,致力于为孩子和家庭提供优质的动画娱乐内容。

星的虎妈，妈妈一定令他们耳目一新。我们没有提过任何过分的要求，在房间边吃薯条边看《拼命三郎约翰尼》[1]就足以令我非常开心了。

第一天的拍摄在时代广场进行，这里也许是曼哈顿最繁忙的旅游胜地，比起绿树成荫的萨里郡和费勒姆乡村礼堂，这里是个截然不同的地方。路障将摄制组与周围的人群和车流隔开。有人为我做发型、化妆、换衣服。我穿戴好全套装扮——无檐毛线帽和红色的大羽绒服——站在那里，意识到周围的路人在挥手欢呼。我转过身看了看他们，然后发现他们是在为我欢呼，我冲他们咧嘴笑了笑并热情地挥手致意，欢呼声更大了。太有意思了，我已经出名了！耶！当然，我完全不出名，也没人知道我是谁。事实证明，凭借我天使般的小脸蛋、无檐毛线帽以及红色羽绒服，他们以为我是穿着全套《小鬼当家》戏服的麦考利·卡尔金[2]或者他的弟弟。抱歉了，麦考利，我偷走了你的粉丝，哪怕只是一天的时间。

我并不介意。这种体验很刺激也很新鲜，我乐在其中。我被误认为麦考利·卡尔金完全在情理之中——他被导演克里斯·哥伦布[3]选中出演《小鬼当家》，而同样是克里斯，选中了我在"哈利·波特"系列中出演德拉科·马尔福。

拍摄第一个广告使我获得了两百英镑的报酬，但那时我还太小了，不太明白这意味着什么。别忘了，那时我还在为自己能有二十便士在多金旧货市场消费而感到高兴，对我来说，更让我兴奋的是他们让我保留了那件闪亮的红色羽绒服。我爱死这

---

1 *Johnny Bravo*，美国动画片，于1997年至2004年在美国卡通频道播出。
2 Macaulay Culkin，美国演员、歌手，作品有《小鬼当家》等。
3 Chris Columbus，美国导演、编剧、制片人，执导《哈利·波特与魔法石》《哈利·波特与密室》等。

件羽绒服了,这段经历令我兴奋不已,我迫切地想向所有人讲述这一切。之前我常去利兹海德休闲中心一家名为"疯狂宝贝"的儿童俱乐部,我迫不及待地想跟那里的朋友分享这段冒险。我不想跟他们聊金门大桥、恺撒宫或者时代广场,只想告诉他们一些更有趣的部分:客房服务、卡通频道,还有最重要的,是的,红色羽绒服。然而,一个残酷的现实很快就冒了出来。

确实。

没人。

在意。

我想也许是我试图描述的那个世界跟休闲中心的"疯狂宝贝"有着天壤之别,以至于我的朋友们都无法理解我到底在说什么。于是我马上就闭嘴了。

我继续参加试镜。成年人参加试镜是一种相当残酷的经历,相信我,我也经历过。一走进试镜间就开始不停放屁还不算糟(是的,真的发生过这样的事情),糟糕的是你意识到那个掌握生杀大权的人从你走进房间的那一刻开始就没有正眼看过你。糟糕的是在试镜中有一小段需要跳舞的部分,你知道自己做不到,他们也知道你做不到,而这一切会让参与其中的人感到十分尴尬。不过作为一个孩子,我可以从容应对,哪怕是遇到一些尴尬的情况。我记得一次特别尴尬的试镜,那是拍摄一个意大利面的广告,我不得不假装自己是一个意大利小孩,一边吃着意大利面,一边喊"妈妈咪呀",还要唱一小段歌,那时我甚至完全不喜欢吃意大利面,当时肯定傻透了。不过这并没有让我放弃,妈妈设法将我们每一次去伦敦试镜的经历都变成一种享受,完成试镜后,我们就去了哈姆雷斯玩具店,这家玩具店坐落于伦敦摄政街,妈妈允许我去地下室玩游戏机,她也可以喝杯茶休息一下。当然，我们心里都清楚如果我试镜成功会发生什么——又可以去一个绝妙地方旅行，还可以疯狂地看动画片以及享受客房服务,最后还能得到一张两百英镑的支票!天啊!我愿意!

　　一直以来都是奇奇怪怪的试镜让我最终得到了角色，我的下一份工作就是这种情况：巴克莱信用卡的广告。对我而言，这是一件特别令人兴奋的事情，因为当时巴克莱信用卡的代言人是我最喜欢的明星，从小我看他看得最多，我真的超级爱他：罗温·艾金森[1]。我们一家最快乐的时光莫过于一起坐在电视机前看《憨豆先生》。爸爸会笑到尿裤子，妈妈会非常努力地忍着不笑出声，但通常都忍不住。我们四个男孩则会笑得泪流满面。因此，有机会见到我的英雄——更不用说能站在他的身边——简直令人兴奋得难以置信。

　　他们安排两人一组进行试镜，所以我和一个小女孩一起站在三四个选角主管面前。这个女孩有一头非常浓密的头发，穿着一件鲜艳的连衣裙。"没有剧本，"他们告诉我们，"当我们说开始之后，我们希望你们能用默剧的方式来表现你们听到了门铃声，然后打开门发现憨豆先生站在门口，你们可以做到吗？"

　　我点了点头。那时我已经参加过不少试镜了，所以并没有太紧张。但那个女孩看起来有些古怪，她转头问选角人员："我们可以昏倒吗？"

　　有一瞬间，选角人员互相对视了一眼。我脑子里想：哇，她真的是势在必得，我必须要努力表现得更好。

　　"我认为，你们还是不要昏倒比较好。"其中一个选角人员说道。

---

[1] Rowan Atkinson，英国演员，作品有《憨豆先生》等。

她看起来有些沮丧，但还是点了点头，表演这就开始了。我们都用默剧的方式表演打开门，然后，我还来不及做出任何反应，那个怪女孩便开始声嘶力竭又令人费解地尖叫："我的妈呀！"然后便像一棵倒下的树一般撞向了地面。

鸦雀无声。选角人员都在刻意回避彼此的目光。很显然，他们不能笑。我完全忘记了我应该对憨豆先生的出现做出什么反应，只是惊讶地盯着那个女孩。但我想正是当时的这种反应让我得到了那个角色，我也从这次经历里学到了一些经验：不要带太多事先计划好的预案参加试镜。能够背下多少台词或者能否说哭就哭并不重要，重要的是下一步该怎么做，而不是现在，只需要对身边发生的事做出反应就好。我想，那个女孩在进入试镜间之前就早早决定了要躺倒在地，显然这对她来说并没有任何帮助。

遗憾的是，罗温·艾金森在广告开拍之前就与巴克莱信用卡解除了商业合作关系，所以我没有机会跟他一起表演。拍摄这个广告使我和妈妈有机会在法国进行了一次非常愉快的旅行。但诚实地说，如果能够和憨豆先生一起共事将会更加有趣。我还滑了雪，从某种程度上说算是滑了吧。有一个镜头是我踩着滑雪板站在初级滑道顶端，这是我第一次登上雪山，也是第一次看到那么多雪。我很渴望尝试滑雪，但他们明确告诉我绝不可以乱动，他们可不想要一个断腿的年轻演员。保险也并不包含这一部分。当时我照做了，不过几年之后当我需要遵守片场的规章制度时，我开始变得不那么听话了……

# 第 4 章
## Chapter 4

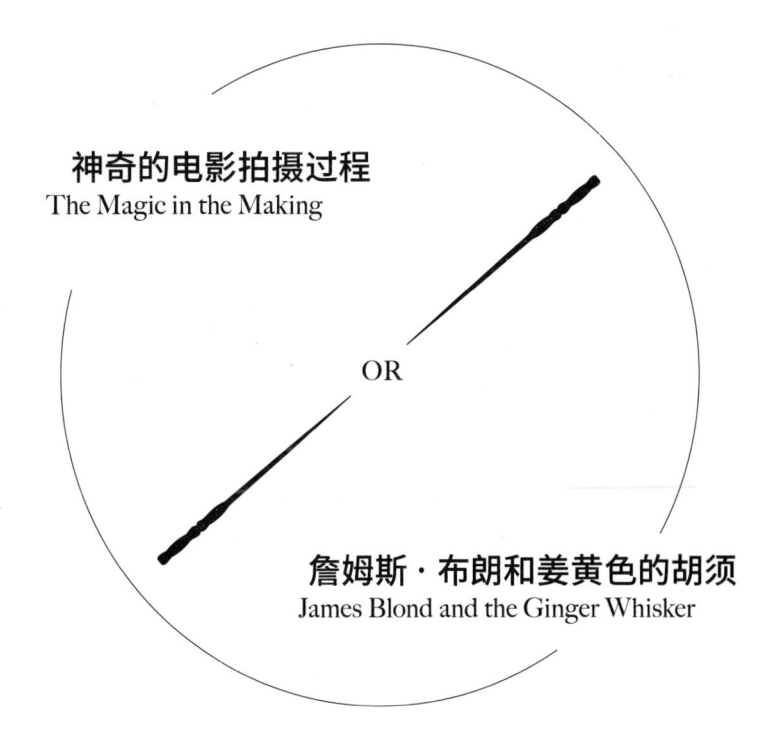

**神奇的电影拍摄过程**
The Magic in the Making

OR

**詹姆斯·布朗和姜黄色的胡须**
James Blond and the Ginger Whisker

我在银幕上的第一个敌人是波特,但不是哈利·波特。他是一个邪恶的律师,名叫欧修斯·P.波特,出自由一部经典儿童读物《反斗神偷》[1]改编的同名电影。《反斗神偷》讲述的是一个拇指大小的家庭跟普通人大小的"人豆"生活在一起,并且一直躲避他们的故事。这一家人中最小的孩子是一个叫皮格林的厚脸皮小家伙,他们需要一个厚脸皮的小演员来扮演他。九岁的汤姆登场了。公平地说,我真的是一个淘气包。如果老师的座椅上出现了一个放屁坐垫,又或者他们被锁在教室外面,那我很有可能以某种方式参与了这些恶作剧。对于这个可爱、无害又令人放松的角色来说,我那时候年纪足够小——这种日子不多了,这意味着我非常适合扮演皮格林。

关于这次试镜,我只有一些粗略的记忆,但我清晰地记得自己跟弗洛拉·纽比金[2]一起读剧本(那时她已经被选中出演皮格林的姐姐艾瑞提),以便看看我们之间是不是存在一些化学反应。还有一些更加清晰的快乐记忆,那就是为了参加电影的排

---

1 *The Borrowers*,又译为《寄居大侠》,汤姆参演的第一部电影。
2 Flora Newbigin,童星出身的英国女演员,《反斗神偷》是她参演的第一部作品。

练和拍摄我得以从学校中解脱出来。以往拍摄广告的经历和这次完全不能同日而语。在之前的工作中,我只会被简单地告知应该站在哪里,应该看着哪里,不需要投入太多。参演《反斗神偷》则需要真正去表演,不仅要正常表演,还要进行一些特技表演,所以在前期准备阶段,每周一、周三和周五的下午一点妈妈都会来学校接我。我们的司机名叫吉姆,接上我后第一站就是本地的炸鱼薯条店。我会点一份珍宝肠和薯条,在去参加特技表演训练的路上坐在车里吃,妈妈会一直拼命跟吉姆道歉,因为我的午餐把他的车搞得臭烘烘的。

下午的特训课程是在一个大型体育馆里进行,奥林匹克运动员们都在这里训练。当时我对詹姆斯·邦德十分着迷,而特技训练里居然没有手握瓦尔特PPK手枪从一辆行驶中的车上跳下去这样的镜头,这令我有点儿失望。尽管如此,训练的过程依然很有趣,比起上数学课简直就是美梦成真。我们学习了基本的体操动作,学习了如何用腿而非用手攀爬绳索,还学习了如何在不摔碎踝关节的情况下从高处跳下来、如何挥舞铁环、如何在垫子上跳跃,以及如何在平衡木上保持平衡。我的体能还算不错——虽然不足以成为足球队长,但是打个板球还是绰绰有余的——所以特技训练对我的体能来说并没有太大的挑战。我那皮格林一样的厚脸皮反而造成了更多问题。一天下午,我在踩着一根平衡木往前走的时候突然灵光一闪,觉得如果能跳下来,并且两脚分开各落在平衡木的一边,那一定很酷。从我站立的角度来看,这是完全可行的,而我完全不想浪费在众目睽睽之下表现的机会。所以我朝着每个人大喊,让他们停下手头的工作来看我表演。大家都看向我,我摆出一个完美的比利·艾略特[1]的姿势，跳到空中，张开双腿，准备胜利着陆……

也许你已经预见这个故事后来的走向了。我只能说我的脚趾并没有着地，而身体另一个更敏感的部位导致了这一跃的失败。撞到的那一瞬间，身体的痛苦和心理的羞耻是同等剧烈的。光是回忆这段经历，我的眼泪都要掉下来了。毫无疑问，当时我的眼睛里充满泪水，但我记得自己还在尽全力保持镇定，体育馆里鸦雀无声，我假装刚才的特技表演完全是按预想完成的，拖着脚从平衡木边离开，然后在极大的痛苦中跑开了，一边安抚我受伤的自尊心，一边检查我受伤的……算了，还是留给你们自己想象吧。

当发型师和造型团队将我打扮成皮格林的模样后，我的自尊心再次受到了打击。我的童年演艺生涯可以通过不寻常的发型来区分，早在德拉科那一头漂染过的头发成为我的永久性特征之前，我自豪地留着皮格林那一头荒唐的发型，一头乱糟糟的橙色卷发——想象一下小丑库斯蒂[2]，只不过是姜黄色的。如果你认为这还不够吸引人，那是因为你还不了解事情的全貌。假发套只能从发际线延伸到头顶，这意味着我整个后脑勺都暴露在外，唯一的解决办法只有将后面的头发染成姜黄色，然后烫卷，于是最终呈现出来的便是一个缠绕得紧紧的鲻鱼头。

读者朋友们，请克制你自己。

我当时热衷于足球，我在《反斗神偷》的更衣间里放着史蒂夫·麦克马纳曼[3]真人大小的纸板模型。和每一个有自尊心的九岁男孩一样，我也会收集足球贴纸，心中最大的渴望就是从本

---

1 Billy Elliot，音乐剧《舞出我天地》中的男主角。
2 Krusty the Clown，《辛普森一家》中的角色，斯普林菲尔德小镇最受欢迎的电视节目主持人，妆容夸张。
3 Steve McManaman，英国著名足球运动员，曾效力于利物浦和皇家马德里等俱乐部。

地足球俱乐部的B队晋级至A队。但是由于参加电影拍摄，我错过了很多训练。当我有时间参加练习时，便会过度表现，拼命向他们展示我值得被晋级到A队。但是当你留着金色的直发外加卷曲的橙色鲻鱼头时，你就很难在球场上强势起来。教练甚至也开始开玩笑，当我们以极其微弱的劣势输掉一场比赛后，他告诉我们："你们差一点儿就赢了，孩子们，就一根头发的差距，或者对汤姆来说，是一根姜黄色的胡须。"所有人都当场爆笑，包括教练自己，我也觉得很有趣，腼腆地笑了笑，但可惜的是，唉，我还是没能晋级到A队。

　　小时候我并没有真正意识到在电影片场度过的时光有多么不同寻常。每当妈妈不停地催促我赶紧上车去片场时，我不止一次地恳求她让我先踢完足球比赛。这么说吧，对于小孩子来说，拍摄《反斗神偷》是一种很酷的消磨时间的方式。我喜欢在服装间穿戴上所有装备——给一个九岁小孩穿上别着回形针、搭配了一对顶针的超大号袜子作为鞋子，基本上像是在为他举办一场终极化妆派对。这当然远远超越了当年那套雪人服，不过更重要的是，我很喜欢影片中的布景。影片中一定体量的场景是绿幕效果，但当时这项技术还处在起步阶段，为了凸显拇指人身材之袖珍，片场的一切都被放大到极其夸张的比例。我整天都绑着防护带，沿着墙的内侧奔跑，巨大的锤子向我砸来，就像置身于只有我一个玩家的电子游戏中一样。在某一幕场景中，我被困在一个牛奶瓶里，而这个瓶子有一辆公交车那么长，他们在里面装了一些黏稠的、臭烘烘的白色液体，伪装成牛奶的样子。这场大型特技表演耗费了好几天时间来拍摄。在另一场表演中，我必须要在三十英尺[1]高的空中抓住一根杆子，然后摔到

---

[1] 约914厘米。

一个巨大的防撞垫上。放在现在，如果要做这样的特技表演我会被吓坏的，但在当时，我坚持多试几次——只是为确保我的表演达到要求，你懂的，还有什么比这更能让一个孩子乐在其中呢？我真的说不上来。

但是，比起在真人版《超级马里奥》世界中拍电影。更令人兴奋的大概是我们当时的拍摄场地是谢伯顿制片厂[1]。同一时间在这里拍摄的还有"007"系列新电影《明日不死》[2]。这对我来说是一件意义重大的事情。我把更衣室的名字从"皮格林"改成了"下一任詹姆斯·邦德"，而且令我非常激动的是，《黄金眼》[3]的一部分特技团队会跟我一起拍摄《反斗神偷》。谢伯顿制片厂有很多巨大的空仓库，他们能在里面搭建出一切拍摄需要的场景。从A地到B地，你需要乘坐小型电动高尔夫摆渡车。这真是太棒了，因为你每天开车经过时都能看到妆发完整的海盗正在吃三明治，又或者是正在偷偷抽烟的外星人。对我而言，格外令我兴奋的是经常会有几个詹姆斯·邦德在摄影棚里转悠。他们是特技替身和替身演员，每个人都穿着笔挺的西装，戴着深色的假发，但从背后看他们就是邦德，这对我来说已经足够了。不过有一次坐在摆渡车后座晃晃悠悠地穿过片场时，我愣了神。刚刚和我们擦肩而过的邦德不是特技替身，他就是皮尔斯·布鲁斯南[4]本尊，如假包换。我们完全没有交谈，甚至没有任何眼神交流。尽管如此，那仍是迄今为止我的人生中最为激动人心的

---

1 Shepperton Studio，世界著名的制片厂，自1931年成立以来成为诸多经典电影的拍摄地，"哈利·波特"系列电影在谢伯顿制片厂拍摄了一部分场景。
2 *Tomorrow Never Dies*（1997），"007"系列电影的一部。
3 *Golden Eye*（1995），"007"系列电影的一部。
4 Pierce Brosnan，爱尔兰电影演员兼制片人，因在《黄金眼》《明日帝国》《纵横天下》《谁与争锋》中扮演詹姆斯·邦德而闻名。

时刻之一。虽然我的朋友对我在片场的事情不太感兴趣，但是我与邦德擦肩而过的故事依然是很酷的谈资。

当然了，《反斗神偷》的演员阵容也非常重量级，但我当时太小了，没有意识到这一点。约翰·古德曼[1]是一位非常有声望的演员。记得有一天我拿着超级水枪[2]在梳化间跑来跑去，到处惹麻烦，然后像邦德一样闯进一个房间，而约翰正在安静地化妆。他透过镜子严厉地看了我一眼，让我安静下来，那个眼神似乎在说：孩子，别在这里捣乱。他一个字都没说就足以让我马上冲出了这个房间。妈妈则是对能见到我在电影里的妈妈西莉亚·伊姆瑞[3]感到非常兴奋。她是妈妈心中的英雄之一，因为她跟维多利亚·伍德[4]一起工作。妈妈的兴奋感染了我，尽管我实在不知道她是谁。我所知道的是她在片场营造出了十分轻松的氛围，让我们这些孩子不会感到任何压力。一旦你在片场对孩子大喊大叫，他们便可能很难重拾信心。西莉亚很有趣，她慈母般的天性确保了绝对不会发生这种事。

当时我还不知道，这将是我第一次接触到哈利·波特大家庭。吉姆·布劳德本特[5]在这部戏中饰演我的爸爸，之后他会扮演迷迷糊糊的斯拉格霍恩教授。吉姆从里到外都是很可爱：特别有幽默感，说话轻声细语，但风趣可爱，而且总是支持我们这些孩子。我还会认识马克·威廉姆斯[6]，他之后会饰演亚瑟·韦斯莱。他很顽皮——几乎可以说是幼稚——尽管我们没有任何一

---

1 John Goodman，美国演员，凭借《巴顿·芬克》扬名。
2 Super Soaker，美国著名玩具公司孩之宝（Hasbro）推出的玩具。
3 Celia Imrie，英国女演员，作品有《玛丽·雪莱的弗兰肯斯坦》《温布尔登》《妈妈咪呀2》等。
4 Victoria Wood，著名制片人，作品有《绅士的启示联盟》等。
5 Jim Broadbent，英国演员，作品有《一个人的朝圣》《彗星来的那一夜》《艾莉丝》等。
6 Mark Williams，英国演员，作品有《神秘博士（第七季）》《布朗神父》等。

个共同拍摄的镜头，但能和他在一起就十分有趣。我绝不认为他会不同意我带着超级水枪冲进房间，他甚至很有可能会加入我。感谢西莉亚、吉姆和马克创造的这种轻松的氛围，让我从没把拍摄这件事看得太重。

人们常说你在尽情玩乐时能学到更多东西。我几乎是在不知不觉中就开始这么做了。我认为当身边围绕着一群有声望的演员时，我不可避免地会吸收一些关于表演艺术的知识。毫无疑问，拍摄《反斗神偷》对我的要求比之前拍广告时要高得多，不过我真正印象深刻的是学习到了一部电影拍摄背后的专业技术细节。这些是非常基本的东西，但它们对我未来的职业发展大有裨益。我学到了站在摄影师的角度换位思考，当他们让我看向镜头的左边时，我必须看向右边。我还学到了注意地上用粉笔画出的小标记，它们指明了我应该怎么走位，而不用强迫摄影助一直变焦。最重要的是，我懂得了当你听到一些神奇的字眼，比如"开机"，以及胶片卷轴旋转起来加速时的咔嗒声时，片场的每一个人都必须全力以赴。那时候我们是用35毫米胶片进行拍摄的，因此每分钟都要花费数千英镑。

我并不总是高水平和自我约束的典范，当老师告诉某些孩子保持安静时，反而会点燃他们顽皮的火花，而我似乎比绝大多数人拥有更多火花。我有一种在开机前哈哈大笑的倾向：所有人都喊"安静"就足以让我兴奋了。一般成年人对此见怪不怪，然而有一次我确实受到了十分克制的责骂。导演彼得·休伊特[1]——一个非常讨人喜欢、非常有耐心的伙计——走到我的面前。直到今天我依然记得他脸上的表情：一个人在承受着巨大压

---

1　Peter Hewitt，英国导演、制片人，作品有《反托拉斯行动》《吸引力定律》《危险的停车场》等。

力下苦涩痛苦的模样。时钟嘀嗒作响，电影胶片也快要用完了，他不得不尽快找到一种方式来哄劝一个咯咯地笑个不停的九岁男孩，让他尽快停止歇斯底里的狂笑，进入拍摄状态。想象一下那个画面吧。

**内景。谢伯顿制片厂。白天。**

彼得

汤姆，拜托了，是时候停止大笑了。

汤姆将嘴唇合上，点点头，然后又开始大笑。

彼得
(声音听起来在崩溃的边缘)

别这样，汤姆，说真的，别笑了，停下来。

汤姆皱起眉头。他的表情告诉我们，他刚刚明白了导演是认真的。所以他点点头。看起来很严肃。然后又开始大笑。

彼得闭上了眼睛，深呼吸，然后睁开双眼。当他再次开始说话时，露出了深受挫折的表情，他在尽力保持冷静。

彼得

汤姆，拜托了，我没在开玩笑。
你必须停下来，不要笑了。

接着他挤出一丝微笑，像在跟汤姆说：我们达成共识了吗？

我们达成共识了。看得出来，他是在以最温柔友好的方式谴责我。摄像机开始拍摄，我设法让自己振作起来。

不过如果我们都是成年人，乐趣可能就减半了。我记得自己深受弗洛拉的影响。她比我大几岁，但总是笑嘻嘻的，和她在一起很开心。尽管这是她主演的第一部电影，但她绝对知道她在片场应该做什么，她拉着我的手，不管是字面意义上还是隐喻意义。她确保我站在合适的位置上，而我那看起来很糟糕的假发也没有歪。多亏了她，我在《反斗神偷》的拍摄过程中度过了一段美好的时光，以至于拍完的时候我不禁哭了。

那时候我们刚刚完成这部电影的拍摄工作。晚上六点，我最后一次坐在化妆椅上，让化妆师剪掉我的橙色卷发。突然间，一种复杂而混乱的情绪像洪水一般淹没了我，我无法理解这种情感。泪水从我眼中喷涌而出，说实话，未来的詹姆斯·邦德要足够强硬才能控制住他自己的情绪。于是我想到了一个狡猾的计划。我假装那个无辜的化妆师用剪刀戳到了我，号叫一声："啊！你戳到我了！"

哎呀，这个狡猾的计划更像是鲍德里克想出来的，而不是黑爵士（完全是自欺欺人）。她并没有刺到我，据她所说，她甚至都还没有接近我。但在接下来的一个小时里，我用想象中的伤口作为借口，泪水一直流个不停。

在那一刻我并不感激眼泪，但眼泪却给我上了另一堂重要的课。观众可以不断重复观看一部电影，想看多少次就看多少次，电影就在那里。对于演员和工作人员来说，他们跟一部电影的关系更为复杂。神奇的是整个电影的摄制过程，而这个过程是过去一个独立的时间单位。你可以反复回味，为它感到骄傲，但永远无法重新经历一次。如果拍摄《反斗神偷》像是生活在真人版《超级马里奥》游戏中，那么拍摄结束就像来到了一个游戏存档点。我可以回顾过去，但我知道自己永远不能在这场游戏中再活一次。在之后的岁月里，这种感觉会伴随着每次拍摄结束而重演。几个月来，我们就像是一个旅行马戏团，始终是一个紧密相连的大家庭，已经走过了十几个不同的城市，一起吃过面包，一起演戏。我们一起搞砸过演出，也一起修正了错误。大家离开了各自的家和家人，在几英里外的旅馆里被捆绑在一起，虽然并不总伴随着欢声笑语，但彼此之间建立了某种联系、某种亲密关系。然后，它突然结束了，一直以来可以替代家庭的大家族四散到了世界的各个角落，不再存在。我们几乎每次都会说同样的话：保持联系、下周再见、有机会一定叙旧，毫无疑问大家都是真诚的，偶尔也真的会如期望中相聚。但在内心深处，我们都知道，我们已经抵达了游戏存档点。无论拍摄一部电影时的经历是好是坏，一段特别又唯一的时光已经过去了，我们再也无法将其找回。在之后的日子里，我明白了这种不舍不会变得更轻松，特别是在拍摄"哈利·波特"这种历时长久的电影时。

九岁的汤姆只能在这些情绪的边缘摸索，对时间的流逝一无所知。比起深入分析、感受自己的情绪，他对回到足球场或鲤鱼湖更感兴趣。但是，当他坐在化妆椅上被剪掉那一头姜黄色的鲻鱼头时，也许他第一次感到自己永远地失去了一些珍贵的东西。

这是关于未来的某种预兆，因为三十多岁的汤姆在每次工作结束时依旧会号啕大哭。

# 第 5 章
## Chapter 5

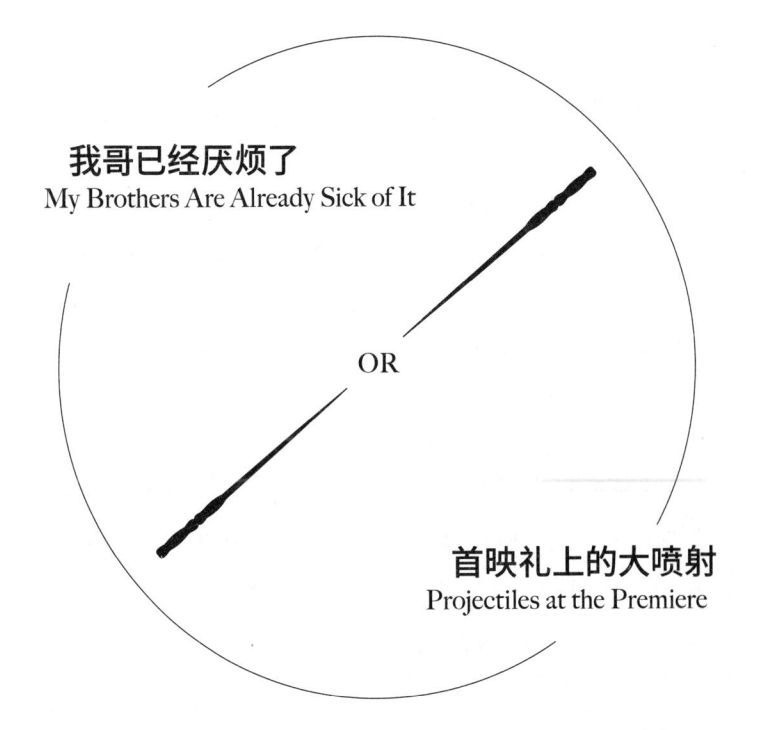

**我哥已经厌烦了**
My Brothers Are Already Sick of It

OR

**首映礼上的大喷射**
Projectiles at the Premiere

你总会记得第一次。托哥哥们的福,我注定会记得。

《反斗神偷》的首映礼在欧狄恩莱斯特广场[1]的举行,那并不是我第一次观看这部电影。在滚石餐厅[2]的一个电影放映室,电影制作人为我和学校里的一些朋友安排了观影会。那是一段快乐的回忆,我想我的朋友们很喜欢,但这可能要归功于免费的迷你汉堡和可乐。首映礼本身是一个更为复杂的活动。虽然这与即将发生的事情相比不算什么,但它意义重大。我的家人以前没有参加过电影首映礼,所以我们有些不知所措,面对这一重大的人生时刻,爸爸妈妈也无法帮我做足准备。外面挤满了人,这次他们不是为麦考利·卡尔金欢呼,而是为我和其他演员欢呼。不过,我应该没有太受鼓舞,我有没有说过,有三个哥哥往往能让你脚踏实地?

我们乘坐莫里斯小轿车[3]到达——一种经常出现在电影中的经典汽车——我穿着漂亮时髦的白西装、黑领带和白衬衫走下轿

---

[1] Odeon Leicester Square,坐落于伦敦市中心,同时也是伦敦戏院区的中心,是一座装饰华丽的影院,也是伦敦排名第一的首映礼举办地。
[2] Hard Rock Café,著名品牌主题连锁餐饮店。
[3] Morris Minors,英国国民轿车。

车(我告诉过你们我很早就在关注詹姆斯·邦德的电影了)。场面颇为吓人,我紧紧地贴着弗洛拉。她就是我的安全网。和我比起来,她承担了更多宣传电影的重任。如果她是蝙蝠侠,我就是罗宾。如果她是哈利,我就是罗恩(几乎可以看作字面意思,毕竟我有一头橘红色的头发)。弗洛拉很自信,口齿伶俐,非常善于应对摄像机和各种采访。我紧随其后,为她的口才折服。

当我在场外走红毯的时候,我的家人们径直走进了电影院。在这里,他们遇到很多光鲜亮丽的女士端着一盘盘免费香槟。他们怎么知道那是免费的?因为他们问了那些漂亮的女士,确认了价格。和任何有自尊心的十六岁青年一样,大哥金克借此机会畅饮了一番。从我们到达现场到电影开始之前他有一个小时可以随意打发,所以有足够的时间来做这件事。他先是偷偷摸摸地喝了几杯,开演时间一到,就摇摇晃晃地走进礼堂。然而还没等到片头字幕开始滚动,金克就突然迫切地想去其他地方。他站了起来,跌跌撞撞地从过道上几个恼怒的观众旁边走过,然后消失了。

五分钟过去了,仍然没有看到金克的身影。爸爸嘀咕了几句,离开座位去找他那不听话的大儿子。可想而知,他在厕所的隔间里跪在地上对着马桶顶礼膜拜,免费香槟全都被吐了出来。爸爸站在隔间外面,西装革履,穿戴整齐,听金克吐得昏天黑地。火上浇油的是什么?一个顾客走了进来,看到爸爸穿着西装站在那里,误以为他是厕所服务员,甚至给了他一英镑小费。总而言之,这绝对不是他所期望的美妙夜晚(但他确实保留了那一英镑)。

因此,金克错过了电影,爸爸也错过了电影,而晚上的庆祝活动还没有结束。一个盛大的映后派对紧跟其后。派对在一个巨大的仓库里举行，里面摆放着电影中的超大道具，还有音乐、游戏、糖果以及——你猜对了——更多免费香槟。这次轮到阿什——十三岁，步了他哥哥的后尘——品尝来自法国乡间的美酒。几杯酒下肚后，他觉得跟克里斯一起在巨型充气城堡上玩一会儿是个好主意。这绝不是一个好主意。充气城堡是给那些不管年纪还是体型都只有哥哥们一半大的小孩子玩的。克里斯不小心用膝盖顶到了一个九岁孩子的后脑勺。阿什不甘示弱，也蹦了几下，然后气势磅礴地向城堡的角落喷出呕吐物。他从城堡上爬下来，大声地打着嗝宣布："我现在感觉好多了！"

总而言之，公平地说，那天晚上费尔顿兄弟的行为往最好了讲也只是好坏参半。但我并没有受到影响，只是很享受那个愉快的夜晚。毕竟，我对成为一名演员并不抱太大的希望，更不用说成为一名电影明星了。我已经拥有了自己的荣耀时刻，而且这将可能是我第一次也是最后一次参加电影首映礼。难道不是吗？

# 第 6 章
## Chapter 6

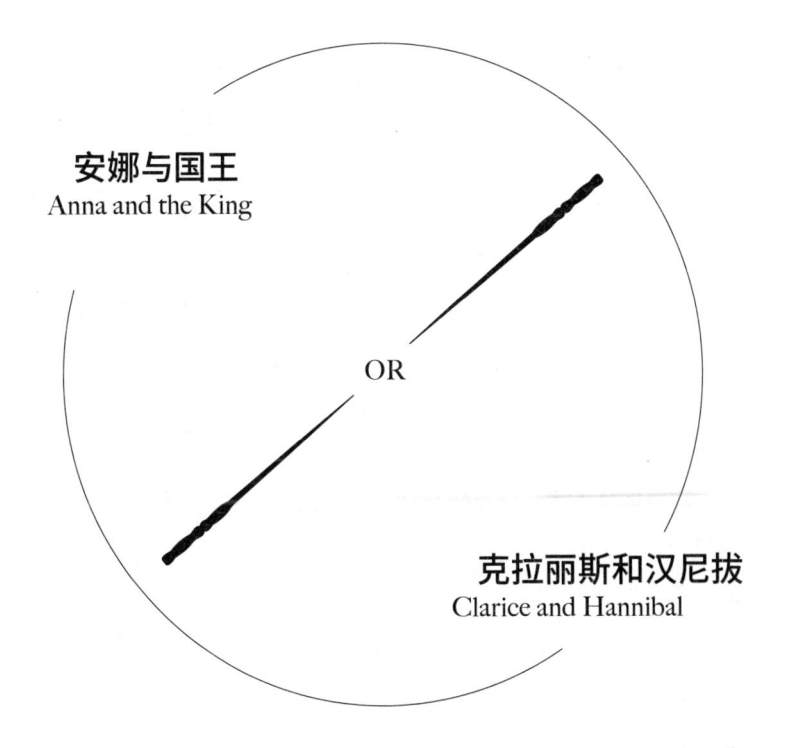

**安娜与国王**
Anna and the King

OR

**克拉丽斯和汉尼拔**
Clarice and Hannibal

不骗你们，虽然我从未觉得自己天赋过人——也不觉得自己已经实现了戏剧俱乐部里安妮的预言——但我确实对《反斗神偷》感到满意。我认为自己在里面的表现还算不错。在大银幕上看自己的表演很有趣。这或许是傲慢所致，又或者我没有受困于成年人的自我意识和自我批评。

我喜欢去剧场。当然是为了去看表演，不过我也会去亲身体验观众对艺术作品的反应。最让我受触动的一次经历是观看音乐剧《玛蒂尔达》时，当时我坐在一个不超过五岁的小男孩身边，他是和他妈妈一起来的。他目不转睛地看着舞台。毫无疑问，他几乎看不懂这个故事，我确信很多笑话他都看不明白，但他单纯地沉浸在这种体验中。对我来说，这有一点儿催人泪下。询问他是不是喜欢这场表演无疑是没有意义的，他还太小，不可能是一个评论家，而这让我想起了尚未屈服于成年人的独断专行和自我认知的岁月。

现在，每当有人询问我关于表演的问题时，我的建议总是一样的：俏皮有趣，甚至不妨有些孩子气。把自己从成年人冗长乏味的分析中剥离出来，忘记好与坏，这是一个对我很有用的咒语。我经常试图强迫自己表现得更像《反斗神偷》中的小汤姆，或者那个看《玛蒂尔达》的小男孩，摆脱自我认知的束缚和限制。

当我为下一部大电影进行试镜时，这种自由仍然在一定程度上陪伴着我。就影片规模和声望而言，《安娜与国王》比《反斗神偷》要更上一层楼。好莱坞巨星朱迪·福斯特[1]被选作主角，拍摄将在马来西亚进行，为期四个月。这次试镜比我以前遇到的任何事情都更严谨。我在伦敦参加了两到三轮试镜，后两次试镜一通过便立马动身前往洛杉矶参加最后的试镜。

成年人的后知后觉让我感叹这是多么特别的时刻，但我当时还是个孩子，并没有觉得有什么非比寻常。我和妈妈一飞到洛杉矶，剧组人员就安排我们住进了一个极其豪华的大酒店，让我高兴的是酒店里不仅有室内游泳池，还有按摩浴缸。有哪个孩子会不喜欢按摩浴缸呢？有哪个孩子能忍住不把它看作一个巨大的放屁锅？还是说只有我才会这样？我对重新熟悉客房服务和卡通频道的兴趣远远高于参加试镜。在我的印象里，另一个来参加试镜的男孩的妈妈比我妈妈更加亲力亲为。她和他一起读台词，还给予他指导。妈妈从来没有做过这种事。她从未试图训练我，也不曾教导我该怎么说台词，而是鼓励我相信自己的直觉。从某种程度上说，我几乎完全没有准备，但我认为正是这种状态为我赢得了这个角色。还记得那个喊"我的妈呀"的女孩吗？我又一次做了完全相反的事。参加好莱坞试镜时，我毫不焦虑，也没有进行先入为主的预演。我只是普通的汤姆，我想这正是他们所需要的。他们想看到十二个人拿着笔记本盯着我看并且交头接耳地议论时，我依然泰然自若，因为如果对这些

---

1 Jodie Foster，美国女演员、导演、制片人，作品有《出租车司机》《沉默的羔羊》等。

都感到不适，那么我在片场也不会舒适自如。他们想看到我有可塑性和可指导性。他们想看到我可以用多种方式演绎一句台词。最重要的是，我猜他们想看到我是放松的，而我希望能尽快结束试镜，这样就可以赶紧回到酒店，玩那个滑稽的放屁大锅，我认为这种心态帮我顺利通过了试镜。

我和妈妈回到了萨里郡后，对这部电影我并没有过多的想法。相比而言，我还是对进入足球A队更有兴趣。现在我的发型更为精简有型了，也许入队的机会更大一些。但几周后，妈妈来学校接我放学，走回车上时，她说有个消息要告诉我："你得到那个角色了！"

我顿时感到心潮澎湃："真的吗？"

"真的。"

我又顿时感到饥肠辘辘："妈妈，你给我带奶酪棒了吗？"

我曾经痴迷于奶酪棒，现在依然是，这种痴迷远远超过拍电影。

于是我们当机立断：我和妈妈会在马来西亚待上四个月。我几乎从没听说过马来西亚，我的家人甚至都没去过亚洲。我们完全不知道会发生什么，但大家都兴奋极了。妈妈辞去了工作，我们出发了。

如果没有妈妈的陪伴，那会是孤独的四个月。这是我第一次真正脱离跟朋友们一起上学的正常生活，我非常想念他们。那些日子里没有社交媒体，我自然也没有手机。四个月的时间里，我和朋友们仅联系过一两次。爸爸和哥哥们只来过一次，待了一周。我是片场里唯一的西方孩子，这让我感到迷茫，不过我很快就和当地人交上了朋友。

我还第一次体验了一对一的家教辅导，每天三到六小时，在一个寒冷、通风、只有一扇小窗户的移动小屋里进行。虽然珍妮特老师是一位可爱又聪明的女士，但我依然想念喧嚣的教室，想念与朋友们亲近的时光，当然，也想念可以调皮捣蛋的机会。在只有一个人的班级里很难成为开心果。在片场上课将成为我整个童年生活的一大特点，可是恐怕我从未爱上它。当时我痴迷于滑旱冰，不拍戏也不上课时，我就会缠着妈妈给我拍照，拍下我滑旱冰的技巧和花样，这样就可以把照片寄给我的朋友们，向他们展示我在这儿过得多么开心。但我想我没有骗到任何人。

在马来西亚时，我时常感到孤独，但确实遇到了来自各行各业的新朋友，这种丰富多元的文化为我之后的生活带来了莫大的帮助。妈妈不遗余力地帮助我更加轻松地面对这一切。电影的预算充足，这意味着配套的餐饮标准也更高。服务人员在一个巨大的帐篷里摆满平底锅，做出令人难以置信的五星级餐点——各种煎烤食品以及松露制品。我不会碰其中任何一种。不管是过去还是现在，我的口味一直都很清淡，而且食欲平平。比起他们提供的高级食材，我更喜欢吃巧克力棒和薯片。为了让我吃些甜食以外的东西，妈妈会冒险开车去肯德基买来我喜欢的鸡块。她不太喜欢在萨里郡安静的小道上开车，更不用说吉隆坡市中心繁忙的公路了，但她还是勇敢地去了。多亏了她，我才避免了一场严重的食物中毒事故，那场食物中毒使其他演员和工作人员难受了一个星期。所以不要告诉我鸡块是有害的垃圾食品。

像所有孩子一样，当想家的情绪和孤独感积攒到一定程度，我也会很不开心。记得好几个早上我都在哭，哭着说我不想再拍这部电影了。记得有一次我需要穿上六件套的亚麻套装，汗流涙背，穿脱戏服都需要一个小时。我记得自己声泪俱下地恳求剧组允许我回家。但到了下午，我就会平静下来，一切又会恢复正常。

当然了，因为那里还有朱迪·福斯特。

哥哥们多年来一直想拉上我一起看《沉默的羔羊》，但妈妈绝不给他们机会，成功阻止了他们想把我吓得魂飞魄散的企图（不过他们仍然想方设法偷偷看了《终结者2》）。所以当时我对朱迪到底有多出名没有切实的概念。当然，我得知她是个大人物，所以自动将她带入约翰·古德曼而不是马克·威廉姆斯的风格也就情有可原了。然而我错了，因为朱迪·福斯特再可爱不过了。我逐渐了解到，在电影拍摄现场，一切都是自上而下的。如果排在演职员名单最前面的演员不好相处，那么整个拍摄进程就会变得困难。朱迪·福斯特——以及跟她合作的影星周润发——那么善良、礼貌、耐心，最重要的是对拍摄过程充满热情，甚至当我用力踢她的脸时，朱迪都保持了冷静。

当时我们正在拍摄。朱迪扮演我的母亲，她被带到暹罗国王的王宫，为后宫女眷和孩子们提供西式教育。我饰演的角色路易斯与另一个孩子发生了争执，被按倒在地。朱迪只好过来把我们分开。我不顾一切地像骑自行车一样踢腿，结果蹬到了她的嘴。这一脚绝对不是轻微碰撞那么简单，而是让其他演员会颇有微词的正面重击。但朱迪没有抱怨，她自始至终非常友好，哪怕撞击的瞬间在杀青派对上被反复播放。

让我带你快进几年。二十多岁时，我接到了一个试镜邀请。这部电影名为《希区柯克》，讲述了电影《惊魂记》的拍摄制作过程，由安东尼·霍普金斯爵士[1]主演。小时候我曾和朱迪·福斯特一起拍过一部电影，如果能有机会包揽《沉默的羔羊》两位主角，和他们都曾共事过，那就太酷了，对吧？

好吧，也许并不是。试镜邀请是早上发来的，当天下午我就被叫去了。我几乎没有时间读剧本，更不用说研究它了。我试镜的是由演员安东尼·博金斯[2]扮演的角色诺曼·贝茨的片段。我从未看过这部电影，所以看了一些他的影像片段，很快就发现自己完全不适合这个角色。他差不多有六英尺二英寸[3]高。我没有。他有着深色的头发和深色的眼睛。我没有。他身上散发着某种变态的危险氛围。而我……好吧，你可以自己判断。

这是为数不多的几次，我在坐车驶出大楼时便给经纪公司打电话："我真的要去争取这个角色吗？我只是觉得自己并不适合这个角色。或许以后还有机会跟安东尼·霍普金斯合作，也许会遇到更加合适的项目。"他们表示同意，但说服我至少去参加一下，哪怕是在导演和制片人面前混个脸熟。

所以我还是去了。我坐在试镜间外等待。门开了，美国女演员安娜·法瑞斯[4]从里面走了出来，她排在我之前试镜。她回头指着房间，用演戏一般的方式夸张地低语："他就在里面！"

谁就在里面？我还没来得及问，她就离开了。

我走进了试镜间。不出所料，我看到一排穿戴整齐、西装革履的制作人，还有导演。

出乎意料的是，我还看到了安东尼·霍普金斯爵士本人，他衣着随意地坐在那里，做好了跟我一起对剧本的准备。那时我

---

1 Sir Anthony Hopkins，英国演员、导演、制片人，电影《沉默的羔羊》主演。
2 Anthony Perkins，美国演员，作品有《惊魂记》《审判》《东方快车谋杀案》等。
3 约188厘米。
4 Anna Faris，美国女演员，作品有《别骗我》《极品老妈》等。

已经看过好几遍《沉默的羔羊》了，而现在我要跟汉尼拔·莱克特[1]一起演出，完全没有准备好。

胃里一阵翻江倒海。我惊慌失措，清楚地意识到自己并不熟悉剧本，也不了解这个角色，我对这部电影一无所知，甚至认为自己不应该出现在这里。但是既来之，则安之，所以握手之后，我在他对面坐了下来。

开始了。安东尼爵士说了第一句台词。我用平淡无奇的美国口音说了我的台词。他盯着我看了一会儿，然后眨了眨眼睛，微微一笑。他把剧本推到一边，然后开口道：“听我说，让我们忘记剧本。我们就用角色的身份来交谈。让我们看看你是否真的了解这个角色。”

了解这个角色？我几乎不知道这个角色的名字。我对他一无所知，完全不知所措。

"好的。"我支吾道。

安东尼爵士用一种尖锐的目光瞪着我。"那么告诉我，"他说，"告诉我你扮演的这个角色对……谋杀有什么看法？"

我瞪了回去，尝试与他那汉尼拔·莱克特一般的尖锐相匹配。然后我说……呃，我希望自己记得当时说了些什么。太荒谬了，简直惨不忍睹，我的大脑已经把这段经历从记忆中抹去了。他问了我更多问题，每一个都比上一个更刁钻。你的角色对这个有什么感觉？你的角色对那个有什么感觉？我的回答从尴尬无措逐渐变成彻头彻尾的怪诞离谱。直到最后，他说：“你的角色对……孩子有什么看法？”

"孩子？"

"孩子。"

---

1　Hannibal Lecter，托马斯·哈里斯创作的"沉默的羔羊"系列作品中的主要角色。

"呃……"我说。

"你说?"安东尼爵士说。

"呃……"我说。

"他是什么样的呢?"安东尼爵士说。

"他就像……他就像……儿童的血液。"我说。

令人震惊的沉默。我看着他,他看着我。制作人们面面相觑。我想爬到角落里当场去世。

安东尼爵士点了点头。他清清嗓子,带着最清浅的微笑礼貌地说道:"谢谢你来试镜。"他的言外之意是:糟透了,在你说出更糟糕的东西之前,请赶紧离开。

离开大楼时的解脱感战胜了这场荒谬的试镜带来的毛骨悚然的感觉。虽然这种解脱感并不强烈,但也足以让我兴奋地给朋友们打电话,向他们讲述有史以来最糟糕的试镜故事。

# 第7章
## Chapter 7

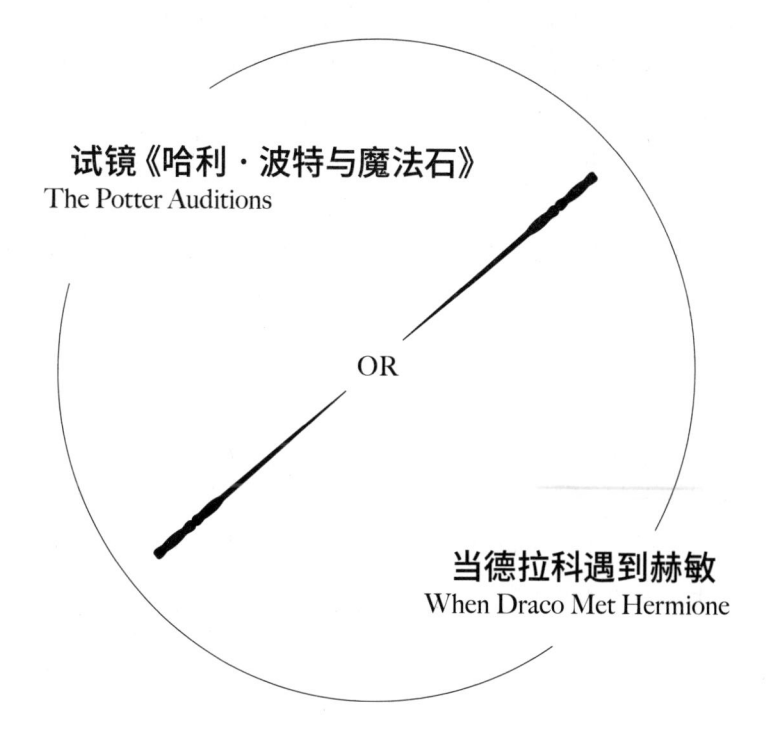

试镜《哈利·波特与魔法石》
The Potter Auditions

OR

当德拉科遇到赫敏
When Draco Met Hermione

十一岁之前，我一直在一所略显奢华的私立男校上学，学校名叫克兰莫尔[1]。它和霍格沃茨没什么相像，别去想象塔楼、湖泊和大礼堂了。但它是一个学术氛围浓郁的地方。在那里，成为班上的佼佼者是一件很酷的事，你会因为成绩优异而受到尊重，逃学在电影片场鬼混并没有益处。感谢外公的资助，我得以在那里读书。他是一位学者——后面再聊更多关于他的故事，比起为我们上大学存钱，他选择供我们四兄弟完成早期私立学校的教育。他的观念是，在我们还年轻并且容易受外界影响的时候便要开始钻研一些学术问题。

如果说我有任何学术能力，比如基本的运算能力，又或者是觉得阅读是一件令人享受的事情，那完全是源于我在克兰莫尔的那些年所受的教育。然而，当我在私立学校的学习时光快要结束时，我的注意力便开始转移。我清楚地记得，我在私立学校的最后几个月里，午餐后有半小时的休息时间，老师有时会给我们大声读故事。有一天，他挑选了某本关于一个住在楼

---

[1] Cranmore，位于英国萨里郡东部的西霍斯利村，成立于1968年。

梯下的巫师男孩的书。说实话，他读的是什么书并不重要，因为我只会有同样的反应：省省吧，伙计！一个小男巫？完全不是我的菜。

我在十一岁时换了学校。新学校离家更近，也更接地气。它被称为埃芬厄姆[1]的霍华德中学[2]，如果说克兰莫尔教会了我基础的读写算技能[3]，那霍华德便教会了我如何与某个人或者所有人交往。我生平第一次见到学生跟老师顶嘴——这在克兰莫尔几乎是闻所未闻的事。我看到孩子们在校舍里抽烟，看到女孩们因为裙子太短而被遣送回家。当然了，我完全不知道会有什么样的未来在等待我，但直到今天我都认为如果当时我没有转学，人生将会截然不同。私立学校和电影片场都是不怎么普通的生活环境。霍华德让我的生活在一定程度上维持了常态。

转学的过渡期并不好受。七年级学生的第一周，每个人都必须穿前一所学校的制服。这意味着大多数孩子都是同一种穿搭：T恤和短裤。对我和我仅有的朋友史蒂夫来说，我们要戴一顶褐红色的帽子，穿制服外套，还要把袜子拉到膝盖。简而言之，我们看起来蠢透了，而且很多人都这样告诉过我。穿成这样可不太好融入集体，但回过头来看，我很高兴能有这种改变。从小我一直以为，在这个世界上立足，就必须成为一个头脑灵光之人。后来我渐渐了解到，能与形形色色的人融洽沟通是更重要且更有效的技能。在正常的环境中生活能帮助我磨炼这种能力。当生活中的其他部分都变得不太寻常时，这将成为一个重要的优势。

---

1 Effingham，位于英国萨里郡东南部，一个历史悠久的小村庄。
2 Howard of Effingham School，一所知名的公立学校，以军事将领查尔斯·霍华德命名。
3 Three Rs，即儿童必须掌握的"三R"技能：基础教育三要素，读写算技能。

在此之前，我一直是个厚脸皮的小男孩。事实上，不止如此，厚脸皮还让我获得了不止一个电影角色。然而随着青春期的到来，厚脸皮变本加厉发展成了别的特质。我成了一个有点儿讨厌的人，甚至像个恶棍。不要误会我的意思，我住在萨里郡，这是一个令人愉快的地方，就算作为一个恶棍，我也是个优雅的恶棍。真的，我只是在尽力适应新环境。我只是在尽力做一个普通人。

而我就是个普通人。诚然，我有一点儿表演经验，拍过一些广告和几部电影，但没有人关心这些。我的新朋友对滑板、业余烟火表演和在自行车棚后面分享香烟更感兴趣。我想我甚至没有真正关心过拍电影，只觉得这是一个有趣的副业，但也仅此而已。我当然没有打算走上表演这条道路，哪怕再也不会出现在另一部电影中，那也没关系。

也许我真的不会再拍电影，因为我逐渐变得有些趾高气扬，略显傲慢自大。当然没有人会想把角色交给一个表现出这些品质的孩子，不是吗？

当经纪人第一次让我为一部名为《哈利·波特与魔法石》的电影试镜时，我完全不了解它在规模上会与我以前拍过的电影有什么不同。在我看来，这就是另一部《反斗神偷》：一部预算相对比较高的电影，有很多孩子参演，如果试镜表现得不错，便会得到其中一个角色。但如果我没有成功呢？那也没关系。这不是我人生中最重要的事，也不是最后一件事，生活还会冒出来别的东西。

然而，很快就能看得出——至少从试镜的过程来看——这两部电影是有区别的。这一次是公开试镜,我是在经纪人的要求下参加的,但绝大多数孩子是因为喜爱"哈利·波特"原著小说才来的。我想我可能是整个试镜过程中唯一不知道这些小说讲了什么故事,也不知道它们对读者意味着什么的小孩,我当然早就把那些谈论小男巫的午餐后故事会忘得一干二净。

这次试镜比我以往经历过的任何试镜都要长,都要拖沓。当然,我们并没有去好莱坞,但选角过程明显投入度更高,也更复杂。有成千上万的孩子来参加试镜,给每个人一个成功的机会需要耗费漫长的时间,选角团队一定筋疲力尽了。我以自己一贯的不甚饱满的精神状态来对待它。所有其他孩子都对有机会参演电影感到兴奋异常,而且显然对这本书了如指掌,而我则完全相反。

剧组人员让我们每三十个人排成一排。一个大人——后来我才发现他正是导演克里斯·哥伦布——沿着队伍挨个问我们最想在大银幕上看到书中的哪一部分。我记得自己当时觉得这个问题索然无味。随着孩子们一个个清晰又笃定地说出了自己的答案——海格!牙牙!魁地奇!——我记得自己站在队伍里琢磨着是不是很快就能回家了。直到轮到我旁边的孩子回答时,我才意识到自己不仅完全没有思考过这个问题,甚至完全听不懂别人在说什么。海格是谁?魁地奇是什么?我旁边的男孩声称他最想看到的是古灵阁,我心想,它们到底是什么鬼东西?也许是某种飞行动物?

根本没有时间去想明白这些问题。克里斯·哥伦布来到我面前:"汤姆,你最期待看到书中的哪一部分?"

我愣在原地。试镜间里出现了尴尬的沉默。我露出了我最迷人的微笑,指了指那个提到古灵阁的家伙。"和他一样,兄弟!"

我说着举起双手，模仿了一下振翅的动作，"我真的迫不及待地想看看那些古灵阁！"

沉默延续了好一阵子。

"你的意思是，你很期待看到古灵阁……银行？"哥伦布问道。

"哦，当然，"我赶紧糊弄道，"那个银行！迫不及待！"

他盯着我看了很久。他知道我在胡说八道，我知道他知道我在胡说八道。他点点头，然后继续询问剩下的人，得到了一连串热情洋溢的、熟知书里情节的回应。

啊，好吧，我想，有得必有失嘛。

可是试镜并没有结束。哥伦布宣布休息一下。"你们就在这里玩吧，"他说，"没有人会拍摄你们，做自己想做的事就好。"当然，这就是个骗局。摄像机正在拍摄，一个巨大的毛茸茸的吊杆麦克风悬挂在房间里。我以前在片场拍过戏，知道接下来会发生什么，对此我感觉非常自负。我当然不愿落入他们的圈套。

一个好奇心很重的小女孩向我走过来。她留着一头满是小卷的棕色头发，年纪不超过九岁。她指着吊杆麦克风问："那是什么？"

我抬头看了看，露出一副厌世又自命不凡的样子，甚至带着一丝嘲笑："什么是什么？"

"那个？"

"显然，他们正在记录我们的行为。"我转身背对着她，走开了，留那个小女孩在房间里瞪大眼睛四处张望。后来我得知她的名字是艾玛·沃特森。这是她第一次接触电影行业。我不知道是否有人听到了我们之间的交谈，但如果他们听到了，他们肯定会在我身上看到一点儿斯莱特林的特质。

试镜的最后一部分是独自与哥伦布进行一对一的交流。单独应付一个孩子是很难的事情,现实一点儿来说,如果你简单地给他们一段独白就让他们上台表演,他们能做到什么程度?不过哥伦布很厉害,他能把他想从我们身上看到的东西挖掘出来。我们排练了一个简短的场景,是哈利向海格询问有关龙蛋的事。真正的龙蛋很难找到,我们用了一个普通的鸡蛋作为道具。场景很简单,我们排练了一次,然后他们打开摄像机开始拍摄。

**内景。试镜间。白天。**

汤姆

(饰哈利)

那是什么,海格?

哥伦布

(非常棒地模仿出了海格的声音)

非常珍贵的挪威脊背龙的蛋。

汤姆

哇哦!颗货真价实的龙蛋!

你是从哪儿得到它的?

哥伦布

真的很罕见,真的。

哈利,搞到它可太不容易了。

**汤姆**

我可以拿一下它吗?

停顿一拍

**哥伦布**

好吧,但是你得小心点——它们非常易碎……

  他小心翼翼地把鸡蛋递给我,但是,就在他即将把鸡蛋递到我手上的时候,他故意把它扔掉了。那颗蛋砸在了地上,蛋液溅得到处都是。他在观察我的反应。我想大多数孩子都觉得有必要说点儿什么,或者被突如其来的变故吓一跳。我只是傻笑,可真是厚脸皮。

  我的厚脸皮——或者说狂妄自大,随你怎么说——显然没有成为进步的阻碍。第一天试镜结束后,我又被叫回去好几次。我至少为哈利这个角色试镜了好几次,还有罗恩。后来有几句简单的台词,但它们对我来说毫无意义,因为我仍然不知道住在楼梯下面的巫师是谁,也不认识他姜黄色头发的伙伴。他们给我戴上了圆框眼镜,并在我的额头画了一道疤痕。我和其他入选的人一起在工作室里待了一整天。他们甚至一度把我的头发染成了罗恩发色,不过我很高兴躲过了再一次被烫成姜黄色鲻鱼头的厄运。我渐渐觉得也许扮演这个叫哈利·波特的孩子会是一件非常酷的事……

  但是试镜结束后整整一周我都没有收到任何消息。

啊，好吧。没有消息就是最好的消息，对吧？

当然不对。

那年，我们一家人在法国度过了假期。爸爸妈妈和费尔顿家的四兄弟通通都挤进了我们那辆老旧的蓝色福特全顺面包车里，这辆车经常在高速公路上抛锚。那无疑是我人生中最美好的假期，新鲜的法式长棍面包，尽情享受能多益巧克力榛子酱。记得那年夏天妈妈看报纸时，我正在帐篷周围闲逛，无所事事地玩着悠悠球。这时她把我叫过去，让我看一张照片。

照片上有两个男孩和一个女孩。其中一个男孩留着深色头发，另一个则是乱蓬蓬的姜黄色头发，女孩顶是一头棕色卷发，我立刻认出她就是那个我在试镜时并没有友好相待的孩子。那则新闻的标题是《"哈利·波特"电影演员名单揭晓》。

我表现出一副漠不关心、不以为然的样子。"哦，好吧，"我说，"那就下次吧。"然后走开了，继续玩我的悠悠球。我不想撒谎，当时我确实觉得有那么几分失望和难过。但我很快就处理好了这种情绪，不出十分钟便继续做别的事情了。也许成为一名巫师会很有趣，但这已经不会发生了，所以不如享受假期，在阳光下玩悠悠球。

然后，当然了，我再次被他们喊了回去。他们不想让我演哈利或罗恩（或赫敏）。他们心中有另一个角色：德拉科·马尔福，那个坏小子，显而易见。

我很想告诉你，受到试镜的启发，十二岁的汤姆开始通过阅读"哈利·波特"系列小说来打发时间，然而他并没有。这对试镜很有帮助，我想。电影制作人员并不是在寻找"演员"，他们是在寻找这些角色本身。在丹尼尔、鲁伯特和艾玛身上，他们找到了角色的影子。他们三个就是——或者几乎是——哈利、罗恩和赫敏。不过我觉得我和德拉科并不完全相似，肯定是我那漫不经心的样子吸引了他们的注意。德拉科会像赫敏一样在回家后偷偷拼命地读"哈利·波特"原著小说吗？我想并不会。他会不会在回答"最想在银幕上看到哪个角色"时大放厥词？有可能。

你必须把这一点演出来，更重要的是，你必须看起来就像这个角色。剧组人员决定先看看我顶着漂染后的头发会是什么样子，而这意味着在接下来的十年里，漂白头发将会成为我生活中一个非常重要的部分。第一次完成马尔福发型用时比我预期的要长得多，从一个发色到另一个发色，不可能说变就变，尤其是要把发色变浅。这意味着要涂上一层又一层过氧化氢漂白头发，然后再上着色剂。第一次使用那些过氧化物就烧坏了我的头皮，感觉像是火蚂蚁在啃噬头皮一样，非常痛苦。接着他们告诉我还要再来一次，我求他们不要再弄了，他们充耳不闻，于是我被径直带回到美发椅。最初做这个发型时花了好几天、折腾了六七轮才达到预期的颜色。对电影制片人来说，发色正确非常重要。他们需要明确知道，马尔福的金发和韦斯莱姜黄色头发、格兰杰的棕色头发在同一画面中看起来是怎样的。我花了好几小时在镜头前测试，站在各种不同颜色的样品旁，让他们了解我穿着深色的霍格沃茨校袍，或者是绿色和银色相间的斯莱特林魁地奇袍子看起来是什么模样。

他们也需要知道当我出现在哈利、罗恩和赫敏身边时看起来是怎样的。三位主演都来参加了我的最后一次试镜，这样剧组人员便能清楚地了解我们的肤色、发色、身高以及我们的行为举止将如何搭配、相互作用、互相影响。我们已经需要一起演绎其中一个场景了——如今已经不能再用鸡蛋那一套来糊弄了事,我们开始为演绎哈利和德拉科的初次相遇做准备。

我比鲁伯特大一岁,比丹尼尔大两岁,比艾玛大将近三岁。随着我们与电影一同成长,年龄差异变得愈加不重要,但十二岁和九岁的孩子差别是巨大的,而且在我的印象中,我确实认为自己比他们大很多。我们初遇的场景就跟任何孩子们之间的初次见面一样尴尬。我们都很害羞(鲁伯特不那么害羞……)。镜头之外,我对小一点儿的孩子可能有些冷淡。请记得,我可是家里有三个哥哥的人,他们青春期时的冷漠对我的影响非常大。毫无疑问,这些冷漠有一部分投射到了这次试镜上。不过,它能帮助我得到这个角色吗?


一两周之后,我正在朋友里奇家的花园里踢足球。他的妈妈珍妮丝朝着窗外大喊道:"汤姆,接电话,你妈妈找你!"

我有点儿烦躁。比赛的局势不尽如人意。我跑进屋,不耐烦地拿起电话,气喘吁吁地说:"怎么了?"

"你成功了!"

"什么?"

"你得到那个角色了!"

"什么角色?"

"德拉科!"

我在消化掉刚刚听到的内容后,沉默了那么几秒钟。

"酷,"我说,"挺有意思。"

我接着说:"嗯,我可以挂了吗,妈妈?我正落后呢,2比1。"

我应该感到心花怒放的，但实际上我只想回去踢球。我回到花园里，里奇不耐烦地拿着球。只有少数时候我会很想告诉我的朋友们我的另一重生活是什么样子。多年前我在"疯狂宝贝"遭受的冷遇让我明白，他们对这些毫无兴趣。但这一次，我觉得有必要说出来。"怎么了？"里奇说。

"没什么。只是得到了一个角色。应该会很有趣吧。"

"什么电影？"

"《哈利·波特与魔法石》，我要演一个反派。"

"哈利什么？"

"没什么。我们还比吗？"

我输掉了比赛，但赢得了角色。

于是，一切就这样拉开了帷幕。

# 第 8 章
## Chapter 8

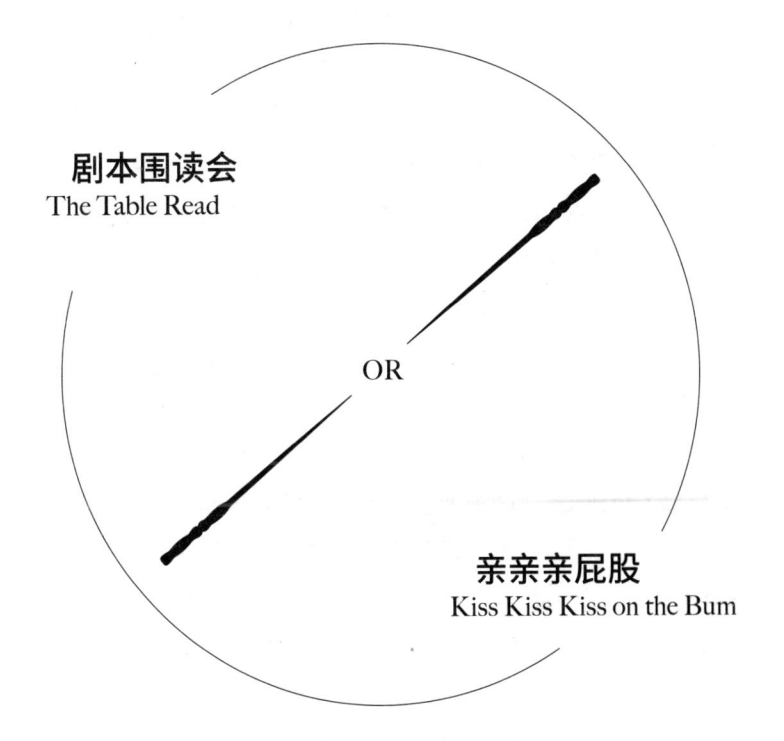

**剧本围读会**
The Table Read

OR

**亲亲亲屁股**
Kiss Kiss Kiss on the Bum

剧本已经创作完毕。选角工作也已落下帷幕。不过，电影拍摄第一天绝不是演员第一次读剧本。制片人需要确认当摄像机开始拍摄时，所有事情都已经准备就绪，一切都能顺利进行，这就是为什么需要提前进行剧本围读会。正如这个名字所言，大家围坐在桌前，大声朗读剧本。

以前我也参加过剧本围读会，但远没有达到这次的规模。看到演员阵容时我就望而生畏了。我们一路摇摇晃晃地来到利维斯登工作室[1]巨大的摄影棚里，看到那里有一个用好几张桌子拼成的大平台，至少有六米长、六米宽，桌边坐着成群的成年演员、小演员以及小演员的监护人。我们这些孩子互相打了招呼就一起玩了起来，但是就像我所饰演的角色一样，我觉得自己在学校里太孤傲了。监护人被安排坐在摄影棚的边上，所以当妈妈端着一杯好茶坐下时，我也在这个气派的大桌子旁坐了下来。我环顾四周，打量着未来十年内将成为我生活一部分的这些人。当然，我已经认识了丹尼尔、鲁伯特和艾玛。虽然现在这么说

---

[1] Leavesden Studios，"哈利·波特"系列电影的重要拍摄地之一，位于英国赫特福德郡。

可能会有点儿奇怪，不过当时在我看来他们绝不是摄影棚里最家喻户晓的面孔。英国近年来最出名的演员几乎齐聚于此，理查德·哈里斯爵士[1]坐在桌子的一端，另一端坐着玛吉·史密斯夫人[2]。理查德·格雷弗斯[3]、约翰·赫特[4]、朱丽·沃特斯[5]……我被皇家演员们包围了，有许多人我甚至认不出来。我有点儿紧张，但如果我真的知道自己正在跟一群什么样的名人共事，我肯定会紧张得多。

也有例外的情况。桌子一侧坐着一位神情严肃的男人，他有一张我熟悉的脸和辨识度极高的鼻子。艾伦·里克曼[6]，我很害怕他，倒不是因为他所扮演的西弗勒斯·斯内普散发着令人瑟瑟发抖的气质，而是因为我喜欢电影《侠盗王子罗宾汉》[7]，并且为艾伦扮演的邪恶残忍的诺丁汉郡长感到着迷。与郡首本人同处一室足以击穿我那小学生般骄傲自大的外表了。桌子另一侧是一位看起来不那么严肃的男人，他那滑稽的冷笑至今想来依然令我觉得好笑。里克·梅奥尔[8]是我和三位哥哥的英雄——尤其是阿什。我们是看着《超现实大学生活》和《低级两贱客》长大的，里克·梅奥尔经常让我们笑到前仰后合。我迫不及待地想回家告诉他我遇到了"贱人里奇"[9]。我的身边或许还围绕着很多爵士

---

[1] Sir Richard Harris，英国演员，在"哈利·波特"系列电影前两部中饰演邓布利多校长。
[2] Dame Maggie Smith，英国女演员，麦格教授的饰演者，职业生涯超过七十年，获得诸多奖项和荣誉。
[3] Richard Griffiths，英国演员，弗农姨夫的饰演者。
[4] John Hurt，英国演员，奥利凡德的饰演者，作品有《午夜快车》《异形》等。
[5] Julie Walters，英国女演员，莫丽·韦斯莱的饰演者。
[6] Alan Rickman，英国演员、导演、编剧，斯内普教授的饰演者，作品有《理智与情感》等。
[7] Robin Hood: Prince of Thieves，凯文·雷诺兹执导，凯文·科斯特纳等主演的剧情片。
[8] Rik Mayall，英国喜剧演员、编剧、制片人，皮皮鬼的饰演者。
[9] 原文为"Rik with a silent P"，指英剧《低级两贱客》里的主角之一，由里克·梅奥尔饰演。

或者女爵，但是里克让我觉得不可思议，我居然能跟他待在同一个房间里。

剧本摆在面前，我浏览了一遍，然后开始聚精会神地看自己的部分，但我并没有读完。在后几部电影的拍摄过程中，剧本都打上了每个人的专属水印，所以一旦其中一部分泄露出去，剧组人员就会知道是谁干的。这次的剧本没有水印，不过这并不意味着它们没那么重要。

剧本就像是福音。乔·罗琳[1]理所当然地对自己的故事进行严格的保护，而将这些书改编成为剧本的史蒂夫·克洛夫斯[2]自然会受到相当严格的约束。当然，他没办法把所有内容都装进去，否则一部电影可能就要演七个小时。但是一旦剧本内容通过审核，几乎就没有调整的余地了。所以大声朗读很重要，因为只有这样才能分辨出哪些部分不合适，或许节奏太慢，又或许太无聊。虽然当时我并没有意识到，但对于参加剧本围读会的演员来说，这是一个非常残忍的过程。在听了这些朗读的声音之后，如果电影制作人不喜欢其中某个人的声音和另一个人搭在一起的感觉，或者有些地方听起来不太对，他们会毫不犹豫地换掉演员或者删除这段戏。这种情况就发生在了里克·梅奥尔的身上，虽然并不是发生在剧本围读会的时候。他在电影里饰演皮皮鬼，一个爱捣乱、招惹是非的幽灵，而且拍完了所有戏份。你会觉得再也没有比他更合适的选角了，但是因为这样或者那样的原因，他的角色被砍掉了。

我们围绕桌子依次做了自我介绍。"嗨，我是大卫·海曼[3]，

---

1 对J.K.罗琳的亲近称呼，J.K.罗琳原名为乔安妮·凯瑟琳·罗琳。
2 Steve Kloves，美国编剧、导演、演员，因成功改编"哈利·波特"系列小说而广受赞誉。
3 David Heyman，英国制片人、演员。

电影的制片人之一。""嗨，我是丹尼尔，饰演哈利·波特。""我是理查德，饰演阿不思·邓布利多。""我是汤姆，饰演德拉科·马尔福。"罗彼·考特拉尼[1]和艾玛·沃特森相邻而坐，轮到他们介绍自己时，他们互相交换了身份。"我是罗彼，饰演赫敏·格兰杰。""我是艾玛，饰演鲁伯特·海格。"太可笑了，大块头的罗彼和很小只的艾玛互换角色！这是罗彼·考特拉尼的典型行为，用他绝妙的幽默感来缓和房间里的紧张气氛。他明白当一个房间里全是孩子时，不能把每件事都弄得太严肃，他有一套缓和氛围的诀窍。

并不是说这样我就不紧张了。剧本围读会开始了。每个人都很出色。提早了很多页我便感觉我的第一句台词快到了。我将对话内容标了出来，并把那一页折了角，在脑海中反复演练着这些台词。他们在火车上说的都是真的。哈利·波特来霍格沃茨了。我眼前突然闪过多年前那个出糗的时刻，当时我扮演的是一号大树，忘记了自己的台词，一边哭着一边磕磕绊绊地跑开了。现在，惨剧当然不会再度上演……

轮到我了。我匆匆读完自己的台词，感觉还不错，紧张情绪基本都消失了。进行到一半时我们休息了一会儿，里克·梅奥尔跳出来尖叫道："我们来比赛谁先跑到厕所！"说完他就像个发疯的魔笛手[2]一样冲了出去，身后二十多个孩子追着他跑。我是第一个。

拍电影是一项严肃的工作。有大量资金投入到这个项目中来。人们参与投资，利益牵扯其中，便希望看到自己的投资得到了妥善的运用。那天剧本围读会有很多大人物参加，就是为

---

1　Robbie Coltrane，英国演员，海格的饰演者。
2　Pied Piper，西方传说中吹起笛子就会让人盲目尾随的神话人物。

了确保这一点。但我有一种感觉，多亏有罗彼和里克这样可爱的人，拍摄《哈利·波特与魔法石》将会是一件非常有趣的事。它会成功吗？还会拍更多部电影吗？关于这些，我无从知晓。说实话，我甚至从没真正考虑过这些问题。对于当时的我来说，不过就是拍摄一部电影罢了。我并不指望它能改变我的生活。

比剧本研读会本身更令人兴奋的是，直到最后我终于鼓起勇气向里克·梅奥尔介绍了自己。阿什的生日就要到了，妈妈把他的生日贺卡放在手提包里了，我战战兢兢地请他签名，而他非常友好地答应了。令我欢呼雀跃的是，他写道："祝阿什生日快乐，爱你的里克·梅奥尔，亲亲亲屁股[1]"！然后欢快地跳着，像皮皮鬼一样逗其他孩子去了。

妈妈看了看那张卡片，摇了摇头，皱起眉头。"我真的搞不懂你们，汤姆，"她说，"我觉得这不怎么得体。"

"放轻松，妈妈，"我告诉她，"只是一个玩笑罢了。"我将这张卡片视若珍宝并收了起来。它确实是个宝贝。我的几个哥哥对我作为演员的副业并不太感兴趣，但里克·梅奥尔在屁股上的吻却是价值连城、非常珍贵的。

---

1 原文为"XXX on the bum"。

# 第 9 章
## Chapter 9

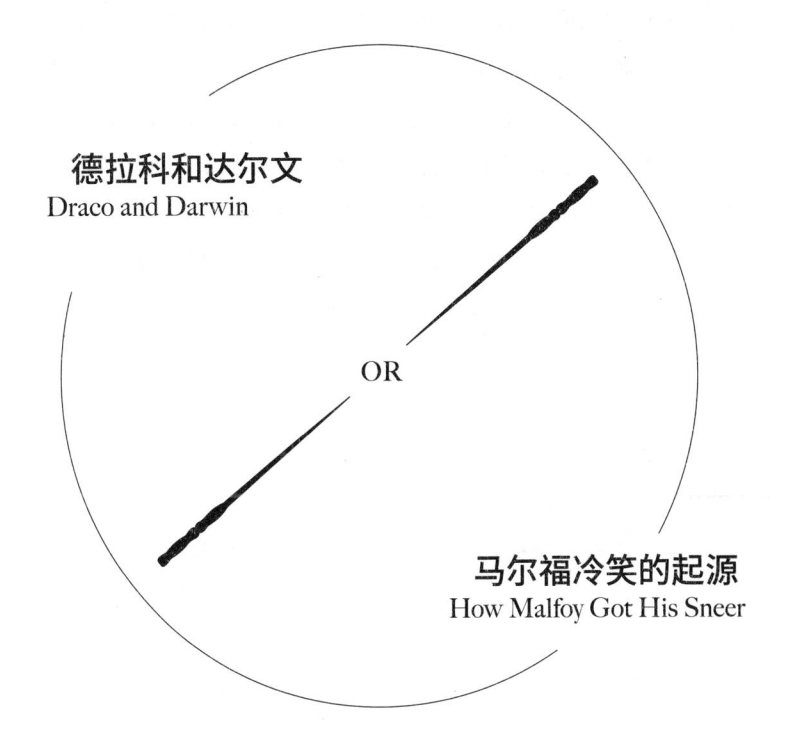

**德拉科和达尔文**
Draco and Darwin

OR

**马尔福冷笑的起源**
How Malfoy Got His Sneer

我的外公才华横溢。他名叫尼杰尔·安斯蒂，是一名地球物理学家。我想补充说明的是，他是一位杰出的地球物理学家，荣获了一连串奖项，甚至还有一个奖项是以他名字命名的。拍摄《哈利·波特与魔法石》时，我需要一名监护人陪同，外公得到了这个机会。妈妈不能总是离开工作岗位，当外公和我出发时，外婆温迪便会来帮妈妈一起处理家务事。

外公留着浓密的灰色大胡子，这让他看起来很像达尔文，如果你喜欢，也可以说他更像是一位富有智慧的老巫师，这也是为什么当克里斯·哥伦布在利维斯登工作室的楼梯间第一眼看到正陪我做发型和化妆的外公时，便觉得他应该饰演一名了不起的霍格沃茨教授。

**室内场景。 楼梯间。 利维斯登工作室。 白天。**

一位年长的大胡子绅士护送一个散漫的金发小子来到梳妆间。他们遇到了克里斯·哥伦布——他停下了脚步，眨了两下眼睛，然后点了点头。

哥伦布
（带着一种美国电影导演的热情）
嘿，你读过这本书吗？

外公
（带着一种英国学者的矜持）
我读过。

哥伦布
你能成为一名伟大的巫师！
有没有想过来演戏？

外公
没想过。

哥伦布
好吧，我们非常希望你能来霍格沃茨！
你会考虑吗？

停顿一拍。

外公
我会考虑的。

让演员的家人在电影中客串一个角色，这在当时闻所未闻。

我的外公便是个例外。在第一部电影中，当学生们第一次进入霍格沃茨礼堂时，又或者在奇洛教授高声宣布地牢里有一个巨怪时，你都能在教授桌的最右边找到他；在第一场魁地奇比赛时，他就坐在李·乔丹的旁边。他还与理查德·哈里斯有着不可思议的相似之处，所以经常被当作邓布利多的替身演员来参与拍摄排练。不管怎么说，他对这部电影的影响都远远超过了在镜头前的短暂客串。

我的外婆喜欢那些关于仙女、灵魂、魔法、鬼怪和妖精的故事，我继承了她的爱好。而我的外公是一名大科学家，他从容温和、有条不紊、非常理性。我和哥哥们曾经和他一起下国际象棋，尽管他坚持每一步棋都要考虑足足五分钟[1]，但他确实每一盘都将我们杀得落花流水。我们有一半时间是因为无聊而输的。尽管信奉理性主义，他对艺术仍怀揣着巨大的热情。他喜欢歌剧、古典乐、现代音乐、戏剧、诗歌和电影。因此，我想他很高兴能为这部电影贡献表演，也很高兴能帮助我为角色做准备。

我一说话就磕磕巴巴的。我的言辞会因为纯粹的热情而相互碰撞，甚至出现轻微口吃的状况。外公教我放慢说话的速度，清楚而准确地进行表达，这对任何年轻演员来说都是很重要的一课，不过外公向我提供的绝不仅仅是普通的建议。他对德拉科最具辨识度的特征之一做出了重大的贡献，这个特征便是：冷笑。

没有充满嘲讽的冷笑，德拉科就丧失了灵魂，所以他坚持认为我需要练习。我们对着镜子坐在小床上，尝试把那种冷笑演得恰到好处。他告诉我，想象自己正对着可怕的东西微笑，如果笑得太灿烂，会显得太高兴。他要确保这种冷笑是小幅度

---

[1] 国际象棋规则，每方每步限时5分钟。

的、假惺惺的笑。等我掌握到了这一诀窍，他又教我扬起头并张开鼻孔，就像是闻到了什么恶心的东西。"完美，"他说，"现在只用一个鼻孔做这个表情。"最终，他鼓励我在冷笑中引入那种作为兄弟中年纪最小、身材最矮小、体格最瘦弱的孩子的挫败感。我有非常多的挫败感可以利用！每一个弟弟妹妹都觉得自己活得很艰难，如果德拉科对待其他的演员就像我的哥哥们时不时对待我那样的话，那我一定能做到满分。

我按照他说的做了，坐在镜子前，回想着哥哥们叫我"小不点儿"和"小矮子"的时刻。想起所有他们霸占着电视遥控器一眼都不让我看的时刻。想起了金克在我们玩爸爸从多金旧货市场淘回来的四手台球桌时故意惹恼我的事：我拿起球杆，像掷标枪一般猛地向他扔过去，而他非常自私地躲开了，"标枪"径直飞了过去，击碎了后门玻璃。

当然了，哥哥们永远是我最好的朋友，我家也与马尔福庄园完全不同，那是一个快乐、有趣、充满爱的地方。德拉科是一个黑暗、冷酷、满是恶言恶语的家庭的产物，而我则出生在一个充满爱的家庭中。但是，跟外公一起在镜子前度过的那段时光教会了我一些重要的表演技巧：演员把一些属于自己的东西带入角色，利用现实生活中的元素，将它们重新塑造成全然不同的东西。我不是德拉科，德拉科也不是我，但是分界线不是非黑即白的，而是一片灰色的阴影。

# 第 10 章
## Chapter 10

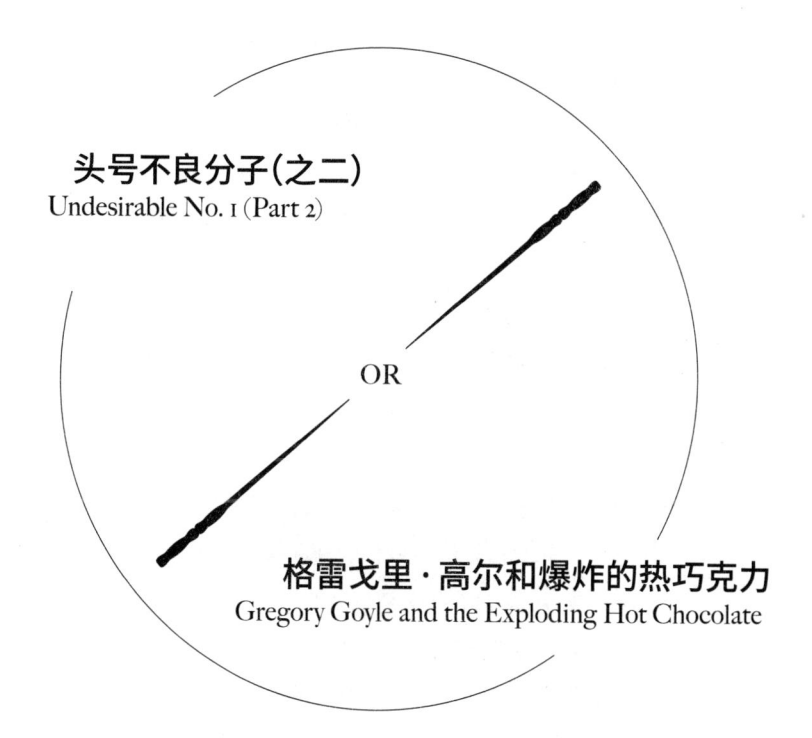

### 头号不良分子(之二)
### Undesirable No. 1 (Part 2)

OR

### 格雷戈里·高尔和爆炸的热巧克力
### Gregory Goyle and the Exploding Hot Chocolate

拍摄一部电影是一种团队合作。"哈利·波特"系列电影是无数超凡绝伦的创造性想象力的产物，从罗琳到艺术部门和摄影团队，再到令人惊叹的演员。对我来说，前两部电影中将上述种种绑在一起的黏合剂、并使想象成为现实的人，是导演克里斯·哥伦布。

我甚至没有意识到自己一直是他的影迷。他拍摄了很多我在成长过程中特别喜欢的电影，包括《窈窕奶爸》和麦考利·科尔金主演的《小鬼当家》，小时候我曾在纽约短暂地偷偷占有过科尔金的影迷。但哪个孩子会在看电影时想到导演是谁呢？如果我跟朱迪·福斯特或者约翰·古德曼一起演戏都能镇定自若，那么跟一个从没听过名字的导演一起工作一定也不会太困难。这种情况很快就改变了。在片场里，哥伦布很快便成了我某种意义上的导师，如果没有他，我的表演无疑会是另一副模样。

哥伦布对如何跟孩子打交道以及如何从我们身上得到最佳拍摄效果有一种与生俱来的领悟和理解。我想，如果没有一些顽皮、天真、幼稚的触觉，你是拍不出《小鬼当家》这样的电影的。他清楚地知道让二十个孩子待在同一个房间里，用不了多久他们便会闹成一团(拇指对抗赛和互相打闹特别受欢迎)。他从来没有试图制止这一切,相反,他鼓励我们这样做。他有一种出色的能力,不会被项目的规模所左右。他在嬉笑打闹中就完成了一切。他的玩乐之一是在摄影棚的中间架设一个只有一个篮筐的小型篮球场,起初这是为他一个人准备的,以便午餐时间他可以投一会儿篮,后来渐渐有两三个人加入,然后我问他我可不可以玩。"当然了,快来,快来!"最后,我们大约有八个人会在午餐后一起打四十五分钟篮球。麻烦的是,打上十五分钟后,我的汗水便会完全浸湿头发和衣服,脸上所有苍白的妆效都会顺着汗水往下流,哥伦布因此受到了化妆师和发型师的抱怨。"抱歉了,朋友,"他告诉我,听起来真的满怀歉意,"我很想和你们一起打球,但这么干真的不行。"(在这之后,我还是偷偷地玩过几次,但会尽量把出汗量控制在最少的程度。)

哥伦布并不主张告诉我们应该做什么或者应该怎么演。他坐在监视器后面,对于怎么才能让拍摄顺利进行胸有成竹。他似乎清楚地知道应该对每个人说什么才能挖掘出他最想要的东西。通常,没说什么往往比说了些什么更重要。他有自己的策略,有时会通过塑造环境而让小演员演得自然而不做作。最好的例子就是拍摄新生第一次进入霍格沃茨礼堂的镜头。在拍摄那一幕之前,制作组刻意要求所有孩子远离布景。与此同时,哥伦布确保礼堂的布置相当宏伟壮丽。桌子都摆放好了,布景也已经全部到位,数以百计的燃烧的蜡烛被鱼线挂在天花板上(后来鱼线烧化了,蜡烛掉了下来)。邓布利多、海格、斯内普以及我的外公——穿着全套礼服,衣着华丽地坐在教授桌旁。当然了,那里没有闪耀的星空,只有一个巨大的脚手架充当天花板,但是第一次步入这个场景时你无法不为之感到震撼并惊叹。你在电影里看到的一年级新生的表情都是真实反应，他们其实和电影里看起来一样震惊，正中哥伦布巧妙的意图。他完全不必告诉我们需要做什么，只需为自己想要的反馈设计出一个完美的环境。（当然，表面上我仍然摆出那副厌世的、毫不在乎的、什么都无法打动我的态度，所以即便我跟其他人一样完全被震撼到了，我依然挂着一副不那么着迷的表情。我想这无疑也是哥伦布计划的一部分：我的态度完美匹配马尔福这个角色。）

哥伦布的热情是源源不断的。他一直在重复："太棒了，朋友，这真的是太棒了！"实际上，在第二部电影快拍完的时候，我们已经开始用自己的方式模仿他那句"太棒了，朋友！"但我绝对相信他并不介意我们这样做。事实上，他还会鼓励我们这样做。他希望我们都能厚脸皮一点儿，能玩得开心，因为他知道这些情绪都会呈现在银幕上。

与他面对面时，他一对一的指导技巧同样精妙，因为他就是这样一位伟大的导演。年轻演员都希望给他留下深刻印象，我也不例外。他曾经大肆宣扬自己有多热衷于讨厌德拉科。每次我冷笑或是流露出优越感时，他便会喊"卡！"，然后皱起他的脸，面带微笑说："哦，你这个浑蛋！"比起告诉我他想要什么，他更喜欢对我的表演中令他满意的部分做出积极回应。如此一来，他便可以从我的表演中获得他想要的东西，而不需要给我压力或是提出要求。对我来说，这就是一位伟大导演的标志。

不过，也不可能总是胡扯和开玩笑。哥伦布这种悠闲的态度是有用意的，是为了让我们这些小演员都表现出最佳状态，但我们也不能太悠闲了。片场有几十个孩子，场面很容易陷入混乱。所以当老大更关注如何让他们玩得开心时，怎么才能控制住这群兴高采烈、活蹦乱跳的小坏蛋呢？这就需要有人来唱白脸，扮演一个哪怕不完全是与哥伦布那样的好警察对立的坏警察，但至少也是一个严厉的警察这样的角色。这个角色落到了克里斯·卡雷拉斯[1]身上——"哈利·波特"系列里第二关键的克里斯。

卡雷拉斯是第一副导演，他是哥伦布的左膀右臂，负责整个片场的运转。他的职责便是确保一切都能顺利并且按时进行。要让一群兴奋的孩子听从你的吩咐，这绝非易事。卡雷拉斯是这项工作最合适的人选。他是行业内公认最优秀、最受尊敬的副导演之一，像教官一样管理着片场事务。无论走到哪里，他都会在脖子上挂一个黑色哨子，第一天到达片场时，他就向所有人发表了讲话。就像邓布利多向全校宣布如果不想死得太痛苦的话禁止进入三楼的走廊一样，卡拉雷斯举起他的哨子，并且立下规矩："如果我吹响了哨子而你还在继续说话，那我就送你回家。"

卡雷拉斯是个好人，但我们都有点儿怕他。我不认为他真的会把我们送回家，但他威严十足，又受人尊敬，所以我们相信他可能真的会这样做。因此每当他吹响那该死的哨子时，哨声范围内的每一个孩子都会停下他们正在做的事情，闭上小嘴，听从指挥。

偶尔也有例外。

乔什·赫德曼——在电影中扮演高尔——和我曾遇到过不少麻烦。我非常清楚地记得我们在国王十字车站拍摄的第一天，那是爸爸为数不多在现场陪我的日子之一，而我可以非常高兴地宣布，我不是那天在现场闯祸的唯一一个费尔顿。他走到片场，然后不出意料地被眼前的一切所震撼，道具、摄像机、复杂的布

---

[1] Chris Carrera，多部电影的副导演，助理导演。

景，以及当然了，那个"九又四分之三站台"的标志。那时候它第一次被挂起来，必须对公众严格保密。爸爸兴致勃勃地拿出相机拍了一张照片。当然，这是绝对禁止的，而且违反了片场规定。一位助理导演从后面看到了，大喊有人在拍照。听到喊声后，一大群人开始愤怒地四处寻找偷拍的卑鄙狗仔。爸爸火速藏起相机，然后指着另一个方向喊道："他往那边去了！"就这样，他顺利逃脱了一顿严重的训斥。

我就没那么幸运了。那天天气很冷，所以剧组人员为所有孩子提供了咖世家[1]的热巧克力。我狼吞虎咽地喝完后把空杯子放在了地上。乔什用脚后跟把它踩扁了。他这套动作看起来十分帅气。然而当卡雷拉斯的哨声响起时，乔什正慢慢地喝着他那一杯，几乎还没喝多少。他赶紧把杯子放到地上，立正站好。我就没那么听话了。我不甘示弱，一心以为乔什的杯子也是空的，于是奋力跳到半空，然后双脚齐齐踩在杯子上。

一杯爆炸的热巧克力能把十二英尺半径范围内的每一套霍格沃茨校袍弄得一团糟，这简直不可思议。一个赶时间的电影制片人最不想看到的就是一群青少年把自己弄得又湿又脏，戏服还急需清洗。卡雷拉斯的脸垮了下来，他大步向我们走来，脸上带着一副连斯内普看了都会瑟瑟发抖的表情，仿佛在说：你们这些小浑蛋！在那一刻，我被卡雷拉斯吓到了，并且真心以为我作为德拉科的职业生涯还没开始就要结束了。令人欣慰的是，他训斥我时，我在他脸上察觉到了一丝若有似无的微笑。我侥幸逃过一劫，不过我们再也不被允许在片场喝热巧克力了。虽然我很想告诉你，自从被克里斯·卡雷拉斯臭骂一顿后我们便乖乖听话了，但恐怕这并不是事实……

---

1　Costa Coffee，连锁咖啡品牌。

从我得到德拉科·马尔福这个角色起，规则就十分清晰：不许做任何危险的事情。滑雪？不可能。极限运动？开玩笑。就像拍巴克莱信用卡广告时一样，这些限制是有道理的。没人愿意花几百万英镑拍电影拍到一半，结果不得不重新拍摄，就因为有一名演员折断了三根骨头、接下来的半年时间必须在医院里度过。

即使是轻伤也会——实际上确实会——造成问题。拍摄第二部电影时，我的朋友里奇——妈妈打电话告诉我得到德拉科这个角色时，我正在他家跟他一起踢足球——要来我家玩耍过夜。我们睡在客厅，我睡沙发，里奇睡地板。当时，费尔顿家是无绳电话自豪的新主人，我和里奇一整晚都在打恶作剧电话。我们关上了灯，这样妈妈就不会知道我们并没有睡着。

"把电话抛给我。"我兴奋地悄声说道。

里奇照做了。他把电话抛了过来，非常用力。你会认为作为斯莱特林魁地奇队的一员，我的手脚应该非常灵活，但就在我伸手去抓电话时，我的找球手技能令我失望了。电话结结实实砸在了我的额头上。该死。我们笨手笨脚地摸索着找到电灯开关，然后开了灯。里奇盯着我。"怎么了？"我说，"怎么了？你看到什么了吗？"

"我，的，天，啊。"里奇低声说。

我的额头上鼓起了一个金色飞贼大小的肿块。即使不需要拍电影，这也不是什么光彩的事。而当你第二天早晨还要在霍格沃茨礼堂拍摄一幕非常重要的场景时，这就更加不妙了。

妈妈第一时间给剧组打了电话："呃，汤姆出了点儿小意外……"

"好吧,"一位长期受苦受难的制片人员回答道,"情况有多糟?"

"嗯,也不算太明显。"她撒了个谎,"只是脑袋上有个小小的肿包……"

然而那天早上我走进梳化间时,大家都沉默了,我看起来像是从《猫和老鼠》动画片里跑出来的人一样。一位化妆师带我坐到椅子上,然后尽了她最大的努力来遮盖我可笑的伤,结果那天我在霍格沃茨礼堂的每一幕戏都不得不从没有受伤的一侧来拍摄,而这都要归功于里奇不靠谱的瞄准以及我笨拙的身手。

所以这条规则被严格执行:不准做任何危险的事。

这当然是我在拍摄"哈利·波特"系列初期的糗事。我们最早的一次外景拍摄是在诺森伯兰郡的安尼克堡[1]进行的,我们跟霍琦夫人的饰演者佐伊·沃纳梅克[2]一起在那里拍摄了飞行课的相关场景。那场戏花了至少三四天才拍完:久到足以让我跟迪安·托马斯的饰演者艾尔菲·伊诺奇[3]携手惹出一大堆麻烦。艾尔菲比我大一岁,是个聪明有趣的家伙。在片场,他有一个专业的监护人,而不是由父母或者其他家庭成员陪着,而且他跟我一样,也很喜欢玩滑板。当然,滑板是被严格禁止的,一个鲁莽的年轻演员玩滑板时会对自己造成很大伤害。不过,我还是设法悄悄在行李箱里偷藏了一个。我很快就找到一个铺着柏油路的小山坡,就像你有时会在一些偏僻的地方发现的那种缓坡。于是我说服了艾尔菲,让他觉得一起偷偷溜出去玩滑板是个好

---

1 Alnwick Castle,"哈利·波特"系列电影取景地,位于英格兰北部的安尼克小镇。
2 Zoë Wanamaker,英国女演员,作品有《我的一家人》《王尔德》等。
3 Alfie Enoch,也译作阿尔弗雷德·伊诺奇,英国演员,作品有《逍遥法外》《神探夏洛克》《小镇疑云》等。

主意。

那并不是一个好主意。这个主意上写满了"灾难"。但我们并没有过多在意。我们一溜烟跑上山头,把滑板试了个遍。其实我们当时就意识到不该站在滑板上滑,而应该把它当作雪橇来骑。当艾尔菲的监护人发现我们毫不在乎自身安全,也不在意如果受伤会对电影可能造成多么大的麻烦,踩着滑板从山上飞驰而下时,她完全气疯了。我们的脸都丢尽了,而我很快就被贴上了坏榜样的标签。

我心想这种标签简直是胡言乱语。事实上,它并不是。拍摄刚一开始,生活似乎就成了艺术的写照,我发现自己与杰米和乔什——克拉布和高尔——组成了一个小团体。拜国王十字车站的热巧克力爆炸事件所赐,我和乔什一战成名,成为剧组的麻烦制造者。而我们很快又被另一种爆炸所吸引。

我们一直在纽卡斯尔及周边地区拍摄,住在同一家酒店,这很棒,因为拍摄结束后我们可以一起出去玩。当乔什透露他设法带了一把发空包弹的仿真枪来时,我们都非常兴奋。因为再过一百万年妈妈都不会允许我这么做。它看起来和普通手枪并无二致,不过只能发射空包弹。即使没有子弹,你也不会希望它落到三个调皮捣蛋的青少年手里。当然,这还仅仅是刺激的一半。

我们跃跃欲试,可又想不出一个合适的场所。酒店里显然不行,连我们都知道,让它靠近片场是非常愚蠢的做法。最后,我们等到半夜三更才偷偷溜到附近一个多层停车场的地下室,这一层是空的,我认为我们选择这里的理由是,这里相对安全,我们可以在不惊动任何人的情况下尝试开枪,最关键的是不会被抓到。

但我们没考虑到声音的问题。

如果你曾去过城里的停车场,你便会知道那里的回声有多大。想象一下枪声制造出的噪声吧,尽管那只是一把空枪。乔什给枪上了膛,我们都绷紧了全身的肌肉。

他扣动了扳机。声音震耳欲聋。它发出了巨大的声响,回声在整个停车场回荡。如果我们只是想偷偷地玩一场,那我们可真是选择了全纽卡斯尔最糟糕的地方。我们惊恐地盯着对方,而回荡的枪声丝毫没有消退。它就像一封吼叫信,声音不断在霍格沃茨礼堂里回荡,挥之不去。

于是我们逃跑了。

我从没冲刺得这么快过。汗流浃背,气喘吁吁,惊慌失措,我们冲出停车场,回到酒店,把自己关在房间里。我害怕有人看到我们,害怕我们会被举报并被带到警察面前,或者更糟糕:在制片人大卫·海曼面前被拖走。之后会发生什么?我们肯定会被遣送回家。那么拍电影的事肯定就到此为止了?克里斯·哥伦布肯定也会对我们愚蠢的行为感到失望?

冰冷的恐惧在我的血管里流淌,我等待着,等待着敲门声响起,或者更糟——等待着克里斯·卡雷拉斯的口哨声,然而两者都没有出现。我们逃过一劫[1]——几乎是字面意义上的,尽管我们再也不会蠢到去公共停车场放空枪了,不过,当人们一起做了坏事又一起侥幸逃脱时,他们之间会产生一种紧密的联系。德拉科、克拉布和高尔不管在小说里还是在电影里都是讨厌的麻烦制造三人组。也许有些人认为斯莱特林三人组在现实生活中更为糟糕,至少小时候是。对此,我无法评价。

---

1 原文为dodged a bullet,字面意思是逃过一颗子弹。

# 第 II 章
## Chapter II

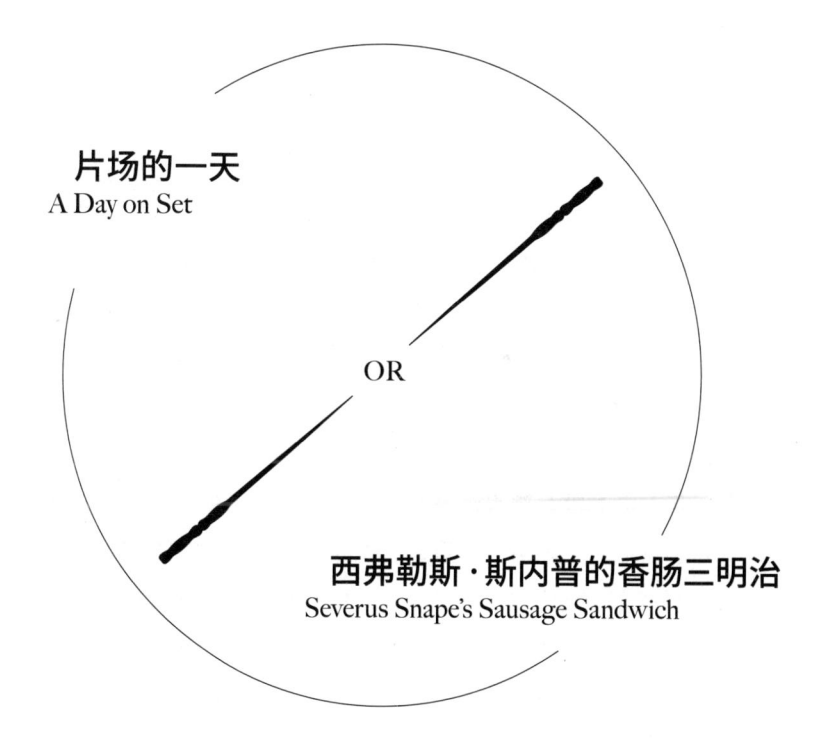

片场的一天
A Day on Set

OR

西弗勒斯·斯内普的香肠三明治
Severus Snape's Sausage Sandwich

可能在你的想象中,"哈利·波特"片场拍摄的一天应该充满魔法光辉,或者享受着好莱坞明星般的待遇。

不好意思,我得戳破你的梦幻泡泡了。

别误会,在电影片场当演员肯定比上学有趣得多。但我发现,现实和大多数人想象的不一样。

通常,片场的一天是这样开始的:早上六点吉姆会来敲我家大门,他当了我九年的司机,我们亲切地称他为"豆角哥"。他会精神抖擞地等着送我去工作。和其他青少年一样,早上六点我完全处于萎靡不振的状态。我会不情不愿地从床上爬起来,夹着枕头,行尸走肉一般走向那辆深绿色的宝马7系,这辆车的轴距很长,当时我根本没必要坐这种车。在副驾驶座位上坐稳后,车一开我就会睡着,从家到制片厂要一个半小时,我可以一直沉睡不醒。最后,吉姆会把我送到极具标志性的5号门。

5号门通向更衣室、制片办公室和美术部门。这是我见过的最寒酸、最破败的一栋楼。老旧的楼梯摇摇晃晃的,地上铺着黏糊糊的棋盘格油地毡。这里经常下大雨,就算不下雨,天空也总是灰蒙蒙的,让人一看就知道自己肯定身处在英格兰,而不是好莱坞。睡眼惺忪的我会去食堂吃点儿炸薯饼配焗豆，这种饱腹感很强的英式早餐很适合用来喂饱饥肠辘辘的少年。然后我会跟跟跄跄地爬上摇晃的楼梯，到制片办公室去拿我的"当日选段"。"当日选段"是迷你版的剧本，写着当天的拍摄顺序和我需要熟悉的台词。我是第二导演助理们的噩梦，他们负责编写、分发选段，而我总是会弄丢自己的那份文件。

接下来，我会动身前往更衣室。途中会经过美术部门，一个神奇的地方。很多才华横溢的美术师会围坐在古灵阁式的长桌边，用黏土制作魔法世界的道具，或者为各种布景打造逼真的微缩模型。美术部门的尽头是大卫·海曼的办公室。被叫到他办公室就像被叫去见校长一样，一般会谈论一些重要的事。丹尼尔、艾玛和鲁伯特三人的更衣室在同一个走廊的尽头，附近有一张乒乓球桌(补充一点：艾玛·沃特森小时候很擅长打乒乓球)。而我的更衣室在另一个走廊，门上的牌子写着"德拉科·马尔福"。按照惯例，门上一般会写角色的名字，而不是演员的名字。(拍摄第五部电影时，艾伦·里克曼把他梳化间门上的名牌换成了"混血王子"。)如果有人以为我享受了优待，有一个非常舒适的更衣室，那只要进门看看，这种想法就会烟消云散。整个房间很小，墙面刷了白漆，里面有一个金属挂衣架和一张塑料椅。衣架上挂着我的霍格沃茨校袍，或者当天要穿的服装。我会换上衣服，然后出发去梳化间。

"哈利·波特"系列电影的妆发造型是个大工程。造型师一天要给二十甚至三十位演员做造型。每天早上我大概要在化妆椅上折腾一个小时才能做完，如果要染发根，时间还会更长，每九天我就要染一次发根。有时做完一整套造型后，当天可能根本不会拍我的戏份（蒂莫西·斯波[1]曾经告诉我，他演戏是免费的，片酬只是他的待机费）。我们必须时刻做好准备，以防万一有哪场戏需要上场，而大多数时候都只是干等。这可能会让人感到挫败，不过对于沃维克·戴维斯[2]这样的演员来说就更头疼了。他的妆发需要做三四个小时，卸掉造型也要好几个小时。如果这一天最后没上场，他就要在化妆椅上白坐很长时间。

现在，我已经全副武装成德拉科本人，校袍随风飘动，漂染的金发一丝不乱。该去上学了。可惜所谓的学校并不是霍格沃茨，而是另一条走廊里的另一个纯白色房间，众多辅导老师中的一位会在那里等着我们。按照法律规定，所有学龄儿童每天都要接受至少三小时的课程辅导。剧组把这个规定执行得精确到了毫秒：我们的辅导时间是用秒表计算的。我们拿起笔的那一刻开始计时，放下笔去片场时计时结束。就算只学短短五分钟，也会计入三小时内，这种断断续续的课堂并不利于有效学习。

我倒不是很在意学习有没有效果，只是很讨厌辅导。这和辅导老师没什么关系。妈妈推荐了珍妮特，之前拍摄《安娜与国王》时她为我做过辅导。以她为首的一队老师在我们身上下了很大功夫。我经常和杰米或乔什一起上课，最多三个人一起，因为我们的戏份一般是同步的，但我总是注意力不集中，一有人喊我去走位，我就马上溜之大吉。

利维斯登有八个摄影棚，以A到H八个字母命名。每个摄影棚其实都是一个大型仓库，剧组人员会在里面搭建细节逼真的布景。他们往其中一个仓库运了很多吨表层土，还种了真树，

---

1 Timothy Spall，英国演员，小矮星彼得的饰演者。
2 Warwick Davis，英国演员、制片人、编剧，弗立维教授和拉环的饰演者。

用来搭建禁林；另一个仓库里放着当时世界上最大的水箱。如我之前所说，位于最后一个摄影棚的霍格沃茨礼堂布景非常宏伟，它距离5号门最远。走过去要很久，如果运气好，你可以坐高尔夫球车过去，一路上很有意思（好几次我想滑滑板过去，有一两次还想自己开车过去，但每次都会被严声呵斥）。途中会经过各种各样的白色帐篷，很多技术人员和其他工作人员会在帐篷里认真调试当天拍摄会用到的设备。随着拍摄的推进，这一路上渐渐堆满了之前几部电影里的场景道具。比如，路边有《哈利·波特与魔法石》中出现过的超大巫师棋道具，天蓝色的福特安格里亚小轿车[1]，而最引人注目的莫过于密室入口那排巨型蛇头雕像，制作工艺非常精致，看起来栩栩如生，很有分量。只有走近看你才能看出这些雕像是用很轻的聚苯乙烯材质做的，基本上没什么重量。其他摄影棚里堆满了各种各样的道具和物件，哈迷们到了这里应该会乐不思蜀。

最让人印象深刻的布景是后几部电影中出现的有求必应屋，里面摆满了五花八门的魔法用具。大大小小的箱子、乐器、水晶球、瓶瓶罐罐，还有奇形怪状的毛绒玩具。椅子和书本高高摞起，歪歪斜斜、摇摇晃晃，看起来随时都会倾倒（其实中间有铁杆固定）。布景中到处都是形形色色的奇珍异宝，这些物件在老古董店里很常见，只不过在这里数量极为庞大，就算逛一年也看不完，非常有趣。

走位指的是在拍摄之前先把一场戏编排一遍，这样正式开拍时每个人都知道自己该在什么时候做什么，以及最重要的——熟悉自己的站位。这个流程对导演和演员而言至关重要，因为借此机会可以通过不同的方式排练台词、动作和面部表情。我一

---

[1] 亚瑟·韦斯莱改装的飞天汽车。

般被安排站在角落里，一脸闷闷不乐的样子，或者在礼堂我常坐的位子上本色出演。成年演员一般有更多发挥的空间。观看这些优秀演员在走位过程中逐步打磨自己的表演，可以学到很多东西。虽然台词是固定的，但诠释的方式灵活多样，情节也就慢慢变得生动起来。

走位对于摄影团队也同样重要，因为一场戏里可能会有很多动态镜头，摄影团队要事先确定多个拍摄机位。我们的摄影团队规模庞大，时间也很充裕，所以这项工作非常复杂。试想一下，如果要拍摄一场礼堂的戏，可能要拍大门打开的镜头，天花板的镜头，哈利、罗恩和赫敏坐在格兰芬多学院桌子旁的镜头，还有海格和邓布利多坐在高桌旁的镜头。哈利和德拉科可能会产生争执，那么摄影团队就要考虑怎么从哈利肩膀的角度拍摄到德拉科的反应。他们会在地上放一些小沙包，帮助每个人记住自己的站位。拍摄时所需的视线角度往往和我们平时自然的视线有所不同，所以剧组人员会在镜头周围粘上小块的胶带，提示演员该往哪儿看。

走位完成后，还要做很多准备才能正式拍摄。有时布置灯光需要两三个小时。儿童演员不仅有学习时间的要求，一次能在片场连续待多长时间也有法规限制，同样也会有人用秒表计时。所以我们会被打发去参加辅导，同时由替身代我们留在片场。这些替身演员不用和我们长得很像，但身高和肤色必须和演员相同。他们负责在布置灯光时模拟我们的动作，而我们则必须迈着沉重的步伐，回到珍妮特和其他辅导老师的教室里，重新拾起无聊的代数课本或者其他课本。一按下秒表，我们就开始学习，直到片场做好准备让我们再次投入拍摄。

午餐时间我们会聚集在食堂，这时候总是很好玩。所有人都混在一起，电工可能会和巫师、妖精、摄影师、木工还有海格一起排队打饭。随着拍摄的推进，日程安排越来越紧张，剧组会让食堂送餐，以便节省时间，特别是对丹尼尔、艾玛和鲁伯特三人而言。但艾伦·里克曼每天都会雷打不动地出现在食堂里，身穿斯内普那一整套飘逸的长袍，端着餐盘和其他人一起排队打饭。打从第一天见面起，我就很怕艾伦，直到三四年后我才鼓起勇气，在每次见到他时战战兢兢地尖声挤出一句"艾伦你好！"，不过每当看见他一副斯内普的装扮耐心等待香肠三明治的样子，我的畏惧之心就稍有放松。

每天的拍摄中，常常会有人来片场参观。一般来参观的都是小孩，大部分参观活动都是为了帮助儿童慈善组织。艾伦·里克曼为自己支持的慈善组织申请参观活动的次数最多。我感觉几乎每天都有他邀请的团体来参观。他最了解来"哈利·波特"片场参观的孩子们想要什么。没有人想来认识丹尼尔、鲁伯特、艾玛或者我本人，他们想见到的是电影里的角色。他们想戴上哈利的眼镜和罗恩击掌，或者和赫敏拥抱。而丹尼尔、鲁伯特和艾玛在现实生活中非常符合大家对角色的想象，所以总能满足他们的期待。可是到了我们斯莱特林就不一样了。虽然我拿到德拉科这个角色有一部分原因是我和他有相似之处，但我可不想像德拉科那样，在一群兴奋不安的小孩面前摆臭脸。我会满面春风地跟他们打招呼，尽可能表现得热情友好。"大家好！你们玩得开心吗？最喜欢哪个布景？"天哪，这可真是弄巧成拙。孩子们每次都会大吃一惊，困惑不已。他们讨厌友善的德拉科，就像他们讨厌捣蛋的罗恩一样。他们无法理解这件事。而艾伦完全明白这一点。他知道比起艾伦·里克曼，孩子们更想见到西弗勒斯·斯内普。所以不管什么时候，只要有小孩来见他，他就会给他们来一整套斯内普式表演。他会拍一下他们的头,拉长语气,生硬地进行一通说教,让他们把衬衫……塞……进……裤……子……里!然后这些孩子们会瞪大双眼,又害怕又新奇。那个场景真的很可爱。

随着时光流逝,我发现人们会难以区分事实和虚构,分不清想象和现实。有时候这一点还挺让人头疼的。但我真希望当时在利维斯登制片厂见到那些孩子时,我能像艾伦一样,自信地扮演好自己的角色。毫无疑问,他的表演为普普通通的日子增添了许多光彩。

# 第12章
## Chapter 12

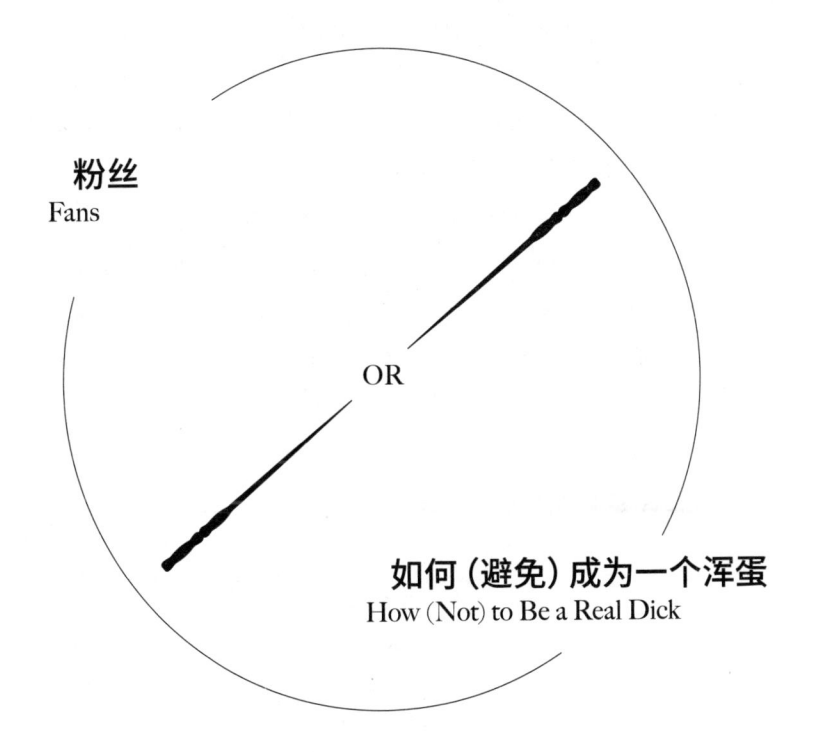

**粉丝**
Fans

OR

**如何（避免）成为一个浑蛋**
How (Not) to Be a Real Dick

莱斯特广场的欧狄恩影院[1]。

我去那里参加过一次首映礼，当时阿什和金克还大显了一番身手。哦不对，是吐了自己一身。所以《哈利·波特与魔法石》的首映礼对我而言并非是完全陌生的体验。我和家人乘坐几辆黑色出租车到了现场。我穿着西装，打了领带，衬衫下摆没有塞进裤子，还敞着第一颗纽扣（外公很看不惯我这个样子）。现场的人群沸沸扬扬，但我还挺享受热情的粉丝和相机，以及整个混乱的场面。不过，放映结束大家陆续离场时，有个小孩子跑到我面前，我猜他应该是电影公司里某个大人物的儿子。他看着最多也就五岁，却怒气冲冲地瞪着我。

**外景 莱斯特广场欧狄恩影院 夜晚**

小孩

嘿！你是德拉科吗？

---

[1] Odeon Leicester Square，位于英国伦敦莱斯特广场内的影院，常常举办影视作品的首映礼。

汤姆

呃，是啊。

小孩

（气愤）

你真是个坏蛋！

汤姆

（困惑）

啊？

小孩

我说，你真是个坏蛋！

汤姆

等等……什么？

小孩

滚开！

小孩愤愤不平地转身离开汤姆，消失在人群中。汤姆挠了挠脑袋，对刚刚发生的事百思不得其解。

我不明白他为什么对我这么不客气，我做错什么了？他是在批评我的演技吗？我转身看见外公面带微笑，然后意识到这不失为一件好事。他说，那个小男孩讨厌我就对了。如果一个五岁小孩看了我的表演后打心底里看我不顺眼，那说明我演对了。我终于明白，我演得越像坏蛋，小孩子越讨厌我，就越有意思。

不过当时我还不太理解有些影迷难以区分演员汤姆和角色德拉科这回事。五岁的小孩分不清很正常，但有些大人也分不清，这就让我有点儿费解了。在美国的一次提前点映礼上，一位女士走过来，目光凌厉地瞪着我。

**外景 纽约市时代广场 夜晚**

目光凌厉的女士
你为什么要欺负哈利？

汤姆
（有些措手不及）
不好意思，你说什么？

目光凌厉的女士
你就不能别再招惹他吗？

汤姆瞥了瞥四周，很明显在思考能不能开溜。但没办法，他被困住了。

汤姆
呃，你在开玩笑，对吧？

这句话惹恼了对方。女士的目光更加凌厉,她眯起眼睛,瘪着嘴。

> 目光凌厉的女士
> 我没开玩笑。
> **你为什么要对一个父母双亡、身世凄惨的人那么狠毒!**

汤姆张口想说些什么,又闭上了嘴。沉思过后,他小心地开了口。

> 汤姆
> 啊,好的,你说得对。
> 我会,呃,以后尽量更友善一些。

女士听到了想要的回答,皱眉点头表示满意,然后转身丢下汤姆,扬长而去。

  从某种程度而言,观众将角色和演员混为一谈是对表演的肯定。我不想在任何方面夸大自己对《哈利·波特》魔法世界的功劳,以及这部非凡的作品对人们生活的影响。就算那天我没有参加试镜,也会有其他人扮演这个角色,他们会带来精彩的表演,电影同样会引起轰动。但知道自己的表演让"德拉科"这个角色在大家心中更加有血有肉,还是让我感到心满意足,就算时不时会有人分不清虚实也没关系。

  我发现,有时候维持魔法的幻象非常重要。这些年来,我受邀参加了很多漫展活动,粉丝们会聚集在一起,为他们热爱的各种影视、书籍和流行文化作品举行庆典。我第一次参加漫展是在十六岁时,当时台下有几千名观众,我坐在台上回答有关"哈利·波特"的问题。观众席中间有很多人排队,等着拿到话筒后向我提问。轮到一个从头到脚都打扮成赫敏的小女孩时,她太矮了够不到话筒,所以她的妈妈帮她举着话筒。她睁大双眼问道:"骑飞天扫帚是什么感觉?"

"非常不舒服,"我立马实话实说,"简单来说,工作人员会把你绑到连着金属杆的自行车坐垫上,就因为骑这个,我差点儿可能生不了孩子了。"我的回答引起了一阵哄笑,但我看见那个小女孩眼中的魔法光辉熄灭了,我立刻意识到自己说错话了。第二天,另一个打扮成赫敏的小女孩提出了同样的问题:"骑飞天扫帚是什么感觉?"

我吸取了教训,于是俯身向前,会意地向她眨了眨眼,问道:"你满十一岁了吗?"

"还没有。"

"那你还没收到入学通知书喽?"

"没有。"

"别着急,再等等,"我告诉她,"再等等。"小女孩神采飞扬,观众席也兴奋起来。直到现在,不管什么时候有人问我这个问题(相信我,大家还是会问),我都会这样回答。

第一部电影上映后,我开始通过电影公司收到影迷的信件。虽然现在粉丝都爱在社交媒体上互动,但过去大家会寄实体书信。我很快就开始收到成堆的来信。当然,我的粉丝来信肯定没有丹尼尔、艾玛和鲁伯特那么多,华纳兄弟公司应该有专门的团队负责处理他们的信件,不过我也确实收到了不少。妈妈会先检查一遍来信,确保没有什么令人不适或少儿不宜的内容,然后我会花时间读完所有来信。要知道，作为四兄弟里排行最小的弟弟，我根本没有机会因为收到粉丝来信而被冲昏头脑。（克里斯说："谁会傻到写信给他？"）家里没有人觉得我收到这么多信有多厉害或者有多稀奇。对此我很庆幸，因为阅读几百封表达崇拜的来信确实会让处于特定环境中的某些人得意忘形。我的确花了很多时间读信，至少一开始是这样。我觉得既然大家牺牲了自己的时间来给我写信，如果看都不看，也太过分了。我会尽可能写信回复。结果最后信件越来越多，铺天盖地。妈妈考虑过雇人来管理粉丝信件，但这样做还是不太合理。就这样，随着德拉科的形象越来越鲜明，这些信件让我越来越应接不暇。

我读过的大多数来信都很贴心。有些信件带有陌生的文化寓意。比如日本影迷有时会寄来的作为好运符的银汤匙，所以如果有人需要汤匙，那找我肯定没错。我收到过来自世界各地的糖果和巧克力，但妈妈怕不安全，所以不让我吃。不过，有一封奇怪的粉丝来信让我仍然记忆犹新。有一位美国观众把自己的法定姓名改成了卢修斯·马尔福，把他的家改名为马尔福庄园。他想让我把名字改成德拉科·马尔福，搬去和他住。妈妈代我婉拒了他的邀请。（克里斯说："别啊，让他去吧！"）当时感觉还挺有趣的，我们全家都觉得很好笑。但后来我才意识到，这封来信可能有点儿凶险。

类似的怪事还有很多。有一天，一对西班牙父母带着两个孩子来到了我就读的"麻瓜"学校。他们直接闯入校园，到处找我。当然，他们很快就被请离了，放学时老师让我自己小心，谁也不知道那家人打的什么主意、到底想怎么样，但那天我骑车回家的速度肯定比往常快了不少。

我不得不以平常心去看待这种不寻常的成长经历，否则我会抓狂的。从某些方面来说，这并不难。我天生有英国人拘谨的一面，所以即使到现在，每当有人走过来问"你是汤姆·费尔顿？"，我还是会吓一跳，下意识思考怎么回事，他/她怎么会认识我。当然，三个哥哥会一直提醒我，我就是个"小不点儿"。而且，我很理解粉丝的心态，因为我也有自己的偶像，我身边的人也当过粉丝。有一次我和鲁伯特一起出演了喜剧救济[1]小品，很多名人都参演了——詹姆斯·柯登[2]、凯拉·奈特莉[3]、里奥·费迪南德[4]、乔治·迈克尔[5]等，但节目的主角是保罗·麦卡特尼爵士[6]。妈妈非常喜欢他，所以我问保罗爵士能不能和我妈妈见个面，他很亲切地答应了。于是我告诉妈妈："你的机会来了！"我带她去打招呼，不过最后关头她因为太过紧张，临阵脱逃了。后来保罗爵士问起她在哪里，我只能遗憾地打趣说："抱歉朋友，你得改天才能见到她了。"

一年一年过去，随着电影越来越受欢迎，影迷也越来越让人难以招架。别误会，被粉丝认出来是一件不可思议又激动人心的事，因为一次萍水相逢可能会为某人带来重大意义。不过有时也会产生一种奇怪的疏离感，特别是当你身边的人和电影圈无关的时候。有一个场景我还记忆犹新，大约十七岁时，我在希思罗机场准备和当时的女友一起飞往美国。候机时我们溜进了一家店，想买些零食。一分钟后我感到有些不自在，这种感觉

---

1 Comic Relief，英国喜剧救济基金会，通过喜剧电视节目进行慈善募捐。
2 James Corden，英国演员、作家、主持人，作品有《詹姆斯·柯登深夜秀》等。
3 Keira Knightley，英国演员，作品有《加勒比海盗》《傲慢与偏见》等。
4 Rio Ferdinand，前英国职业足球运动员。
5 George Michael，英国创作歌手，威猛乐队主唱。
6 Sir James Paul McCartney，英国创作歌手、音乐制作人、披头士乐队成员。

并不陌生——有人注意到我了。我转身看见十九个（我们数了一遍）外国女学生正盯着我看。她们用手挡着脸偷笑。我当时感到非常窘迫，拿起手边一本编织杂志假装在看，想要避免对视。很明显，她们认出了我，更明显的是，我肯定不是真的在研究钩针编织图案。印象中这还是第一次有善意的粉丝让我感到不适。不仅仅是被一群人团团围住，大家想上手拽拽我的衣服而让我感到混乱这么简单，机场里有几千个人，如果有一个人认出了我，就会有三个、五个人接连认出我，这种连锁反应可能很快就会一发不可收拾。那些女学生很幸运，因为如果妈妈在场，她可能会对围住我的人不太客气。我和她们合了影，粉丝们纷纷离开，只剩我自己心里五味杂陈，感到尴尬的同时也松了一口气，还有一丝满足感。我开始意识到，出名有利也有弊。

从过去到现在，仍然有一些影迷坚持不懈。他们会以一种奇怪的方式成为你生活的一部分。你会和他们建立起所谓的关系，而我发现有必要去试着理解为什么他们会盯着我和剧组其他演员不放。过去，有一位英国女士常常很巧合地出现在我去的任何地方，甚至现在也会。我第一次注意到她是在巴黎一次媒体巡回发布会上，她向我要了签名。从那天起，我走到哪里都能看见她，就算我在活动开始前半小时才确定出席，她也会及时到场。我不知道她怎么会了解我的行程。一开始我觉得很怪，所以只要她有可能出现，妈妈就会流露出强烈的保护欲。后来有一天，她站在活动场地外面等了足足四个小时，只是为了给我一张卡片，告诉我她为我的狗狗小木头[1]的去世感到难过。她的举动非常真诚而友善，让我不禁对她有所改观。最后，有一次我去她家拜访，才得知她一直没有生孩子，而在她心目中，自己收养了"哈利·波

---

1 原文为Timber。

特"里的孩子们。我是唯一和她互动过的演员,所以她就一直跟着我。这种情况很不同寻常,但也正印证了这些故事和电影对人们的生活产生了重要的影响。

作为德拉科·马尔福的扮演者,我觉得自己是观众记忆里的一个标记。大家看到我便会抽离到另一个时空,就像听到某一首歌就会被唤起一些思绪一样。我见过一些粉丝,他们说这些小说和电影帮助他们度过了艰难的时期。听到这种说法,我不禁感到有些惭愧。罗琳曾说,每当听说自己的作品帮助别人度过了人生中艰难的时刻,她都感到甚为欣慰,我很赞同。当然,有时大家见到我会有一些不寻常的反应,但我会提醒自己,这些反应体现了"哈利·波特"的小说和电影在人们心中占据着重要地位,然后淡然面对。虽然德拉科干了不少坏事,但我和他有所不同。

然而,说起来容易,做起来难。

二十五岁时,我第一次和朋友去加利福尼亚州托潘加海滩冲浪。当时一位擅长冲浪的朋友指导我该找什么样的浪头、如何上板等技术知识。但我没认真听,我想,管它呢,等冲浪板一动,我就站起来放手一搏。第一波浪打来还不是很大,我从冲浪板上站起来维持好平衡,一路滑进了大海。冲浪简直是小菜一碟!

话说早了。接下来的五个浪头,我像是进了滚筒洗衣机。我喝了好多海水,在水下翻滚、分不清上下,晕头转向,非常可怕。被折腾了一通以后,我挣扎着上岸,爬到沙滩上,咳出我喝下去的海水,还挥手让担心我的同伴不用管我,给我点儿时间缓缓。

然后我看见了她们。两个年轻女孩站在大概二十米开外拿着相机对着我，窃窃私语。现在不行，我心想。拜托了，现在不行！但她们走了过来，有些踌躇，我能看出来她们想说点儿什么。我知道她们想干什么，结果我开了一个非常蹩脚的玩笑。我站起来挥舞双臂。"可以！"我大声说道，"来吧！谁想一起拍照？"

　　她们相互看了彼此一眼，表情有些奇怪，但其中一个人还是举起了相机。"来吧，"我说，"我知道怎么做。"

　　她们又疑惑地看了看彼此，然后看着我。其中一个女孩带着意大利口音支支吾吾地用英语说："冲浪板也拍进去？"

　　"当然可以！都行！你们可以把我和冲浪板一起拍进去！"

　　她们摇了摇头，怯怯地把相机递给我。那时我才明白，她们根本不认识我，只是想请我帮忙拍一张她们和冲浪板的合影，作为加州旅行的纪念。

　　显然，那天我太把自己当回事儿了。我还吸取了两个重要的教训：首先，主观臆断最容易把事情搞砸；其次，冲浪真的很难。

# 第13章
## Chapter 13

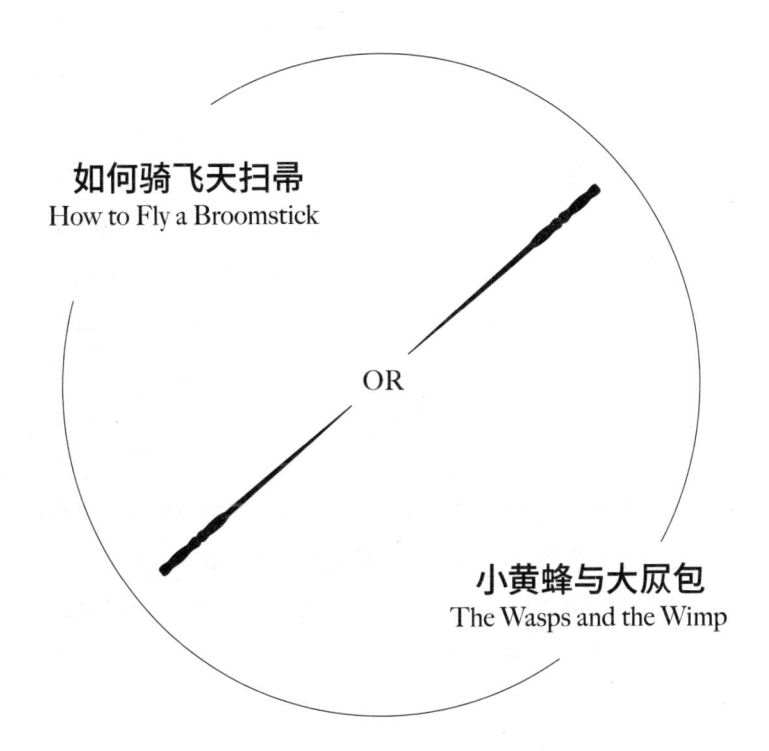

**如何骑飞天扫帚**
How to Fly a Broomstick

OR

**小黄蜂与大尻包**
The Wasps and the Wimp

骑飞天扫帚是什么感觉？既然已经读到这里，你应该知道这个问题大有深意。你应该知道了我很早就有所领悟，不要在漫展上破坏小孩子对魔法的想象。如果你看了哈利和德拉科在大银幕上充满魔力的魁地奇对决，不想感到幻灭，那么我委婉地建议你跳过这一章。

安尼克堡是我们最早进行实景拍摄的取景地之一，我和艾尔菲·伊诺奇在那儿玩滑板绕桩时惹出了麻烦，当时也是我们第一次拍摄骑扫帚的戏份。佐伊·沃纳梅克扮演霍琦夫人，给霍格沃茨一年级新生上第一堂飞行课。

然而，在场的不只有霍琦夫人和一年级新生。那天阳光和煦，成群的黄蜂闻到了厚厚的脂粉和发胶的味道，被我们吸引过来。准确来说，它们是被我吸引了。每天做德拉科的发型都要用整整一罐发胶，顶着一头硬邦邦的金发，跟戴了一顶凯夫拉头盔[1]没什么区别，而黄蜂直接把我的发胶当成了草莓果酱，围着我的头乱飞。老实交代，在黄蜂面前我就是个厌包。虽然

---

[1] 一种军用防弹头盔，材质坚硬。

德拉科一直潇洒耍酷，但镜头之外我就像一只搁浅的鱼疯狂扑腾，尖叫着躲来躲去，想要把黄蜂扇走。（而且不可否认，我的荒唐举动引大家笑得越开心，我就表现得越痛苦。）

霍琦夫人来救场了。佐伊·沃纳梅克的刺头用的发胶不比我少，所以她也遇到了同样的问题。她告诉我一个办法："你就反复念叨'绿树'。"

什么？

她解释说这些黄蜂并不会蜇我，我只需要放松下来，不理它们就行，反复念"绿树"可以让我平静下来。所以你在看德拉科那场戏的时候，可以想象当时黄蜂绕着我那比石头还硬的头发乱飞，而我害怕极了，一直在脑子里默念"绿树"，强忍着不尖叫出声。

处理好黄蜂的问题后，学生们面对面站成两排，扫帚放在地上。霍琦夫人一声令下，大家就说出指令"起来！"，让扫帚弹到手中，但不是所有人都能成功。我们会尽可能通过实拍来还原魔法或任何特效，这样效果最好。在拍摄早期尤其如此，因为当时视觉特效团队掌握的技术还没有那么先进。所以你没有看到当镜头正对着两列学生时，每把扫帚后面都躺着人，他们用类似跷跷板的装置把扫帚抬离地面，甚至还能让扫帚飘浮一会儿。

要骑着扫帚飞起来就需要动些脑筋了，光凭几个人拿跷跷板是搞不定的。骑飞天扫帚的戏份都是在摄影棚里拍的，请想象一个挂满蓝色幕布（后几年换成了绿幕）的超大房间。所谓扫帚其实是装着自行车坐垫的金属杆，坐起来非常难受。坐垫两边有脚蹬，还有用来固定的安全带。工作人员会把你绑在金属杆上固定好，这样你就不会掉下来，然后用一个更复杂的跷跷板装置让你上下左右摇动。他们还会用风扇对着你的脸吹,制造头发随风飘动的效果。因为要用数字技术添加背景,所有骑扫帚的灵巧动作都要靠后期剪辑,所以拍摄时每个演员必须看向正确的方向。为了确保视线角度合理,有人会举着一根顶着网球的长杆,上面贴上一小块橙色胶带。第一导演助理大喊"龙!"或"游走球!"时,你必须看着那个网球,把它当成龙或者游走球。有时候好几个网球会被同时举起,这就有点儿难以区分,所以后来他们改用了其他更独特的东西来引导视线。我们分别选择了自己喜欢的物品或者人物图片。丹尼尔·雷德克里夫选了一张卡梅隆·迪亚茨[1]的美照,我选的是一张更好看的鲤鱼图片。倒也没有要比拼的意思啦……

拍摄魁地奇比赛或者其他需要一直骑扫帚的戏份要花费很多时间和精力,甚至会把屁股坐麻。摄影团队必须做到分毫不差,他们会先拍背景作为参照,再拍摄演员骑扫帚的动作,然后将二者叠加在一起。拍摄这两部分时运镜要完全一致,必须由很多人员操控拍摄所需的摄像机和电脑才能实现这一点。我并不是很了解他们的具体工作,只负责坐在铁杆上,被风扇吹着脸,然后盯着一张漂亮的鲤鱼图片。不过我知道,即使是一段很短的镜头,似乎也永远都拍不完。每次拍摄结束,我们都会腿酸屁股痛。


我们这些小孩很喜欢自己做特技表演,一有机会我们就自己上。我还记得拍《反斗神偷》的时候做了很多好玩的特技。不可思议的是,我在平衡木上的小事故居然没能打消我对特技表演

---

[1] Cameron Diaz,美国演员、模特,凭借《变相怪杰》跃上好莱坞大银幕。

的兴趣。当时的很多特技动作如果放到现在,剧组肯定不会让我们自己做了。在《哈利·波特与密室》的一场戏中,哈利和德拉科站在霍格沃茨礼堂的桌子上决斗,我们要拍摄哈利和德拉科用魔咒打斗的场面,其中一个镜头是我飞到空中转圈。这个动作完全是实拍的。我全身绑上安全带,背部连着钢丝绳,工作人员用钢丝绳在我身上缠了好几圈,他们猛拽一下钢丝,德拉科就会转起来。当时我自认为挺酷的,现场可能有上百名群演,而我一个人在桌子上英勇地表演特技。虽然过程很痛苦,身上还被钢丝绳磨出了严重的瘀青,但对于一个有点儿爱逞能的年轻演员来说,还是很有意思的。毕竟特技表演很酷,对吧?

答案既是肯定的,也是否定的。

绝大部分特技表演都是由特技团队代替我们完成的。我对这些特技演员满怀敬意,他们投身电影事业,不断挑战自身极限,只为能够给观众带来欢乐。基本上,每次有人从扫帚上摔下来、弹跳、挨打的镜头都是由特技演员代为出演的。虽然我在决斗那场戏里逞了英雄,但实际上特技演员比我辛苦得多。他们会经常使用一种叫"俄罗斯秋千"的装置,特别是在拍摄《哈利·波特与密室》期间。请想象一个加大版的游乐场秋千,只不过绳子换成了金属杆。特技演员会站在平板上,来回摇荡秋千,直至达到最大弧度。荡到最高点时,特技演员会跳到高空中,最后落在防护垫上。看着很好玩,但只有经过专业训练才能做到。当时与我合作最多的专业特技演员就是大卫·赫尔姆斯[1],我们都叫他赫尔姆斯哥[2]。

---

1 David Holmes,英国知名特技演员,一场现场事故使他瘫痪并只能坐在轮椅上。《大卫·赫尔姆斯:大难不死的男孩》讲述了他的演艺生涯。
2 原文为Holmesey,对David Holmes的亲昵称呼。

赫尔姆斯哥从一开始就担任丹尼尔的特技替身，从第二部开始，他还兼任我的替身演员。哈利和德拉科经常惹是生非，所以他的工作非常繁重。他一般上午打扮成哈利表演特技，中午去吃个午餐，下午再打扮成德拉科。他在很小的时候就成了奥运会级别的体操运动员，如果你看见丹尼尔或者我在戏里做了很危险的动作，那其实都是赫尔姆斯哥的表演。而在拍摄《哈利·波特与死亡圣器》期间，我们所有人都深刻地认识到特技表演可不是闹着玩儿的。

特技演员会竭尽所能降低表演的风险，但不可能完全消除风险。表演从高处摔落或出车祸的情节并没办法保障百分百安全，总有一些无法防范的意外变故。拍摄《哈利·波特与死亡圣器》时就发生了这样的事故。当时赫尔姆斯哥和其他特技演员正在排练特技动作，他需要穿上背带，吊着高强度钢丝绳荡过高空，撞在墙上。然而拍摄时出了问题，赫尔姆斯哥被钢丝绳向后猛地一拽，重重地撞到墙上，然后掉到了下方的防护垫上，正常情况下不会撞得这么狠。他马上反应过来，出事了。急救人员赶紧把他送到医院，经过诊断，他腰部以下瘫痪，手臂动作机能严重受损，终身都难以恢复。

参与拍摄的所有人自然都心乱如麻。想象一下，一个本来可以做原地后空翻的运动健将突然躺在病床上，被告知再也无法行走，那是什么样的景象。当然，特技演员每天的工作都会面临这种风险，但如果真的发生意外，现实的打击必定犹如晴天霹雳。如果不是像赫尔姆斯哥这么坚强的人，可能早就已经失魂落魄。显然，他的生活变得困难重重。但他是我有幸认识的最勇敢无畏、意志顽强的人，他内心无比强大，直到现在，他仍然是我最亲密的好友之一。住院期间，电影公司为他提供餐食，让同病房的其他病人非常羡慕，于是他坚持要求公司对病房里的所有人一视同仁，如果不是大家都有，他宁愿自己也不要。这就是赫尔姆斯哥。即使面临种种挑战，他仍然给我们带来很多欢乐，他不屈不挠，尽自己所能去过正常而充实的生活，真的非常鼓舞人心。他坚持不懈地为当时对自己有救命之恩的医院筹集善款，还自己开了制片公司。他无时无刻不在提醒我，电影片场的特技演员的付出远远多于他们得到的认可。也许演员总能获得所有喝彩，但如果没有特技演员，这些角色往往不可能那么精彩，而赫尔姆斯哥就是最棒的特技演员，他是我们的榜样。

为了向赫尔姆斯哥致敬，我们每年都会组织斯莱特林对战格兰芬多的公益板球比赛，为英国皇家国立骨科医院募捐——这家医院在赫尔姆斯哥发生意外后为他提供了治疗。比赛由我和丹尼尔担任队长，虽然过去了很多年，但霍格沃茨这两大学院依然势不两立。不用我说，你们也知道哪个学院会领先吧？

# 第14章
## Chapter 14

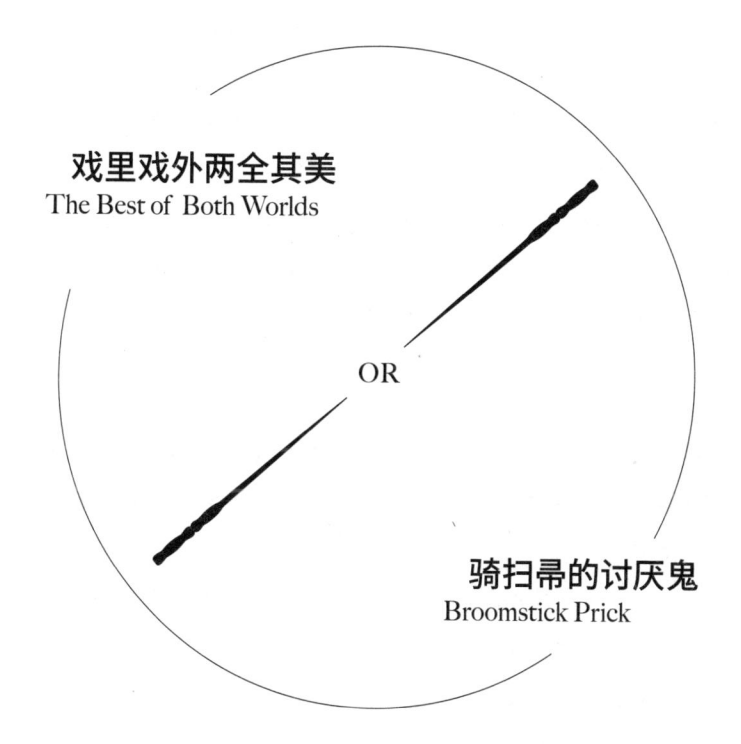

**戏里戏外两全其美**
The Best of Both Worlds

OR

**骑扫帚的讨厌鬼**
Broomstick Prick

成为德拉科·马尔福不是什么好事。

丹尼尔、艾玛和鲁伯特被剧组选定后，他们三人的生活彻底改变了。他们离开了学校，从此全身心投入了"哈利·波特"的拍摄。不论是好是坏，他们都完全脱离了日常生活，再也没机会体验平凡的童年。但我和他们有所不同。我会拍一周、休息一周，而他们要一直拍摄。拍戏之余，我还是会去一所普通的学校上学，我有平凡的朋友，也努力想当一个平凡的青少年。

也许你认识平凡的青少年，或者你自己就是其中一员。如果是这样，那你肯定知道与周围的人格格不入会带来很多麻烦。没错，顶着一头漂染的金发，还经常请假缺课，成为德拉科·马尔福可不是什么好事。对于学校走廊里擦肩而过的大多数人而言，我就是那个演过"哈利·波特"系列电影的蠢货，那个骑扫帚的讨厌鬼。

不过我的应对方式可能有些矫枉过正了，我表现得很叛逆。青春期的嬉皮笑脸后来逐渐变本加厉。别忘了，我从一所只以学业为重的贵族学校转到了一所普通学校，在这里，评价一个人厉不厉害要看他/她能不能搞到香烟，或者玩滑板或小轮车的技术有多牛。我开始学着抽烟，还上演了之前提到的那场在"主人之声"音像店发生的闹剧。虽然远远算不上学校里最调皮的孩子，但我的确觉得需要通过叛逆行为来抵消演员的光环。我上学总是迟到，还经常逃掉体育课，或者骑车逃课去买糖吃。不过我经常可以逍遥法外，很少受到惩罚，因为我上课的时间并不固定，经常为了拍戏而缺课，所以老师们以为我是有正事要干才缺勤。上课的时候，我也跟模范学生毫不沾边。虽然我不觉得自己无药可救，但上课时确实总在书上涂涂画画，不是和朋友交头接耳，就是故意惹老师生气。我经常兜里揣着MD[1]机，把耳机线塞进袖子里，再从手腕那里拉出来，这样就可以用手撑着脸，边上课边听歌。我还觉得自己特别机智，但老师可不这么想。我已经记不清有多少次惹得老师大发雷霆，对我说："费尔顿，你就非犟嘴不可。"我的确很喜欢犟嘴，所以我会一脸得意地回答："是的，老师！"

  问题是，等年龄再大一些，嬉皮笑脸就没那么好使了。我渐渐发现，如果再一连缺勤好几周去拍戏，还大摇大摆地回来上课，必然会让老师觉得我傲慢自大。他们完全不会对我特殊照顾，甚至还会更加严厉。记得有一次我又故意顶嘴，结果老师嘲弄了一番我的发色，问是不是有人在我头上打了鸡蛋，直接把我训老实了。就算是上我理应很拿手的戏剧课，我也很不让人省心。要让我去大型拍摄片场扮演巫师，骑着扫帚假装在天上飞，被风扇吹脸，看别人挥舞顶着网球的杆子，这完全没问题，因为剧组是一个安全的环境，大家也都是干这行的，我的表演并不会影响我的社会地位。但在戏剧课上表演完全是另一码事，周围有很多同龄人看着你，演得不好会被他们嘲笑，

---

[1] MiniDisc，迷你磁光盘。

甚至演得好也会被嘲笑。于是我产生了很强的防御心理。当然，从表面上看我只是一副不屑一顾的样子，青少年都这样。老师们肯定以为我在摆德拉科式的臭脸，但其实没那么简单。最后我的戏剧课成绩得了好多D，成功挂科（不过还是有一位戏剧老师借此调侃，问我能不能介绍他参演"哈利·波特"）。

就这样，我没能在学生时代赢得老师们的尊重。或许只有一位老师例外。每个学生在校园生涯中都需要一位属于自己的邓布利多，而我的邓布利多是校长佩恩先生。在他上任的第一个学期，我前几周没去上学，所以一直没见到他。直到有一天，我上音乐课时他敲门进来，当时我和同学史蒂维正坐在键盘前自创歌曲。他说要见见我，于是我一头雾水地跟着他走出了教室。没有什么坏事。"你前几周都没来上学，"他说，"我是佩恩先生，你就读期间由我来担任校长，我来跟你介绍一下自己。"

我马上伸出手说："我是汤姆·费尔顿，很高兴认识你。"

很明显，我的反应让他很意外。因为经常和大人相处，和校园之外的世界有所接触，所以我与普通孩子的反应不太一样。我这么做其实是想耍宝卖乖，他完全可以置之不理，也可能觉得我在冒犯他，但他并没有。犹豫片刻后，他笑着和我握了手。

我经常因为惹事闯祸而被请去见校长，可即便是这样，他也一直对我保持微笑。他总是非常公正，从来不会挖苦人。他很热爱自己教授的数学科目，也总是诲人不倦，热情满满。和很多其他老师不同，他把我当作普通的青少年来看。也许他明白，我的种种行为并不是故意给别人添堵，而是下意识地想让自己的人生更加平凡一些。也可能他只是一个很善良的人。我明白他为我当时的生活带来了锚定效应。我常常希望回到过去，以成年人的身份再次和他握手。佩恩先生，如果你也在读这本书，我想说，谢谢你。


虽然我一心想过平凡的生活，但生活往往事与愿违。

我家那条街走到头的斯普林路上有几个鱼塘，我和几个朋友以前经常去那儿钓鱼。池塘里鱼不多，但不重要，我们主要是去消遣一下，偷偷抽几根烟，如果运气好，偶尔还能钓到鲤鱼。我会跟妈妈说，我要去朋友家过夜，朋友们也会跟他们的妈妈这么说，但其实我们整晚都在水塘边，架好了鱼竿在一旁抽烟，还会吃几罐劣质午餐肉冷罐头，潇洒极了。

一天晚上，我和三个朋友去了池塘。我们支起鱼竿，准备在那儿过夜，这也不是一次两次了。我们正在闲聊，有说有笑，这时我突然听见远处有人说话，声音离我们越来越近。几分钟后来了四十几个孩子。我顿时心里一沉。他们看起来比我大几岁，虽然不认识他们，但我还是有些眼力见儿，能看出他们来者不善。他们是当地一群游手好闲的小混混，成天以拦路抢劫、惹是生非为乐。他们越走越近，直觉告诉我，如果他们认出我是那个骑扫帚的讨厌鬼，他们肯定会觉得自己中大奖了，那我可就遇到大麻烦了。他们的一举一动都有想干一架的意思。可是对方有四十个人，我们才四个，根本没有胜算。

我低下头，想躲到朋友身后。我觉得在这种情况下，他们应该不想和出演"哈利·波特"系列电影的蠢货扯上关系，应该会想办法不让那群小混混发现我。

我只猜对了一半。他们确实不想和我扯上关系。

没等我反应过来，三个朋友已经溜了，简直不敢相信。几个小混混抄起我的鱼竿扔进了湖里，这时其他同伙已经认出了我。我想跑，但被吓得挪不动脚。有几个人悄悄走上前，开始对我推推搡搡。他们都拿着烟，想把点燃的烟头往我脸上撑，一伙人都在看我的笑话。这个场面听起来有些戏剧化，但现实确实如此。更糟糕的是那伙人看起来个个都是一点就着的残暴之徒，就算我鼓起勇气逃跑，他们也会扑上来，抓着我漂白的金发把我的脸摁到土里。

那伙人朝我步步逼近，我只得连连后退。他们继续上前，逼得我踩到软泥脚底一滑，跟跟跄跄，我做好了挨揍的心理准备。

就在那时，我听见身后传来了刺耳的急刹声。我紧张地回头，瞥见了哥哥克里斯那辆又小又破的标致车。我没给他打电话，他也不知道我在哪，更不知道我遇到了麻烦，完全是碰巧出现，我这辈子从来没有因为见到谁而这么开心过。他下了车，马上被几个小混混团团围住。克里斯剃了个光头，还戴着耳环，看着很不好惹，所以他一出现，那伙人就被震慑住了。他们有点儿难为情，准备放过我，我继续磕磕绊绊地往后退，和他们拉开了一段距离。克里斯走上前和他们说了几句话，他声音很小，我什么也没听见。直到现在我也不知道他说了什么，只知道没过一会儿，那群混混就悻悻而去了。

谁知道呢？也许就算我不是会魔法的"蠢货"，也照样会招惹这类麻烦，但毫无疑问，顶着一头金发，还小有名气，难免更容易惹祸上身。如果克里斯没有恰好出现，故事的结局可能会大有不同。

经过这次意外和种种事件后，我意识到自己必须保持谨慎。我的日子过得不错，但偶尔也会发生可怕的事情。十五岁时，有人从学校车棚偷走了我的自行车，那辆豪华版KONA可是我最珍爱的宝贝。偷车的人留了一张字条，上面写着："我们知道你住哪儿，我们会一直盯着你，我们要杀了你。"我觉得写这个纸条的人应该也不是真心的，多半只是虚张声势，可能还吓唬错了人，但看到这种话还是让人心惊肉跳。有段时间我一直提心吊胆，生怕真的遇到哪个疯子来取我的小命。

我培养出了"蜘蛛感应"[1]能力，可以预感到有人快要把我认出来，局面可能一触即发。记得有一次，我的朋友忽悠我跟他们去吉尔福德一家专门接待未成年人的夜店，在门口排队时我低着头，看着地板，因为我知道只要有一个人来问"嗨，你是不是……"大家就会接连认出我，这一晚上就泡汤了。另一方面，我觉得应该没事——在夜店外面排队的这些人肯定对"哈利·波特"没什么兴趣，你明白我的意思。但即便如此，由于队伍越来越闹哄哄，人群推来搡去，"蜘蛛感应"出现了，我知道自己必须马上离开。根据过去的经验，我很清楚自己不适合置身于这种环境，于是决定放弃去夜店凑热闹，选择享受平静的生活。我没做任何解释，竖起衣领，低头离开，一声不响地跑回了家。

如我所说，成为德拉科·马尔福不是什么好事。

但不得不说，回想我的麻瓜生活，还是美好的经历更多。我很庆幸自己至少有一部分时间能在一所普通的学校，和普通人一起经历大体还算平凡的日常。我很庆幸身边有对我冷嘲热讽的老师，还有对我的演员身份不屑一顾的同学。我甚至有点儿庆幸有人拿烟头往我脸上捻。这些都是正常的成长过程必经的摸爬滚打。最起码来说，如果没有这些经历，我很有可能会被

---

[1] 漫画角色"蜘蛛侠"预知危险的超能力。

迫度过与世俗隔绝的童年时光。参演"哈利·波特"是一场疯狂的旅程，如果我没能同时经历平凡生活的起起伏伏，那我会成长为一个完全不同的人。事实上，我在戏里戏外实现了两全其美。

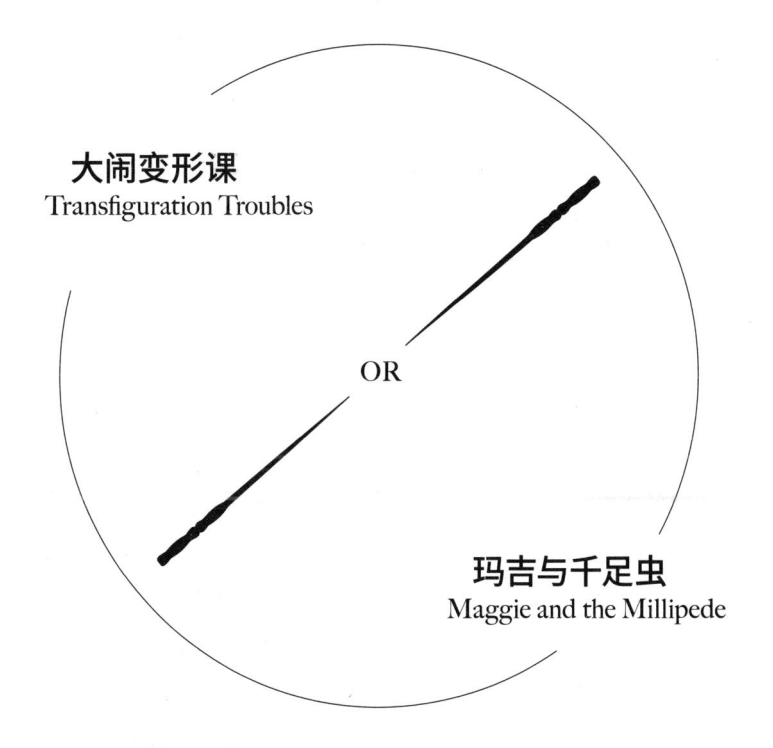

# 第15章
## Chapter 15

**大闹变形课**
Transfiguration Troubles

OR

**玛吉与千足虫**
Maggie and the Millipede

"哈利·波特"的拍摄工作需要用到活生生的动物。猫头鹰、老鼠、狗、蛇，你能想到的一切。利维斯登制片厂有一片区域专门用来饲养这些动物。我很喜欢狗狗，所以我深深地记得片场有十多条扮演海格的宠物牙牙的狗。它们个个体型庞大、行动笨拙，几乎和半匹马差不多大。不能靠得太近，因为只要它们甩甩脸上耷拉下来的皮肉，就会溅得你满身口水。不管怎么说，这些动物都不适合抚摸逗弄的。银幕上你可能觉得哈利只是静静地举着猫头鹰，但镜头背后一般有上百位剧组人员，还有灯光和音效师。在这种混乱的场面下，要让动物按照指令完成动作并不简单。

为此，我们采取了一种方法：驯养员会提前几个小时，在孩子、剧组其他演员乃至摄制组进场前把动物带到片场，反复排练它们要做的动作，比如猫头鹰投递信件（或者吼叫信的画面），在剧组进场前排练会持续好几个小时。然而不管演练得有多好，等剧组真的进场后，片场几百个小孩吵吵闹闹，灯光不停闪烁，加上烟雾机、火焰特效等各种因素，动物还是很容易受到干扰。所以剧组很早就告诉我们，只要周围出现动物，就必须保持安静。

一年又一年过去，随着电影拍摄的规模越来越大，饲养动物的区域也越来越大。最后，利维斯登容纳了数百种神奇动物，大家都很喜欢和动物一同拍摄。不过业内常说，别跟孩子和动物打交道。玛吉·史密斯女爵肯定在拍摄《哈利·波特与密室》期间对这句老话深有体会。

玛吉女爵总是仪态威严。我很庆幸一开始认识她的时候还不了解她的传奇身份，对我而言她只是玛吉。正如麦格教授本人，玛吉给人一种镇定自若、不怒自威的感觉，还总是隐隐露出哭笑不得的表情。和艾伦·里克曼一样，她可以在严厉的同时极富耐心，这种品质非常重要，因为片场上到处都是调皮捣蛋的小孩，我们并不了解知名演员德高望重的身份。很遗憾，我在拍摄早期过分地挑战了玛吉的耐心。

那场戏是麦格教授在上变形课，学生坐在可以翻开桌盖的老式斜面课桌前，四周都是装在笼子里的动物，有蛇、猴子、巨嘴鸟，甚至还有一只野蛮的狒狒。这只狒狒有点儿，怎么说呢，不懂社交礼仪和片场规矩，尤其是它不清楚在一群小孩面前该做什么、不该做什么。我说得有点儿拐弯抹角。其实就是拍那场戏时，这只灵长类动物突然开始抚摸自己，扰乱了我们的拍摄。那次我们拍的好多镜头都用不了，就因为背景里有个手淫的狒狒。工作人员只得把这只可怜的动物挪来挪去，以免因为它自娱自乐的剧烈动作而破坏镜头。你应该可以想象，每次一有小孩瞥见它在干什么，都会大叫"天哪，快看那只狒狒！"继而引发混乱。

在那场戏里，每个孩子都分到了一只动物。我分到的是一根小树枝上的壁虎。负责管理动物的工作人员在壁虎身上绑了一根渔线，防止它逃跑。他们警告我绝对不要抓壁虎的尾巴。

他们说壁虎有种超能力,可以自断尾巴再长出新的,所以如果抓住它,尾巴很可能会断在我的手里。这个小家伙还挺温顺,它乖乖地趴在树枝上,我差点儿没忍住想测试一下它的超能力。和这只壁虎一样,分发给大家的动物基本上都不怎么闹腾(至少没有那只狒狒闹腾)。有一只温和的鼩鼱,还有一些有点儿个头但不会乱动的昆虫。

以及乔什·赫德曼的千足虫。

那条千足虫至少有我的拇指那么粗、前臂那么长。它有无数只脚,还一直乱动。它扭着身体,在我旁边的斜面桌上蠕动,与我手上一动不动的壁虎对比鲜明。它看起来很好玩,让人忍不住想戳一下。一般的学生或许会用铅笔戳它,但我们手头有更好的工具,我们有魔杖!抱着一种科学求知的精神,我们(轻轻地)戳弄了那条可怜的千足虫,然后惊奇地发现:如果戳得到位,它就会像刺猬一样蜷缩起来,卷成坎伯兰香肠一样的形状,然后慢慢

    顺着

        斜面桌

            往

              下

                  滑。

这条滑下桌子的千足虫给我和乔什带来了极大的乐趣,每戳一下它就卷成香肠往下滑,我们就会彻底笑场。

拍摄时有人笑场通常挺好玩的。克里斯·哥伦布似乎有着无限的耐心,我们会制造出轻松有趣的拍摄氛围,再找碴儿怪别人笑场。但也不可能一直胡闹,总归还是得好好拍戏。于是,哥伦布想了个办法来处理这种情况。每次有人干扰拍摄,就会

得到一张红牌。每拿到一张红牌就要在拍摄结束后往一个袋子里放十英镑，袋子里的钱会全部捐给慈善组织。这是个不错的方法，能让我们老实一点儿，但也不是每次都有效。鲁伯特·格林特是最爱笑场的，光是拍前两部电影，他就被罚了两千五百多英镑，因为他老是忍不住笑出声。拍这场戏的时候，这个办法更是不管用。每次"开拍!"响起，我或乔什就会戳弄那条千足虫，让它就位，然后它会再次慢慢

顺着

斜面桌

往

下

滑。

然后我们就会捧腹大笑。

"停!"

导演亮出了红牌，我们为笑场而道歉。我和乔什庄严发誓绝对不会再使坏了，但一听见"开拍!"口令，又忍不住大笑。我俩总是一个人先偷笑，然后另一个也被逗笑。就算我们没听见彼此的笑声，也没看对方，那条该死的千足虫也会从桌子上往下滑，我们会再次笑得直不起腰。

"停!"

我们被叫到一旁教训了一顿。"小伙子们，听着，你们在浪费我们的时间，也在浪费你们自己的时间，最关键的是，你们在浪费玛吉·史密斯女爵的时间。这很不尊重人，如果你们把拍摄当儿戏，那就得请你们离开片场了，需要我们做到这个份儿上吗？"

我们摇了摇头。我们深知这种表现很糟糕，于是迫切地想

展现自己的专业素养，回到原位后，我们痛定思痛，下定决心控制好情绪，不再笑场。我和乔什把注意力集中在班级前方耐心又严厉的玛吉女爵身上，从未如此一本正经。

"开拍！"

笑场。

"停！"

一点儿用也没有。我们不想笑，可是根本控制不住总能感觉到对方在傻笑。那种感觉就像被狂挠痒痒，很痛苦，但就是忍不住。这时候克里斯·哥伦布和其他工作人员已经非常挫败了。两个斯莱特林傻蛋因为一条滑下桌子的千足虫一直搞砸拍摄，他们到底要怎么拍完这场戏？

最后，剧组撤走了动物。每场戏都有多个拍摄机位，而他们主要想拍的是玛吉的镜头，我们只是在场辅助她的表演，既然如此，剧组决定直接不拍动物了。最后就这样完成了拍摄，而这一切都是我和乔什玩千足虫惹的祸。

我为自己的行径感到羞愧，后来我走到玛吉面前跟她道歉。"对不起，玛吉，我不知道自己是怎么了，下次不会这样了……"她大度地挥了挥手。我想，从事表演艺术几十年后，她已经不大可能会因为视线里有几个小毛孩拿着魔杖逗千足虫而受到干扰。像她这样经验丰富的演员在这方面应该已经刀枪不入了。而且在我看来，那天的行为也没有影响我和她的关系。在片场，她像麦格教授本人一样严厉又和蔼；而在片场之外的首映礼和其他活动上，她总是非常友好、随和。我还记得爸爸妈妈特别想见见她，她对我们十分友好。总而言之，她真的是一位国宝级的人物，是值得学习的榜样。即使身为一名斯莱特林，我也由衷地尊敬她。

不得不说，一报还一报，我时不时也会尝到苦头。在《哈利·波特与火焰杯》中，有一场戏是疯眼汉穆迪把德拉科变成了一只白鼬，结果遭到了麦格教授的训斥，她又把德拉科变了回去。剧本上写得很清楚，再次变为人形时，德拉科要穿过挤满人的庭院，一丝不挂地蒙羞逃跑。我当时没想太多，只是偶尔开玩笑说剧组的镜头可能会装不下我。但真到了要拍这场戏的时候，工作人员递来了一条透明的丁字裤，这比那套"三号雪人"的雪人服还让人难堪。我突然看清了现实。"真的要这样拍吗？"我拿着丁字裤问，还有上百名年轻群演在旁边看着。

"真的。"

"现在？"

"对，现在。"

我看了看那条小得可怜的丁字裤，看了看摄影团队，又看了看群演、导演助理和其他演员。有几个人开始窃笑，我这才明白这些浑蛋一直在捉弄我。虽然我成了大家的笑柄，被愚弄了一番，但谢天谢地，屁股保住了，端庄的形象没丢。

# 第16章
## Chapter 16

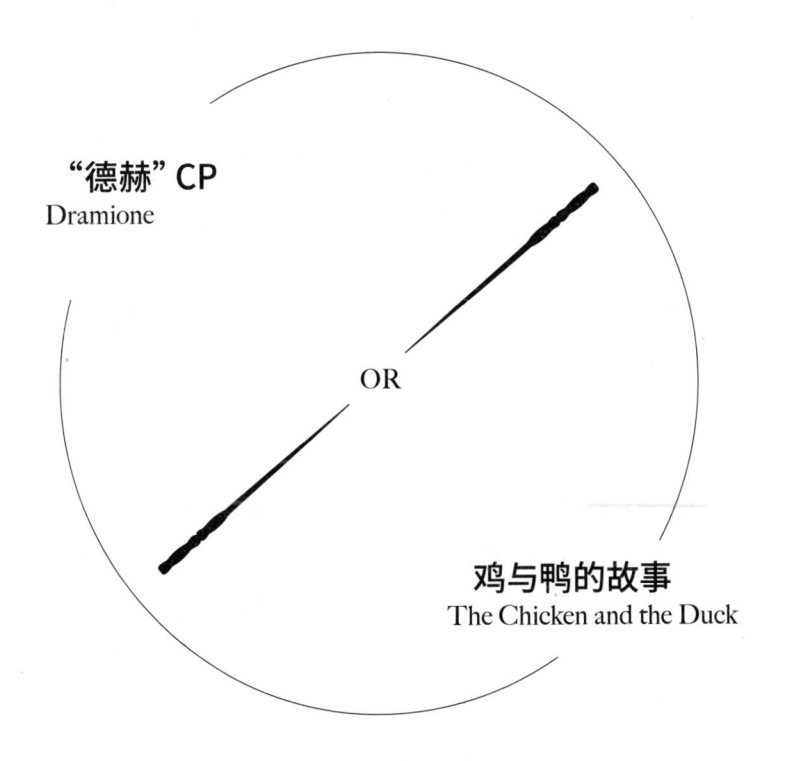

**"德赫" CP**
Dramione

OR

**鸡与鸭的故事**
The Chicken and the Duck

让我们来到几年后的洛杉矶圣莫尼卡。

这时《哈利·波特》已成为我的过去。现在我住在威尼斯海滩，从很多方面而言，这是最不适合公众人物出现的地方。每天都有几万名游客来这里游玩，而且美国人习惯毫不羞怯地和自己认出来的人打招呼。但不知怎么地，我成功逃过一劫。可能是因为我大部分时间都穿着浸湿的游泳短裤，一周都不带换的，还反戴棒球帽，在码头边上玩滑板。即便有人认出我来，他们大概率也会摇摇头，心想不可能是德拉科，一看就是天天在海滩上混的流浪汉。

但名人和名人可不一样——我想起了艾玛·沃特森来这里玩的场景。

那天我提议出去逛逛。听着也没什么不得了的，对吧？只是和老朋友在沙滩上闲逛一天而已。但对艾玛来说，这可不是小事。我觉得要是没有人煽风点火，艾玛不可能会这么做，因为只要一踏出房门，就会知道为什么了。我当时穿了一件写着"Women Do It Better（女性做得更好）"的T恤，艾玛觉得还挺不错。她穿着运动裤和T恤，和大众印象中红毯上的艾玛相差甚远。可我们遇到的第一个人就回头认出了艾玛。和刚拍完"哈利·波特"系列电影那时候比起来，艾玛几乎没怎么变样，她肯定不像天天在海滩上混的流浪汉。看来，我们没办法低调出游了。

我们在木板步行道上紧挨着滑电动长板。一路上，大家像浪潮一样接连转过头来。一开始人们很震惊，然后兴奋起来。他们大喊艾玛的名字、赫敏的名字。最后开始在木板道上追着我们跑。我们去了老迪恩餐厅喝啤酒，我经常来这家店，基本上所有员工都是我的朋友，但他们突然变得好像从来没见过我一样，所有人都看着艾玛。甚至有一位员工拿了一张自作曲CD来找艾玛，希望作为名人的她可以帮忙把这张CD交给有影响力的大人物。

艾玛泰然自若，她从小就习惯了这种反应。我在霍格沃茨的演员生活之外还能过平凡人的日子，但这对艾玛而言几乎不可能，她不得不学着面对这些。我们离开了酒吧，沿着沙滩往回走，躲到一个老旧的救生观察台下面，电影里的两个死对头现在相依为命，只为了暂时躲避公众的目光。我们坐在那里，回想多年以前生活并不像现在这样。那时艾玛还无法如此从容地应对众人的关注，而我也不算是个体贴周到的朋友。

一开始我和艾玛·沃特森关系并不好。首先，我在初次"哈利·波特"试镜时很冷漠地讽刺了她，在那个一头卷毛的九岁小女孩面前摆出了片场上的傲慢嘴脸，所以她懒得和我打交道也是很正常的。

这还不算最糟的。

早期拍摄时，格兰芬多和斯莱特林明显分为两派。两大派别相互保持距离，主要原因是我们很少一起拍摄。丹尼尔、艾玛和鲁伯特为一派,而我、杰米和乔什是另一派。我们之间并没有任何不友善的举动,只不过在某些方面不太一样。主角三人帮是无可挑剔的,而我们不是。三位主角都受过良好的教育。当然,我的生活也还算不错,但两边所受的教育明显不太一样。我想当时我们自以为比他们更酷。我们会在空闲的时候一起听Wu-Tang[1]、Biggie[2]、2Pac之类的饶舌音乐,所以当我和乔什听说九岁的艾玛在更衣室排练了舞蹈节目并且想在午餐时间给大家展示,我们自然非常不屑一顾。不去争论东海岸和西海岸哪种饶舌风格最厉害,而是去看舞蹈表演?真没劲,哥们儿。

我们一路偷笑着去看艾玛的表演,她越跳,我们就笑得越大声。我们其实是想伪装成讨人厌的男孩,一方面为了掩饰尴尬,一方面自以为嘲弄别人很酷。但艾玛很明显被我们轻率的举动惹得很难过。我感觉自己太过分了,也确实如此。最后,一位负责妆发造型的女士指出了我的问题。"她很伤心,"她说,"你不应该嘲笑她,你得跟她道歉。"

我确实道歉了,艾玛也接受了。大家都觉得没事了。这只是少年时期一个愚蠢、轻率的举动,这种事每天都在发生。那么为什么这个时刻让我难以忘怀呢?为什么回忆这件事让我这么难受呢?

我想答案在于,多年以后我逐渐领悟到,在我们所有人中,艾玛从最小的年龄就开始承受最重的负担,应对最为棘手的情形。她成了全球最知名的女性之一,在我心里她也是最令人敬佩的一位女性,但外界往往只能看到明星的光环,不会花时间

---

1 Wu-Tang Clan(武当帮),美国说唱组合,以硬核嘻哈风格而闻名,组合名受到《少林与武当》启发。
2 The Notorious B.I.G.(名声狼藉先生),美国说唱歌手、词曲创作人,嘻哈乐史上一位重要的艺术家。

思考成名之后的挑战。那时艾玛不像我已经十二岁了，也不像丹尼尔是十一岁。她只有九岁，而年龄会意味着巨大的差别。她此前没有拍摄经验，又是所有儿童主角中唯一的女孩。她身边到处都是"男孩的恶趣味"，各种无聊的恶作剧，还有男生在青春期前幼稚的行为。虽然她在调皮捣蛋上毫不输阵，甚至我们其他人全部加起来也比不过她，但这种经历一定不容易。而且，她承受的压力远远不只是对付愚蠢的男孩们。艾玛从来没有体验过正常的童年生活，自被选入剧组的那一天起，人们在很多方面都把她当成年人来对待。我觉得女孩会比男孩更难应对这种现象。媒体乃至整个外界会不公平地物化她们，评判她们的外表。只要展现出一点点魄力，就会引起争议，如果是男人就不会遭遇这种对待。我很好奇如果有人能预知未来，在艾玛九岁时告诉她将来会发生什么，那么会怎么样。告诉她，她当时决定参演的这部作品将伴随她的一生，她将再也无法摆脱这个角色，一生都受到影响。那么她还会参演吗？也许会吧。但也许不会。

所以在那个本来应该（也确实是）友好和睦、像大家庭一样的环境里，她最不应该受到的就是我和乔什的嘲笑。这就是为什么我一想起当时的行为，就感到羞愧难当。也正因如此，我很庆幸我们的友谊并没有因为我的后知后觉而搁浅，而是发展成了一段更深远的关系，成为我们彼此人生中的试金石。

我一直对艾玛有着秘密的感情，不过可能不是大家想听到的那种感情。不是说我们之间从来没有过火花，火花是肯定有的，只不过彼此的时机不太一致。拍摄后几部"哈利·波特"电影时，负责发型设计的是一位叫丽萨·汤布林的女造型师。我七岁就认识她了，当时我们在《安娜与国王》中合作过。是她第一个告诉我，艾玛对我有点儿好感。当时她十二岁，我十五岁。因为我有女朋友，所以在任何情况下，我都自然而然地没有理会这些流言蜚语，只是一笑而过。事实上，我想我并没有相信。

随着时间流逝，一切发生了改变。我们的关系更加亲密，随着我对她的生活了解得越来越深，我越来越能和她感同身受。只要她需要，我随时都会帮她说话。在我眼里，她不再是个小女孩，也不是被当作公共财产的名人，而是一位年轻女性，竭尽全力应对几乎不可能享受正常社交的生活。我时不时认为这对她而言一定是很大的挑战，有时甚至觉得这种生活肯定让人难以招架。有些人就是不明白这一点，他们无法理解从幼年开始就生活在聚光灯下的压力。

不过，在拍摄早期的大多数时候，如果艾玛表现得有些不爱搭理人，那并不是因为她当天状态不好，而是有更复杂的原因。拍摄《哈利·波特与阿兹卡班的囚徒》时，我们在弗吉尼亚湖的森林里拍摄那场鹰头马身有翼兽巴克比克攻击德拉科的戏。现场大概有五十位演职人员，包括丹尼尔、艾玛、鲁伯特和罗彼·考特拉尼，当然还有巴克比克。这么多人一起拍摄，很难保持低调，而这里又是一个公共场所，所以我们很快吸引了一批影迷的注意。在陌生人喊艾玛的名字时，她下意识地看向别处，避免产生眼神交流，并保持一定距离。看起来有点儿不太友好，好像她懒得给人签名、不想跟围观的人互动一样，但实际上，她只是一个不知所措的十二岁小女孩。我觉得当时她可能不太理解为什么大家那么关注她。很正常，因为电影公司并没有帮我们做好应对这种情况的心理准备。

我比她年长几岁，对和公众互动没有那么多顾虑。于是我把艾玛带到一旁，告诉她没有必要感觉自己受到了威胁，对别人友好一些完全没关系，作为演员，我们天生就善于为想和我们交流的粉丝留下难忘的回忆。然后我们一起走过去，和粉丝对话，我能看出艾玛如释重负。可能这也算是对我先前嘲笑之举的一种弥补。后来大卫·海曼告诉我，他在那个时刻感受到我从一个傲慢自大的小屁孩成长为一名更懂得关怀别人的年轻人。我想这或许对艾玛学着接受自己不寻常的生活有那么一点儿帮助。从某种程度上讲，那天我们相互促进了彼此的成长。

　　越来越多传闻说我们之间的关系远远没有看上去那么简单。我否认了自己对她有倾慕之情，但事实并非如此。我当时的女朋友立马就察觉到了我们之间的暗流涌动。我记得当时自己说了一句很俗的话："我把她当妹妹一样关爱。"其实并不是这么简单。我觉得自己算不上曾与艾玛坠入爱河，但我对她本人充满了爱慕和敬佩，这种感觉永远也无法跟别人解释清楚。

　　有一次，我们在霍格沃茨片场之外见了面。我很少和其他演职人员私下见面，因为我更愿意回归平凡的日常。我去接她，然后我们一起绕着我家附近的湖散了很久的步。因为我抽烟的坏习惯，艾玛教训了我半天，然后她突然说了一番话，让我永生难忘。"我一直都知道，我是一只鸭子，"她说，"但从小到大，别人一直告诉我，我是一只鸡。每次我想'嘎嘎'叫的时候，全世界都会告诉我，我应该'咯咯'叫。我甚至开始相信自己真的是一只鸡，而不是鸭。我们经常一起玩之后，我发现会'嘎嘎'叫的原来不止我一个人。于是我心想：管他呢，我就是一只鸭子！"

　　我有没有提过，艾玛·沃特森说起话来很有一套？

对其他人而言，艾玛这个鸡和鸭的故事听起来可能毫无逻辑，但我懂她。我完全理解她的意思。她是想说，我们俩志同道合，能够理解对方，并帮助彼此理解自我，接纳生活。从那以后，我们就一直在"嘎嘎"叫。我无比确信，我会一直支持艾玛，她也会一直支持我。

而且，相信我，有艾玛这样的朋友护着你是非常幸运的，尤其是她的右勾拳很厉害，我就受到过一次惨痛的教训。

《哈利·波特与阿兹卡班的囚徒》原著出版时，我们正在拍摄《哈利·波特与密室》。不出意外，最晚的几个读原著的剧组演员里又有我。但我听说书里有一个场面是赫敏扇了罪有应得的德拉科一记耳光。太酷了，肯定很好玩！我当时很迷成龙的电影，所以当我听说明年拍摄下一部电影时，我和艾玛在电影里可能有一些暴力动作，我简直兴奋不已。一听到这个消息，我和乔什就跑去找她排练打戏。片场附近有一个活动帐篷，像办婚礼用的那种大帐篷，我们这些孩子如果不需要拍戏或者参加课程辅导就会来这玩儿。一开始帐篷里有好多巧克力、薯片、可口可乐，甚至还有红牛。我当时很调皮，喜欢怂恿比我小的孩子喝红牛。不管怎么说，这个地方很自由。但好景不长，马修·刘易斯（纳威·隆巴顿的扮演者）的妈妈说我不应该鼓励九岁小孩们毫无限制地乱吃巧克力、喝能量饮料。她这么说也在情理之中。我在监护人们心中的不良形象再一次得到巩固。很遗憾，零食换成了新鲜水果和饮用水，大家也不太爱去活动帐篷玩闹了。但帐篷里有一张乒乓球桌，艾玛很会打乒乓球，所以她经常去。

我和乔什冲进帐篷，不出所料，艾玛正在和另一个女生打乒乓球。一想到要演绎完美的成龙式扇巴掌，我就浮想联翩：几部摄影机从我身后一字排开，捕捉我被打的画面，拍出来的画面里艾玛的手掌结结实实地打在我的脸上,而我卖力地献上逼真的表演,不过现实中她根本没有碰到我,连边儿都没沾上。于是,我兴致勃勃地走近艾玛。

**内景 展会帐篷 白天**

汤姆和乔什在乒乓球桌旁徘徊,等着艾玛打败对手。她看起来对他们眼中兴奋的神采非常不解。

汤姆
你想不想练一下扇我耳光?

艾玛
(皱眉)
什么?

汤姆
因为在下一部电影里,你就要这么做,你要扇我一巴掌。
(睁着眼说瞎话)
我刚刚在书里看到了!

艾玛
好吧。

汤姆
(以大男子主义的态度说教)

是的。所以，你得这么做。你要站在那儿，调动你的全身，用尽全力，这样更逼真，你得……

汤姆一边说，艾玛一边静静打量他，然后举起一只手（她没意识到汤姆说的只是假装表演扇耳光），用尽全力在他脸颊上重重一击。

一击制胜。

艾玛
这样吗？

汤姆
（用力眨了眨眼，强忍住泪水）

汤姆
（声音短促）
很好，是的，很有力。真是……太棒了。
干得好，真不错。待会儿见，好吗？


他转身离开艾玛，紧紧夹着自己的尾巴，窘迫地走出帐篷。

我没胆量告诉艾玛自己并不是想让她真的扇我巴掌，还有她差点儿把我打哭。很久之后她才知道真相。到了第二年拍那场戏时，你应该可以想象，当我听说扇耳光被改编成了打一拳时内心有多踌躇。我恳求艾玛表演时一定要注意保持距离。坦白说，一想起艾玛·沃特森之前那记右勾拳，我的脸颊都感到一阵剧痛。

这些年来,艾玛教会了我很多宝贵的道理,其中最重要的几条是:做人不要总是从众。永远不要低估女性的力量。还有,无论如何,都要坚持"嘎嘎"叫。

# 第17章
## Chapter 17

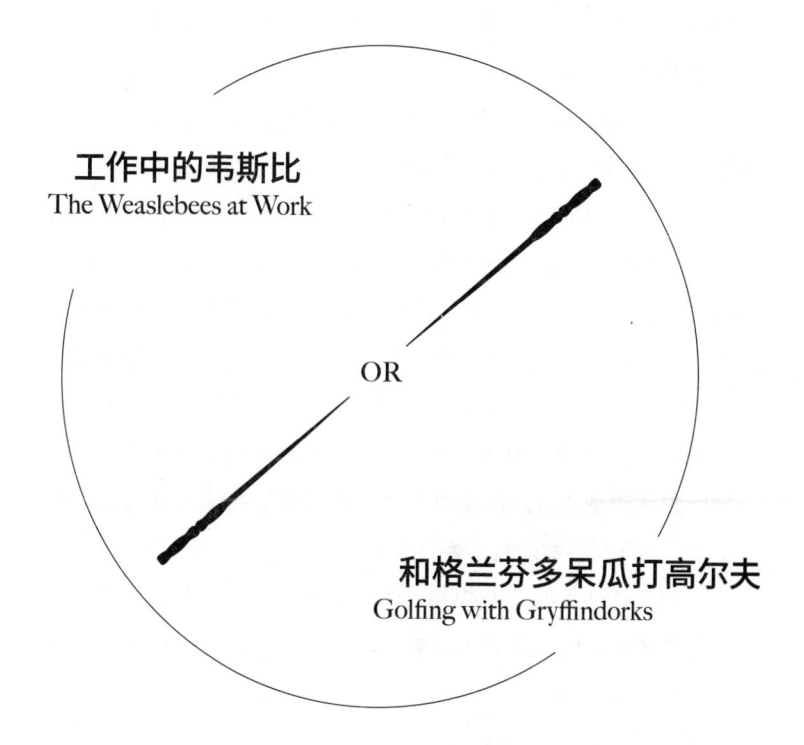

**工作中的韦斯比**
The Weaslebees at Work

OR

**和格兰芬多呆瓜打高尔夫**
Golfing with Gryffindorks

有时候，我们这些孩子会乘坐大客车往返片场。就像一次闹哄哄的普通学校郊游，但乘客穿的不是校服，而是巫师袍，还拿着魔杖。我当时十三岁，用一部分"哈利·波特"片酬买了一部便携式CD机，还有一张软饼干乐队[1]的CD。我在车上和鲁伯特·格林特坐在一起，耳机里放着那首嘈杂的 *Break Stuff*。

也许你知道软饼干乐队。如果是这样，你应该会明白他们的歌不太适合十三岁的小孩听。这些歌曲的主题都很成人化，用词也有些低级趣味。正合我的口味。我瞥向右侧，看见鲁伯特正在安静地干自己的事。我突然想到，也许我可以逗他做出典型罗恩·韦斯莱式目瞪口呆的表情。于是我取下耳机给他戴上。他皱起眉头，睁大双眼。饱受软饼干乐队歌词的冲击后，他的脸上果然浮现出罗恩的经典表情。你肯定很熟悉，就跟我往他大腿上放了一只蜘蛛差不多。

回忆这件事时，我想到了两点。其一，大多数负责监护的妈妈有那么一两次看我不顺眼，不是没有原因的。还记得滑板

---

[1] Limp Bizkit，一支美国新金属乐队。

事件吗？还记得红牛事件吗？我想我时不时会给一些比我小的孩子带来不良影响，比如乱给他们吃糖，或者给被家长捧在手心里的乖宝宝听比较露骨的美国饶舌音乐。其二，扮演韦斯莱家族的演员完全符合大家的所有想象：风趣幽默、随和友善，最典型的例子就是鲁伯特了。

当然，我在拍摄《反斗神偷》的时候就认识了扮演韦斯莱先生的马克·威廉姆斯，不过拍"哈利·波特"时，我们基本没怎么见面。我们在戏里很少同时出场，所以我和他的接触仅限于在首映礼和媒体招待会。不过根据我对他在拍"哈利·波特"之前的印象，他是一位总爱嘻嘻哈哈的演员。他在片场非常放松，也喜欢为所有人营造轻松的氛围。他总会毫不犹豫地点出我们的工作没那么严肃——只是在拍电影而已——所以在过程中找点乐子有何不可呢。

马克和扮演韦斯莱夫人的朱丽·沃特斯是完美拍档（妈妈很喜欢她）。她不仅是片场的友善女王，还有着顽皮的幽默感，她和马克总是瞎胡闹。他们都很热情，也非常脚踏实地。简单来说，他们就是完美的韦斯莱夫妇。我敢肯定，鲁伯特以及扮演弗雷德和乔治的詹姆斯和奥利·菲尔普斯[1]在片场上的搞笑才华，很大一部分源于这对夫妇。只要韦斯莱一家齐聚一堂，总是非常轻松，乐趣横生。

在戏里，我和鲁伯特是死对头，而在戏外，我对这个红发忍者[2]只有满满的爱意。很难做到不喜欢他。从一开始他就总是特别搞笑。他可是靠一段自创的说唱视频"你好，我叫鲁伯特·格林特，希望你喜欢这段表演，不要觉得我不合格"拿下角色的

---

1 Ollie Phelps，即奥利弗·菲尔普斯。
2 Ginger Ninja，和鲁伯特的红发特征（ginger）相关的戏称。

人。不出意外，他非常像罗恩。他脸皮很厚，经常在不经意间说出一些不太恰当的话——大多数人都只会在心里想想而不会说出来。他很容易在拍摄时笑场，因为克里斯·哥伦布的红牌法则，他还为此破费，掏了好几千英镑。笑场是演员的职业病，年轻演员尤其如此。只要有人说错台词，或者以某种方式引起你的注意，那么不管你受到了多少严厉的告诫、现场有多少位知名演员参演，都很难忍住不在镜头转向你时爆发出阵阵笑声。在我们所有人中，鲁伯特是最容易被逗笑的。

鲁伯特看起来总是无忧无虑。虽然从参演"哈利·波特"的第一天开始，他就承受着各种压力，但我从来没听他抱怨过，即使生活在公众视线中有时会带来弊端，他也从来没有表现出一点儿不快。他就是一个很暖心的好人，看起来总能从容地面对一切。对于他这种知名度的演员而言，他比大家想象的更没有"星味儿"。虽然我们扮演的角色看不惯彼此，但在戏外我总觉得我们有很多共同点。拿到片酬后我们都做了同样的事：不遗余力地挥霍。我们两个人家里都有一大堆乱七八糟的装饰品。我养了狗，他养了美洲驼，甚至还是两只，几年后变成了十六只（看来美洲驼的繁殖能力很强）。他买了一辆豪车，我也是。我给自己买的是敞篷宝马（天气再冷也要敞着），而他一声不吭地用来之不易的酬劳买了一辆装备齐全的冰激凌车，就为了实现当冰激凌小贩的儿时梦想，他还会心血来潮去车里干活，免费分发冰激凌。从前他甚至会开车去清静的村镇里转转，给小孩子送冰激凌，他们拿到罗恩·韦斯莱亲自递来的99冰激凌[1]，往往会大吃一惊。真是太疯狂了，但又莫名符合鲁伯特的个性。无论如何，他都只会做真实的自己。

---

1 一种英式冰激凌，会在蛋筒冰激凌中插入吉百利巧克力棒。

每个人都会随着成长发生改变。在拍摄后几部电影时，鲁伯特的性格沉稳了一些，玩闹的性子有所收敛，但他从未失去本真，以及温和真诚的天性。后来，在我于"哈利·波特"拍摄片场结交的所有朋友中，只有他和我对一些活动有共同的兴趣。近几年，我每逢圣诞节都会去伦敦的大奥蒙德街儿童医院，给节日期间还在医院里的孩子送礼物。当天我会先去哈姆雷斯玩具店（没错，就是我以前参加完试镜常和妈妈去的那家店），使出浑身解数忽悠来一堆"哈利·波特"周边，然后带着装满玩具的圣诞老人礼品袋去医院。一次，我在前一天晚上发短信问鲁伯特想不想一起去。听起来是小事一桩，相比于那些孩子在医院里的经历，确实是小事一桩。但我很清楚，对演员而言，要不要参加慈善活动并不是一个简单的问题，而对丹尼尔、艾玛和鲁伯特三人来说更是如此。我们只要到场就能为人们带来帮助，有时候，甚至不需要到场。比如，丹尼尔签十张签名照就能在一夜之间为慈善组织募捐几千英镑。大多数普通人有充分的理由选择不为慈善事业投入很多宝贵的空闲时间，但我们的理由没那么充分。尽己所能帮助那些比我们不幸的人，当然是一种不言自明的特权，但这种特权也带来了棘手的问题：应该怎么画下界限？要做到什么地步？世界上永远不乏需要帮助的人，因此我们很容易因为没能做得更多而自责。和所有人一样，鲁伯特会尽他所能利用自己的知名度做好事，不过像我这样临时邀请他去大奥蒙德街儿童医院，就算他不想应付，也合情合理（而且我知道他看见生病的孩子会无比心痛）。可是第二天他带着伴侣出现了，还是那么热情。没有经纪团队、没有司机、没有大张旗鼓，只有谦和有礼的鲁伯特，心甘情愿地投入自己的时间，为急需鼓舞的孩子们加油打气。

简而言之，鲁伯特就是这样一个有点儿古怪、嬉皮笑脸、体贴周到、友善可靠的人，如果你喜欢吃冰激凌，那和他交朋友准没错。

弗雷德和乔治·韦斯莱的扮演者是菲尔普斯双胞胎兄弟，詹姆斯和奥利。他们比我大几岁，所以放黑帮饶舌乐是不可能吓到他们的。认识了将近十年，我才分清他俩谁是谁，当然我从来没有冒险直呼过他们的名字，生怕认错人。虽然共同拍摄的戏份不多，但我们直到现在还是好朋友。他们俩都和自己扮演的角色一样，热情而幽默。

只要给弗雷德和乔治一丁点儿笑料，他们就会得寸进尺，找到很多乐子。在这一点上，詹姆斯和奥利也和这对虚构中的双胞胎兄弟一样，他们总是特别擅长充分利用一切情况。如果有好玩的事，他们就会大开玩笑；如果有值得忽悠的东西，他们一定会下手。拍摄后几部电影时，制作人员想录几期"幕后花絮"番外节目。他们提议去每个人家里拍摄大家的麻瓜日常，比如遛狗、洗车、修剪草坪。我们基本上对这些点子反响平平，但菲尔普斯兄弟另有打算，他们用非常符合弗雷德和乔治风格的方式"提出了建议"。他们喜欢打高尔夫，鲁伯特也是，而我当时也刚对这项运动产生了兴趣。他们不经意地提出，要不我们一起找个标志性的场地打高尔夫，让他们拍我们打球怎么样？要不，去威尔士的凯尔特庄园？这是一个非常热门的高尔夫球场，"莱德杯"比赛即将在此地举办，场地全新，平时根本订不到。

结果制作人员真的上当了，我们喜出望外。于是詹姆斯、奥利、鲁伯特和我准备驱车前往凯尔特庄园。但是等等！这对双胞胎兄弟机智地指出，如果我们周围有其他人打高尔夫，那肯定就没法拍摄了。我们得带着摄影团队，那样肯定会妨碍其他打高尔夫的人。兄弟俩顺水推舟来了一记妙招，他们异口同声地说，直接包下整个球场是不是更明智呢！他们狡猾的计谋被采纳了。最后，全世界最火爆的一家高尔夫球场被包场一整天，由我们四人独享。和每次高尔夫比赛的结局一样，韦斯莱家的人又赢了。该死的格兰芬多呆瓜。

# 第 18 章
## Chapter 18

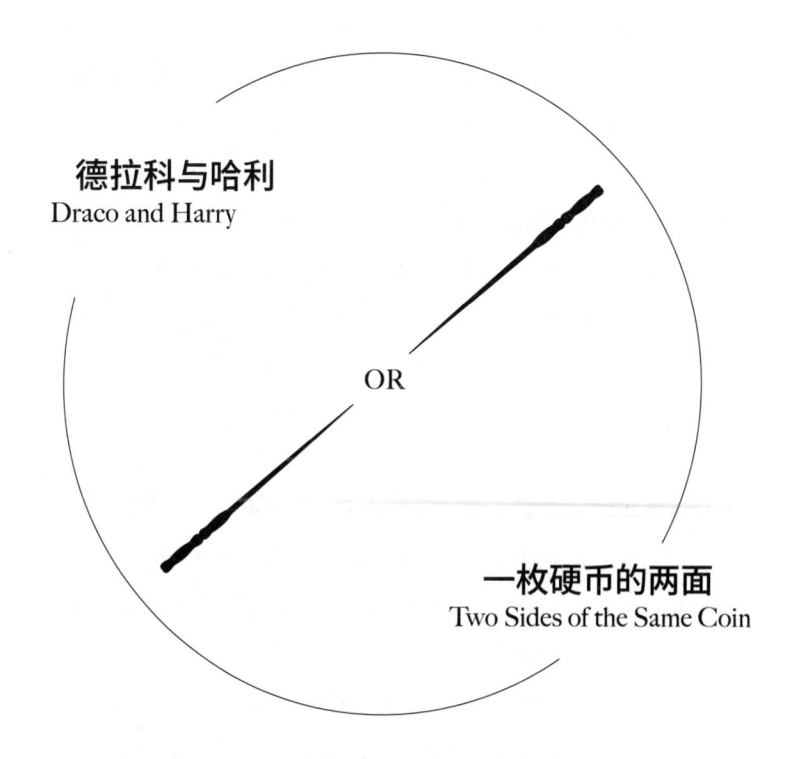

**德拉科与哈利**
Draco and Harry

OR

**一枚硬币的两面**
Two Sides of the Same Coin

没有人知道，也永远不可能有人知道，作为丹尼尔·雷德克里夫是一种什么感受。在整个"哈利·波特"系列电影中，没有人比丹尼尔承受的压力更大。从被选为主角的那一刻起，他就再也无法单纯地做一个麻瓜小孩。艾玛和鲁伯特也是一样，只不过打在丹尼尔身上的聚光灯更为强烈。毕竟他是"大难不死的男孩"，但也是没有机会体验平凡人生的男孩。我有幸能像大多数平凡的青少年一样，在年少时干过一些蠢事。对我而言，最严重的后果也不过是在"主人之声"音像店的墙上留下了一张拍立得"罪证"。但如果丹尼尔要尝尝当普通小混混的滋味，后果就要严重得多了。几乎从第一天开始，就有人跟拍他、偷偷录像，想抓拍他出糗和脆弱的样子。而他在任何情况下都未曾，也不能让人有机可乘。整个电影系列的重担几乎由他一人肩负。

我对他从容应对压力的姿态非常敬佩，也对他本人满怀爱意。在拍摄"哈利·波特"系列电影期间，我身边不乏各种大人物，而我从丹尼尔身上学到的最多，也看到了最多自己的影子。

这可能听着有点儿莫名其妙，因为我们和角色的相似之处是我们拿到各自角色的一部分原因，而毕竟哈利和德拉科从一开始就是冤家。但我不是这么想的。我认为哈利和德拉科是同一枚硬币的正反两面，我和丹尼尔也是这样。

刚开始，我们基本会保持距离。无论何时在片场上见到彼此，都只会来个典型的英式问候，点点头，简单打个招呼。"早上好，你好吗？挺好。"我总忙着和斯莱特林兄弟们嬉笑打闹，而丹尼尔总在忙正事。我们的交集并没有大家想得那么多。产生交集的时候，他过人的才智和学者般的记忆力给我留下了深刻印象，他总对复杂的板球比赛数据和《辛普森一家》中的冷知识了如指掌，工作人员在拍摄间歇重新布置场景时，我们会坐在扫帚上玩《辛普森一家》知识问答，没有谁比丹尼尔更了解这些冷门知识了。

电影拍摄过程中，我们的关系越来越好，对彼此的了解逐步深入。我时不时会去他家一起看板球比赛，点份比萨外卖，有时还会一起抽烟（两个年纪轻轻就学会抽烟的不良少年！如果有人去利维斯登参观，走到破旧的仓库背后，很可能在一堆脚手架底下看见哈利、德拉科和邓布利多围成一团取暖，一边喝茶一边"呼吸新鲜空气"）。对丹尼尔了解越深，我便越发现我们在很多方面都非常相似。我们都对身边的环境和他人的情绪有着敏锐的感知力。我们都在情绪上非常敏感，很容易受到周遭能量的影响。过去我总觉得（现在也是），如果我像丹尼尔一样是独生子，没有受到三个哥哥的影响，那我应该会和他更相似；而如果丹尼尔受到过金克、克里斯和阿什这三个任性哥哥的影响，那他应该也会更像我。在这一点上我们是相呼应的，因为我觉得哈利和德拉科可能也是这样。早期拍摄"哈利·波特"时，我不可能领悟到这一点，但在拍摄中我产生了越来越清晰的认识。我现在发现，之所以自己意识到了这一点，其中一个原因在于丹尼尔的演技越来越好。

丹尼尔肯定会毫不犹豫地说，刚开始拍摄时我们谁都不知道自己在做什么。当然，我和他之前有过拍摄经验，但在那么小的年纪，大家的演技又能有多好呢？不过，丹尼尔从一开始就想当一名好演员。他总是对自己拍过的作品不满意，而且令人钦佩的是，他明明已经驾轻就熟，知道自己随便演一演也过得去，但他不愿这样。他非常重视自己的工作，从第一天起就全力以赴，立志成为一名优秀的演员。而作为哈利·波特的扮演者，这谈何容易。我认为哈利是全剧最难演的角色。哈利一直都是我们的主人公、坚实的基础和最为可靠的角色。他必须当好主心骨，我们其他人才能围绕他来表演。薄情寡义的德拉科、风趣幽默的罗恩、敏锐机智的赫敏、善良笨拙的海格、邪恶阴险的伏地魔、聪明睿智的邓布利多——这一切都要靠哈利始终如一、坚定不移的沉稳演技来凸显。要在保持沉稳的同时依然抓人眼球、打动观众，需要一种特别的能力。

丹尼尔的演技突飞猛进，很快就成了一位与众不同的演员。也许是因为他身边有太多才华横溢之人，耳濡目染，也可能是他本来就天赋异禀，总之没过多久，只要他出现在片场，就会吸引周围所有人的关注。这让我们其他人深受启发。我们紧跟他的步伐，如果你想要找个人带领你去战斗，那么丹尼尔就是不二人选，就像哈利一样。他只需保持自己的状态，就能提醒我们严肃地对待参演的机会，同时也尽情享受这个过程。

尽管在这方面我没能一直向丹尼尔看齐，但他勤勤恳恳的态度最终感染了我。在旁观他演戏、跟他一起表演的过程中，他给我带来的启发比其他成人演员更多。后来，德拉科这个角色也有所成长，如果说我对这种成长的刻画算得上到位，那一定程度上要归功于观摩丹尼尔的表演。

在前几部电影里，我并没有认真思考德拉科的角色成长。在《哈利·波特与魔法石》中，我们发现他是个假惺惺的小人；在《哈利·波特与密室》中，我们看到了他纨绔子弟的一面：他有最好的飞天扫帚，还收买人心混进了魁地奇球队。他就是学校里那种人生第一辆车是爸爸给他买的法拉利的小孩，看起来没有一丝人性。不过，虽然所有麻瓜看了电影之后都很讨厌他，但他的傲慢自大好像也并没有愈演愈烈。因此在前五部电影里，我多半总是一脸不屑地站在角落。我当时并不需要对德拉科的成长思考太多，因为他并没有成长，他一直都那样。

后来到了《哈利·波特与混血王子》，一切都发生了改变。从德拉科身上，我们看到霸凌者往往也会受到霸凌。刚开始拍摄没多久，导演大卫·叶茨[1]就把我叫到一旁说："只要我们能让观众对德拉科产生一丁点儿共鸣，那就大功告成了。记住，你正准备做一件魔法世界有史以来最可怕的事情：杀死邓布利多。手握那根魔杖，就像手握一整支军队。观众需要同情你，观众需要认为，德拉科别无选择。"

德拉科·马尔福是"别无选择的男孩"。他受霸道专横的父亲支配，被食死徒胁迫，伏地魔也在威胁他的性命，所以他的行为并不受自己控制。这是一个自我能动性被剥夺的男孩做出的举动。他无法自己做主，又被人生巨大的转变吓得惊慌失措。这一点在哈利撞见德拉科在洗手台边哭泣的那场戏里表现得淋漓尽致，后来他们展开决斗，哈利使出了"神锋无影"。这是为数不多的我和丹尼尔两个人单独出镜的对手戏，我感觉大家对

---

[1] David Yates，英国导演、制片人，执导"哈利·波特"系列最后四部电影及"神奇动物在哪里"系列电影。

我的表演有些过誉了。在我看来，主要是剧本写得好。但如果真要说我有所突破，演绎出了德拉科这个人物的成长，那很大程度上都得益于观摩丹尼尔的表演带给我的收获。一直当那个满脸不屑站在角落里的男孩是行不通的，我得想办法让这个人物更加丰满。

在我看来，最后几部电影里德拉科的角色弧线触及了"哈利·波特"一大重要主题的核心，即关于选择的主题。这个弧线在马尔福庄园的那场戏里达到了高潮。当时哈利面目全非，德拉科被叫去指认他。这个人是不是哈利·波特？我们在片场上没有讨论过德拉科知不知道哈利的身份。我个人认为，他很清楚这个人是谁。那他为什么没说实话呢？我觉得原因在于，这个别无选择的男孩终于有了一次选择的机会。他可以选择指认出哈利，也可以选择做正确的事。如果放在之前任何一个时刻，他都会选择告发哈利。不过他最终明白了邓布利多之前告诉哈利的道理：展现一个人本性的，不是我们的能力，而是我们的选择。

正因如此，在我看来，哈利和德拉科就像一枚硬币的正反两面。哈利来自一个深爱他的家庭，他的家人不惜为他牺牲自己的生命；而德拉科来自一个充满欺凌、侮辱的家庭。但当两人都有做出选择的自由时，他们终会殊途同归。

# 第 19 章
## Chapter 19

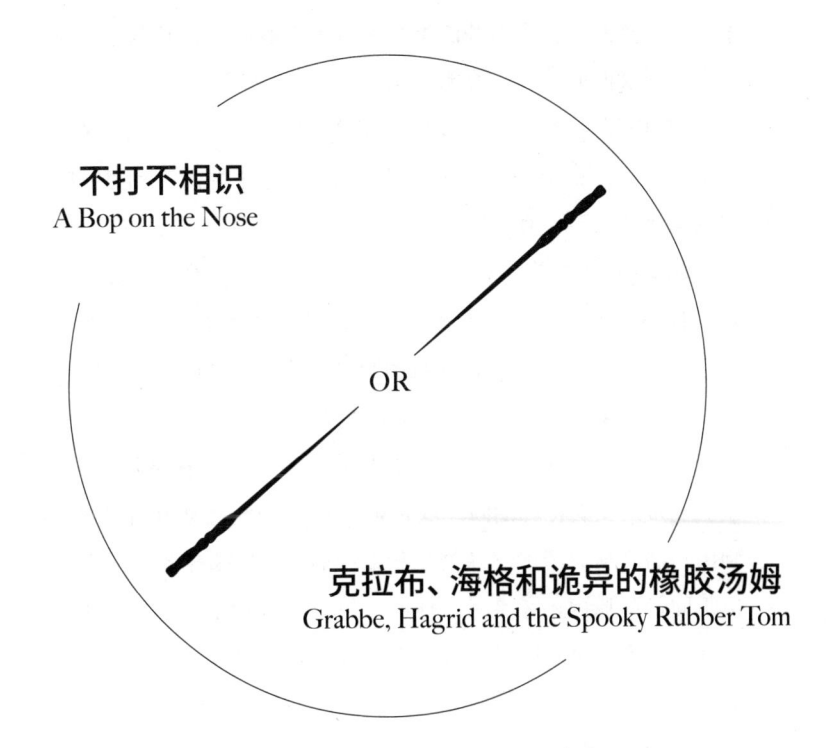

**不打不相识**
A Bop on the Nose

OR

**克拉布、海格和诡异的橡胶汤姆**
Grabbe, Hagrid and the Spooky Rubber Tom

"哈利·波特"拍摄现场有几百名演员。我和一些演员几乎没有打过照面,但和有些演员非常熟络。所以,请让我带大家在霍格沃茨四处转转,介绍几位老熟人。

艾玛·沃特森的右勾拳,大家已经领教过了。一句话:离得越远越好。不过她并不是唯一对我的颧骨下手的人,而且有时候我也会以牙还牙地还礼。

戴文·穆雷饰演西莫·斐尼甘。凭着在片场上的那股聪明劲儿,他简直是西莫不折不扣的化身。他伶牙俐齿、淘气捣蛋,但心地善良。有一次,他朝我的脸揍了一拳。当时我们正在一家百货公司的拍摄现场,原因我已经记不清了。也许我说了什么风凉话,也许我什么也没做,只是因为"真心话大冒险"。那时候我们常爱变着花样胡闹,我记得有人用可乐、牛奶和咖啡豆调制出一剂恶臭的药水,还提出给敢喝的人一英镑赏金。或许是出于同样的原因,有人给了他五十便士,指使他把我打趴下。这件事不牵扯个人恩怨,或者至少说,我脸上挨的一拳不具针对性。

杰米·威莱特饰演克拉布。一次在霍格沃茨礼堂里,我因为孩子间的小打小闹朝他鼻子上来了一拳。这一拳也不牵扯个人恩怨，而是三个臭味相投的斯莱特林学生之间的惯常打闹罢了。扮演高尔的乔什·赫德曼和我年纪相仿，杰米要比我小几岁。但这并没有影响我和杰米成为密友，因为他的心智要比实际年龄成熟得多。同我和乔什一样，他钟爱嘻哈音乐，是个天赋异禀的饶舌歌手。但有时他身上带着一种压抑已久的好斗和挑衅。我们的关系很铁，不过也偶有冲突。我觉得从这个意义上来说，现实生活中的我们和扮演的角色非常相似，尤其是那股孩子气十足的过度旺盛的精力。他会因为这样或者那样的小事与我起冲突，我则会针锋相对，以至于矛盾进一步激化。我们一起拍了很多戏，这就意味着拍摄间隙我们经常泡在一起。众所周知，如果小孩子在一起待得太久，磕磕绊绊就在所难免，但到了第二天彼此会好像什么都没有发生过一样。尽管闹闹哄哄，我们终归还是一群孩子。

  但是有一天，我们还是闯了祸。当时我们正在霍格沃茨礼堂里拍摄，坐在斯莱特林的桌旁，杰米在我左边，乔什在我右边。杰米不停地招惹我，这么做没什么恶意，要是在别的时候，或许是我在烦他，或者是乔什在激我。摄像机马上就要开拍，杰米却不停地在桌子底下踢我，用手肘推我，或是小声骂我白痴。诚然，说到在片场调皮捣蛋这事儿，我也难辞其咎，但我会努力拿出专业演员的做派，认真对待拍摄。大人给我们反复灌输的观念中，有一条是：工作人员花了几小时布置好一个镜头，在摄像机即将开拍时，不管你在做什么，都要乖乖把嘴闭上，等待那句神奇的"开拍"。就算镜头没有对着你，也不意味着你不用表演。不仅如此，镜头外的表现有时会与镜头前的表现一样重要。你的反应、视线和台词对镜头前的演员来说都是定心丸。

不知为什么，杰米那天让我实在忍无可忍。因此当工作人员正准备喊出"开拍"的一刹那，我转过身，照着他的鼻子就是一拳。下手不算狠，但足以让他的鼻子见点儿血。不知为什么，乔什居然被拉到几位制片人面前上了一课，还被告诫不要招惹杰米。好一出误会，乔什，好兄弟，在这儿和你说声对不起！

不对彼此拳脚相加的时候，我、乔什和杰米是亲密无间的好友。大多数时候，我们总在想各种惹是生非的招数。偶有不胡闹时，我们便将自己的热情倾注于音乐。我在我的房车里搭了一间迷你录音棚，我们在里面录了很多歌曲——斯莱特林学院里三位英国白人男孩能唱出的最硬核的黑帮说唱了。这些录音一直保存到了现在。克拉布和高尔写词押韵的技艺至今仍让我拍案叫绝，直到今天，我还在听他们的歌。然而随着影片拍摄的进行，杰米对拍电影的兴趣开始明显下降，他看上去无精打采，甚至有些意志消沉。他会用我在学校里玩烂的招数，把耳机线从袖子里穿过，在应该听导演指挥时听音乐。这种态度与他扮演的角色简直如出一辙，因为克拉布本就是个对任何人或任何事都毫不在意的人。但我们这些认识杰米的人都不难看出，拍摄对他来说并不轻松，甚至谈不上愉快。

此后，杰米逐渐在"哈利·波特"之外的世界迷失了方向。拍完《哈利·波特与混血王子》之后，杰米触犯了法律[1]。发生了这样的事，制片人很难再邀请杰米回来参与最后几部电影的拍摄。我非常同情他的遭遇。从拍摄第一部电影起，他就与我们在一起，虽然偶有冲突，但我们一直是好朋友。漠视权威是他骨子里的一部分，但当这种特质影响了现实生活时，他便立刻失去了容身之地。个中原因我当然理解，但这仍然令人伤感。

---

1 杰米于2009年被控持有毒品，被判处120小时的社区服务。

我们的斯莱特林三人组原班人马，就这样成了过去式。

扮演海格的罗彼·考特拉尼出演过电影《黄金眼》和电视剧《解密高手》，因此他是我在刚开始拍摄"哈利·波特"系列电影时就认识的少数演员之一。或许，他要比任何人都更明白保持心态轻松愉悦的重要性。罗彼是个爱开玩笑的人，但也是别人开涮的对象。更确切地说，他是那种允许别人拿自己开涮的人，而且他给出的反应能让人笑掉大牙。有一段时间，我和丹尼尔在片场最热衷的恶作剧方式就是到处修改别人的手机语言设置，搅得大家不知该怎么重新设回英语。罗彼好几次沦为了这个恶作剧的对象，因为他的反应实在是太好笑了。他会眯起眼睛，环顾四周，喃喃自语："这是哪个浑蛋干的？"那副样子真好像是准备把罪犯抓起来宰了一样，但实际上，他只是乐于配合、愿意跟我们打成一片而已。罗彼总会热心地提醒我们，我们不是来寻找癌症疗法的，也不是在拯救世界，只是在拍一部电影而已。我们应该牢记这一点，不要自命不凡，而要尽可能乐观地笑着踏上旅程。他的身上有着浓重的海格的影子：热心友好的大块头，永远不会忽略生活中重要的东西。

在《哈利·波特与阿兹卡班的囚徒》的一场戏里，德拉科被巴克比克[1]踢伤，之后只得被海格抱走。为了使海格看起来像个巨人，制作人员用上了各种巧妙的科技。我们在一起的大部分场景中，海格都不由罗彼本人扮演，而是由马丁·贝菲尔德做替身。马丁是一位身高两米零八的橄榄球运动员，穿着一身巨大

---

[1] 鹰头马身、长有双翅的神奇动物，海格饲养的宠物之一。

的机械动画[1]服出境(这套衣服穿起来闷热无比。一看到"海格"热得心浮气躁,我和杰米就忍不住笑场,也没少因此挨骂)。然而在这场戏里,海格需要露出全脸,所以制作人员没有把他放大,而是把我缩小。他们制作了一个只有我实际身型四分之三的德拉科假人,让海格抱下去。这可不是什么小孩的玩具:制作这个假人用了几个月的时间,制作成本高达好几万英镑。不用说,和所有孩子一样,想到能拿自己的迷你版假人恶作剧,我就蠢蠢欲动。我想到的第一个计划是把假人带到停车场,等有人倒车的时候把假人扔到车后面。不知出于什么原因,我忍住没有将这个方案付诸行动。说来也巧,那天恰逢妈妈也在片场,于是我煞费苦心,用那个诡异的橡皮人汤姆结结实实地吓了她一跳。罗彼也加入了恶搞。一想到自己最小的儿子以人体模型的形式被保存下来,妈妈就浑身不自在。而她越是想躲,罗彼就越是拿着橡胶人德拉科朝她比画,逗得每个人都前仰后合。这就是罗彼。作为成年人的他,拥有一种犀利的幽默感,但也很擅长和孩子们愉快相处。(德拉科的假人现已安稳退休,在利维斯登片场的哈利·波特工作室安享晚年。)

此外,罗彼也是个善良而有爱心的人。第一部电影中有一场海格带着哈利、罗恩、赫敏和德拉科进入禁林的戏。那场戏一部分是在摄影棚里拍摄的,工作人员在摄影棚里搭建了禁林的布景,不过也有一部分要出外景拍夜戏。凌晨两点,我和丹尼尔、鲁伯特、艾玛置身寒冷的森林,挤在一块铺在地上的塑料防水布上,那场景至今仍然历历在目。艾玛当时只有九岁,当我们等待工作人员为下一个镜头做准备时,她蜷缩在我旁边,沉

---

[1] 也称电子动画,是一种集木偶学、解剖学、机电一体化为一体的跨学科领域。机械动画人物可以通过计算机和人来控制,操纵模型自然移动。

入了梦乡。每个人都在为自己的事情奔忙，罗彼则帮助大家振作精神，确保我们舒适温暖、得到悉心的照顾。

在后来的几年里，我和罗彼主要在媒体招待会和路演时碰面。他是个不折不扣的汽车迷，对机械、马达、汽车和飞机样样精通。在这方面我们趣味相投，但最重要的是，我总是很期待能和他一起在公众场合露面，因为只要有他，欢声笑语就必定随行。

有一说一，纳威·隆巴顿绝不是这部系列电影中的美男子。在第一部电影的拍摄期间，马修·刘易斯的外形和这个角色非常吻合，不仅耳朵像，脸庞像，他甚至还带着纳威可爱的约克郡口音。那时的他活脱脱就是纳威本人。

但是，问题来了。每年，当我们聚在一起拍摄下一部电影时，马修都会变得比之前健壮一些。也就是说，每年他都在外形上与纳威渐行渐远，好在他是个好演员。但在后来的电影中，工作人员不得不在他的耳后放上楔子，给他安上假牙，让他穿上增肥装，以防暴露出越发明显的猛男块头。谁能想到，"纳威"竟然能赤裸上身登上《态度》杂志[1]的封面呢？

马修是一个集波特所有优点于一身的好例子。他待人亲切、脚踏实地、谦虚到极点。他兴趣多样、涉猎广泛，和他交谈总是妙趣横生，这也让他成了我最喜欢一起把酒言欢的好友之一。和我一样，他也不喜欢看"哈利·波特"的电影回放（没有人喜欢听自己的录音，对吧？），但是，现在的他已经成长为一位令人称赏的演员，对自己的才华抱有一种克制而沉稳的自信。在我日

---

[1] 英国男同性恋生活风格杂志，马修曾登上2015年6月号的《态度》杂志封面。

后遇到的所有"哈利·波特"老友中,马修是我最乐意见到的人之一。斯莱特林和格兰芬多之间的恩怨早已前嫌尽释了。

片场中有几位堪称传奇的老戏骨,但脱下戏装的他们,你根本认不出来。毫无冒犯之意,他们和邋里邋遢的老人没什么两样,扮演奥利凡德[1]的约翰·赫特就是其中之一。现在我已经成了他的超级粉丝,尤其被他在《午夜快车》中的表演所折服。但是当时我根本不知道他是一位那么伟大的演员。单凭外表,你是无论如何也看不出来的。

扮演费尔奇的大卫·布莱德利也是如此。他本人与饰演的角色完全相反,一点儿也不恶毒,也跟无能二字完全不沾边。有些演员一到片场就需要别人对自己众星捧月,大卫却一直都很低调。他会静静地坐在角落里,堪称沉着冷静的典范。然而,看到他面露嫌恶、化身惹人厌恶的费尔奇,这个转变过程让我受益匪浅。我一向很喜欢观看他的表演。很明显,他热爱自己的工作。

有一天,我在片场看到另一位老人,他不修边幅,身上穿着旧牛仔裤和T恤。之前我偶尔和他打过照面,以为他是一位保洁员。我能说什么呢?当时看上去就是那样。当时,我们正在霍格沃茨礼堂外,我觉得这是一个对他的工作成果表示赞赏的好时机,于是用鞋子在锃亮的水泥地板上蹭了蹭,朝他竖起大拇指:"老哥,真干净!"他转过头,想看看我是不是在跟他身后的人说话,然后有些疑惑地对我皱皱眉头,什么也没说。

那天稍晚的时候,我正在做发型,那位老人居然走进了梳

---

[1] "哈利·波特"中的欧洲三大魔杖制作人之一。

化间。他好像是在带着家人和朋友四处参观，有点儿奇怪，不太像是保洁员会做的事情。我有一种可怕的预感，觉得自己可能失言了。等他一离开，我便问道："那个人是谁？"

"哪个？"

"他啊！"对方笑着回答，"当然是加里·奥德曼[1]了。"我意识到自己竟把他错当成了保洁员，尴尬得无地自容。虽然他不会把这种小事放在心上，但我还是想找他道歉。但到了最后，我选择避重就轻，忽视了自己的失礼之举，佯装自始至终都没有把他错认成保洁员。容我辩解一句，身为这样的重磅明星，他却一点儿架子都没有。他为人谦逊，脚踏实地，比起一心表演，你会更常看到他为大家泡茶的身影。

就像小天狼星逐渐成了哈利的父亲一般的角色，我能感到，加里也成了丹尼尔的榜样。加里不仅帮助丹尼尔走过了聚光灯下艰难的成长之路，还帮他把演技打磨得精益求精。在我看来，他们对待其他演职人员的幽默和态度有异曲同工之处，我想包括我自己在内的很多人都对他俩的关系有点儿眼红。我们能看出丹尼尔逐渐脱颖而出，比我们所有人都更好地掌握了表演的精髓，一定程度上讲，这离不开加里的影响。在表演领域，还有什么比加里·奥德曼的指导更可贵的呢？

沃维克·戴维斯也是我在刚开始拍摄"哈利·波特"时就认识的少数演员之一。原因在于，我是电影《风云际会》[2]的忠实粉

---

1 Gary Oldman，英国演员、导演，哈利的教父小天狼星布莱克的饰演者，也是第九十届奥斯卡金像奖最佳男主角奖得主，作品有《惊情四百年》《锅匠，裁缝，士兵，间谍》《流人》《至暗时刻》等。

2 Willow，1988年上映的剧情片，沃维克·戴维斯出演了该片。

丝（片中的"威洛"，也成了我现年四岁的拉布拉多的名字，它是一只痴迷松鼠、胃口堪比无底洞的狗狗）。从"哈利·波特"第一部电影开始，他就加入了剧组，饰演弗立维教授——这是他在片中扮演的几个角色之一。他身上总带有一种沉静的魅力，擅长和孩子们打成一片。他成了我的良师益友，而他在片场的代步工具也让我叹为观止。由于身高问题[1]，即使在我们还是孩子的时候，他也要比其他人花更长的时间走动。于是，他带来了一辆改装过的赛格威电动车，在片场四处驰骋。这辆电动车为配合他的身高进行了切割，所以车名由"赛格威"变成了"格威"。看到弗立维或拉环[2]从身边疾驰而过，他一边乐呵呵地问候"大家早上好！"，一边潇洒自如地挥手致意，可真是一幅有趣的场景。但不用说，在魔法世界五花八门的角色和道具的包围之中，我们早就对稀奇的景象习以为常了……

---

1　沃维克·戴维斯身高只有1.07米。
2　"哈利·波特"中曾在古灵阁巫师银行工作的妖精，也由沃维克·戴维斯饰演。

# 第20章 / Chapter 20

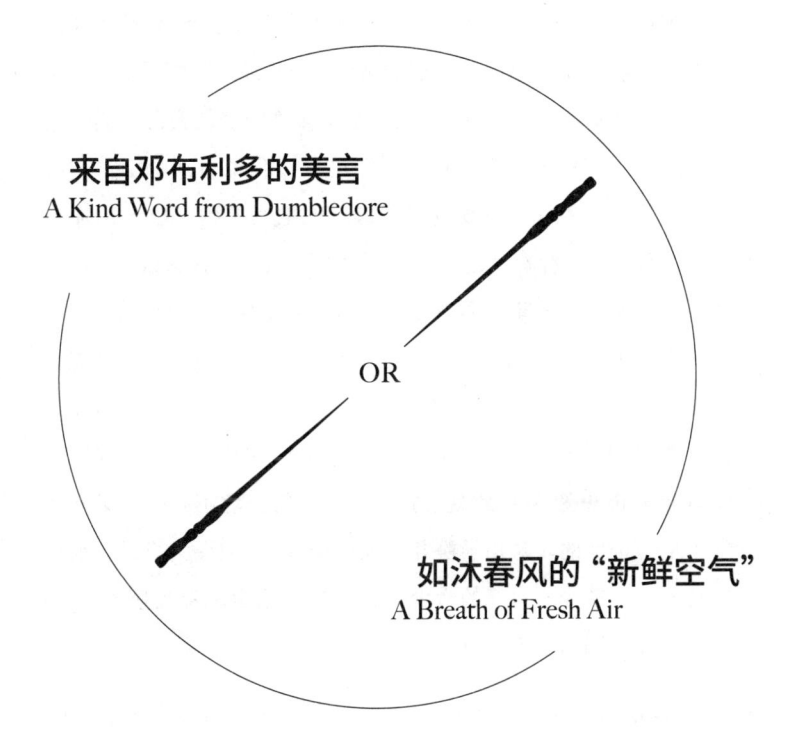

**来自邓布利多的美言**
A Kind Word from Dumbledore

OR

**如沐春风的"新鲜空气"**
A Breath of Fresh Air

如大家所见，我们有两位邓布利多。在《哈利·波特与魔法石》和《哈利·波特与密室》中，这个角色由理查德·哈里斯爵士饰演，在他不幸离世后，这个角色由迈克尔·甘本[1]爵士接手。当时的我并不知道理查德·哈里斯是位多么传奇的人物，因为我和他几乎没有什么交集，他从头到尾只对我说过四个字。一次拍摄的间隙，在霍格沃茨礼堂门口，他把我拉到一边，用邓布利多独有的目光看着我，说了句："演得不错。"就这么几个字。我不认为他是在客套，而当时的我也完全没有意识到自己得到了一位伟大演员的赞许。那么，我是否觉得自己演得不错呢？怎么说呢，我能感到自己在表演上有独到之处。德拉科从来不随大流。如果其他学生都站在这里，他就会站在那里；如果其他学生看起来邋里邋遢，他就会把自己收拾得一丝不苟；如果其他学生把最上面的几颗扣子松开，他就会把扣子系紧（当时我很讨厌这一点，哪个有自尊的青少年愿意规规矩矩地穿校服呢？）。这么说来，因为这个角色，我很容易在人群中脱颖而出。

---

[1] Michael Gambon，爱尔兰裔英国演员，职业生涯长达六十载，作品有《国王的演讲》《战争之路》《丘吉尔的秘密》等。

但是，脱颖而出和演得不错是一码事吗？我配得上初代邓布利多的赞许吗？事实上，演技这种事情完全是主观的。包括丹尼尔、艾玛和鲁伯特在内，我们都知道还有很多东西要学。我们懂得不要朝下看镜头，也知道怎么在拍摄现场找准自己的位置，但我们的表演之所以过得去，全靠周围演员演技在线。然而，就像努力投身于各行各业的所有人一样，我有过一帆风顺的高光时刻，但也有过最好被世界遗忘的尴尬经历。

有时我的自负有助于将德拉科在银幕上展现得活灵活现，有时却适得其反。在《哈利·波特与密室》中，哈利和罗恩服下复方汤剂变成克拉布和高尔，跟着德拉科来到斯莱特林公共休息室，而哈利忘了摘下眼镜。由此引出的场景，尽显克里斯·哥伦布的导演才华。高尔解释说戴眼镜是因为他最近在读书，而我则要即兴说出一句台词。日后，这句话也成了我最喜欢的一句德拉科的台词。在第三次拍摄之后，哥伦布突然灵光一闪，一副兴奋难掩的样子。他兴奋地轻手轻脚走过来，把我拉到一旁，对着我的耳朵低声说了一句妙语："他说戴眼镜是因为他最近在看书的时候，你就说'没想到你居然还识字'。"我们会意一笑，于是，接下来拍摄的镜头便留在了电影的精剪版中。我当时就猜到了这句话大有用处，因为克里斯一喊完"卡！"就禁不住放声大笑起来。

然而，接下来的一场戏却算不上我在片场的高光时刻。德拉科读着《预言家日报》走在前面，三个人走进了斯莱特林公共休息室。德拉科有一段很长的独白，但我完全没记住那天的台词，害得大家拍了好几个小时。大卫·海曼狠狠地训斥了我一顿，还专门给妈妈打电话，嘱咐她让我务必把台词背好，否则后果自负。最后，他们只得把剧本的台词部分打印出来，贴在报纸上，好让我照着念出来。我想如果理查德·哈里斯那天也在场，可能不会对我有什么好印象吧。

随着经验的增长，我开始意识到，在一场戏中表现得是"好"是"坏"，要比大多数人想象中微妙得多。或许你的演技精湛得让人拍案叫绝，但如果没有与现场其他演员同频，就不算演得好。这就好像打网球，使出全力击球并不意味着你能打出一局漂亮的比赛。重点不在个人表演的好坏，而关乎全体演员的表现、环境，以及观众的解读和看法。如果由鲁伯特扮演德拉科，由我扮演罗恩，电影会不会有所不同？会变得更好，还是更糟呢？以上这些问题，都能用"会"来回答。仁者见仁，智者见智。

因此，我为初代邓布利多教授那句美言感到暖心，但也留有一分怀疑。在"哈利·波特"系列早期的电影中，我流露出的更多的是一个在镜头前从容不迫的孩子的自负。这句赞美的确让我如沐春风，但也并不会让我忘乎所以。

与第一位邓布利多相比，我与第二位邓布利多的交情要深得多。在现实生活中，理查德·哈里斯和迈克尔·甘本的性格截然不同。从很多方面来说，理查德·哈里斯都会让我想起我的外公。他身上带着一种温暖而沉静的睿智，与扮演的角色非常相宜。相比之下，迈克尔·甘本则是个更爱出风头的老爷子。虽然他扮演的是一位年老的巫师，但骨子里更像一个小男孩。他喜欢拿自己开涮，但以他的年龄和身份，无论说什么离谱的话都不会过分。他喜欢讲有趣的故事或是简短的笑话，我觉得这种性格在他对角色的诠释中也有所体现。在我看来，他的表演惟妙惟肖，在《哈利·波特与混血王子》中的出演更是让人叫绝。

最重要的是，他是个很有趣的人。拍摄期间一条基本准则是，所有演员都不许自驾来片场。之所以这么做，我觉得有安全方面的考量。但更重要的是，制作团队明白如果不安排司机在早上六点半坐在演员家门外等着接人，一半的演员都会迟到。想把三十个人同时聚在片场的时候，一半人都姗姗来迟可不好办。然而，每条规定都有例外，对于这条铁律来说，迈克尔·甘本就是那个例外。他是个狂热的车迷，先是买了一辆全新的奥迪R8跑车，后来又买了一辆法拉利。他自己开车上班，而且把车停在华纳兄弟片场五号门外这个最不方便的停车位。染头发时，我便会听到外面引擎发出的阵阵轰鸣。这时我会不顾一切地从座位上一跃而起，顶着满头双氧水和锡箔纸，想要一睹他开跑车的风采。他会让我们这群孩子坐在车里，我敢确定这种做法一定违反了各种规定，但谁敢和他争论呢？我是说，毕竟，他可是邓布利多呀。

甘本喜欢装傻。他常常会装出一副一脸困惑的样子，问："亲爱的，我们在演哪场戏呢？我们在哪儿？我演的是哪个角色来着？"但我敢肯定，他这么做主要是想开玩笑逗逗大家。记不准台词的事情在他身上也偶有发生。有一次，工作人员不得不把台词写在巨大的板子上，把板子举在镜头后让他照着读，这也让我对自己记台词时偶有的磕磕绊绊稍微松了口气。但这并不意味着大家不把他当回事，大家都很尊重甘本，特别是德拉科最重要也最令人难忘的一场戏，也就是《哈利·波特与混血王子》中被闪电击中的塔楼上的一幕。那部电影中有不少德拉科单独和成年人在一起的戏，而这是其中最盛大的一场。影片中，德拉科用魔杖指着邓布利多，想要鼓足勇气，按伏地魔的指令杀死校长。

准确来说，拍那场戏时我并不紧张，而是满心兴奋，我明白这是属于我的大戏。我习惯了和其他孩子一起排练，但还从没进行过单独排练。这场戏打破了这个旧例，我也全身心投入其中。之前我得到的很多指导仅限于："摆出愤怒的表情，在角落里来回溜达！""盯着网球，把球想象成一条龙！"在这部电影中，我终于有了一个重要的时刻，一场我需要一心一意投入的戏份，这种感觉真的很棒。因此，我认真排练，把台词倒背如流。

那个重要的日子来临了。不知为何，尽管做足了准备，我却总在某句台词上卡壳。这种感觉很难解释，但一旦跌进那个兔子洞[1]，想要再爬出来却谈何容易。一个微弱的声音开始在脑海里不停絮叨："你明明记得台词，你为了背台词整晚没睡，为什么就是说不对呢？"这声音一旦响起，就再也停不下来，跟拍摄时笑场有些类似。我们拍了三四条，甚至更多，但我每次都会卡壳。摄制人员提出暂停，甘本从胡子里变出一支烟来。他和我经常会到天文塔所在的舞台外呼吸一口我们所谓的"新鲜空气"。那里有油漆工、泥水匠、木匠和电工，而我和邓布利多会站在他们之间，不动声色地悄悄抽上一根烟。"伙计，要不要呼吸一下新鲜空气？"他建议道。

我们走到外面，甘本穿着长袍，戴着胡须套（主要是为了保持胡须整齐，也是因为担心香烟会把胡子点着），而我则身穿全黑的套装。我们点燃香烟，抽了几口，我满是歉意地说："对不起，迈克尔。我确实把台词背熟了，但不知道为什么老是卡壳。我只是脑子里有点儿乱。"

他和颜悦色地摆摆手，示意我无须道歉。但我仍然焦躁不

---

[1] 出自刘易斯·卡罗尔创作的儿童故事《爱丽丝梦游仙境》，"跌入兔子洞"通常比喻进入未知的领域，描述陷入某种奇怪或出人意料甚至无法脱身的情境中。

安，忍不住说了下去:"说真的，我也不知道出了什么问题，可是就是说不好台词。"于是，他微笑着说道:"亲爱的孩子，你知道他们每天付我多少钱吗? 照这个节奏，如果你继续卡壳，我到下周就又能买辆新的法拉利了。"他一脸严肃，完全没有开玩笑的迹象，"孩子，只管按你的步调演下去就行。"

他这么说是为了安抚我的紧张情绪吗? 我没有得出答案。但听到他这么说，我心中的重压立即释然了。我们回到拍摄现场，从那一刻开始一切都进展得非常顺利。这是邓布利多第二次赠我美言。在鼓励经验不足的演员上，迈克尔·甘本的方法与理查德·哈里斯大相径庭，但同样奏效。在看到电影成片之前，你永远不知道拍摄的内容中有多少能保留下来。有时你的戏份会被剪得所剩无几。而观看《哈利·波特与混血王子》却让我大受鼓舞，因为我拍的每一场戏都被选入了成片。这感觉真的太棒了。那么，我是否无愧于理查德·哈里斯之前的赞美呢? 就像我在上文中说过的，我对判断单个演员的表现好坏持保留态度，因为这会受到太多其他因素的影响。我收获了很多掌声，也对结果感到满意，但实话实说，我时常觉得这些赞誉有失偏颇。那场戏之所以震撼人心，主要归功于拍摄手法和那段情节在整个故事中所处的位置，源于那些远超我控制范围外的因素。

趁着拍摄完《哈利·波特与混血王子》和看到成片之间的空当，我搬了家。那时我已经搬出了妈妈的房子，和心爱的狗狗小木头一起住在我在萨里郡的公寓。好友怀特搬进了我的旧公寓。一天，他给我打电话，说有一封给我的信。我的第一反应是停车罚单，但他说他已经不小心把信打开了:"是一个叫乔的人寄来的。"

一个叫乔的人?

"信纸的顶上有一只猫头鹰。"

我恍然大悟,问道:"信里写了什么?"

"不知道,我还没读呢。"

"那就读呀!"

"好像是关于《哈利·波特与混血王子》的事……"可以肯定地说,怀特不是"哈利·波特"系列的影迷。

"把这封信收好,"我对他说,"我马上就过来。"

这封来自乔·罗琳的信,是这么多年来我和她第一次直接联络。这封信写在她精美镀金的家书信纸上,她在信中表示对这部电影非常满意,还称赞了我的表演。不用说,这封信最后被裱在了画框里,一直保留至今。但是,如果没有迈克尔在我们呼吸"新鲜空气"时那番别出心裁的鼓励,结果可能就是另一幅光景了。

# 第 21 章
## Chapter 21

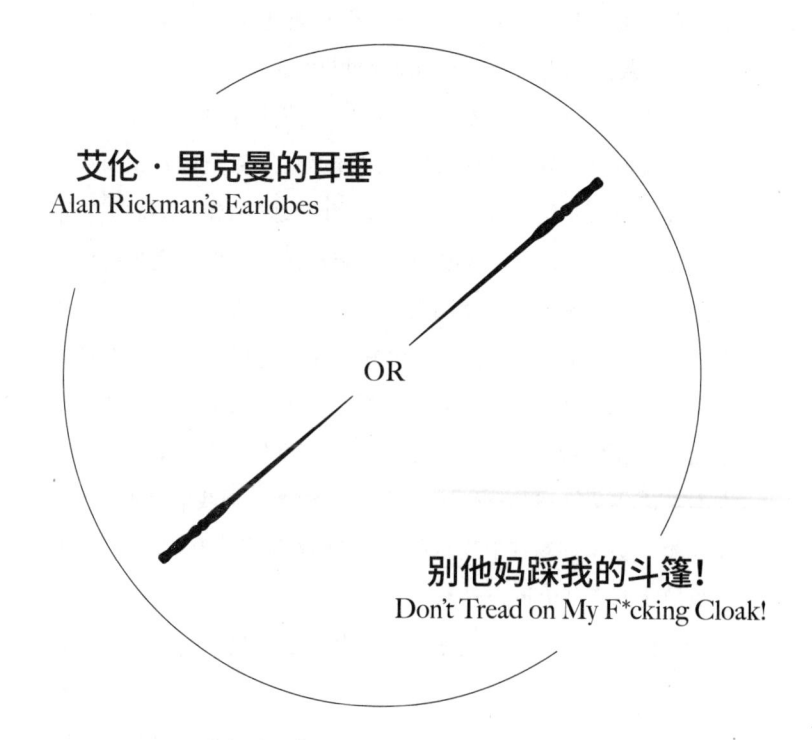

**艾伦·里克曼的耳垂**
Alan Rickman's Earlobes

OR

**别他妈踩我的斗篷！**
Don't Tread on My F*cking Cloak!

这是《哈利·波特与混血王子》中的一幕，斯内普刚刚杀死了邓布利多，与德拉科、贝拉和一众食死徒大步穿过礼堂，逃离霍格沃茨。这可是一场大场面的重头戏。

导演大卫·叶茨设想了一个场景：我们排成V字队形，斯内普站在最前面，我们其他人像保龄球瓶或大雁一样在他身后呈扇形散开，大步流星地走过过道。海伦娜·伯翰·卡特[1]却有不同的想法。她想沿着一张长桌疯狂起舞，一边歇斯底里地尖声大笑，一边把桌上的东西踹飞。对于角色而言，这个设计惟妙惟肖，因为贝拉本来就是一副癫狂的样子。但是，我们其他人却在拍摄中遇到了一些状况。这场戏拍了好几次，我们快步走过礼堂，摄制组在我们面前边退边拍。可是好像老是有什么地方不对劲。艾伦·里克曼在镜头里非常清晰，而我们其他人有点儿模糊。原来问题在于我们和艾伦隔得太远了。于是，大卫·叶茨指导我们离艾伦近一些。

拍摄伊始，艾伦·里克曼就对斯内普的服装提出了一些建议。

---

[1] Helena Bonham Carter，英国女演员，作品有《理发师陶德》《国王的演讲》等色。

他觉得斯内普应该穿一件超长而飘逸的袍子，袍子还应附加一件长长的斗篷，在斯内普走动时像婚纱的拖尾一样垂在地上。大卫给了我们新的指导后，眼看马上就要开拍，艾伦朝我们转过身来。他眯着眼睛，抿着嘴巴，微微扬起一边的眉毛。在这种斯内普式睥睨的震慑下，任何一个霍格沃茨学生都会吓得双腿发软。我必须承认，在等待他开口说话的那个时刻，即便是我们也感到浑身不自在。他说话的语气和斯内普很像，每个字都是那么清晰而且意味深长，中间还夹杂着让人芒刺在背的长长的停顿。

"别……他妈……"

一阵沉默。我们斜视着交换了一下眼神，心里纳闷：别他妈什么？

"踩……"

我们低头看看自己的脚，然后又抬头看着艾伦。

"我的……"

我们眨了一下眼睛，然后又眨了一下。

"斗篷。"

我们忐忑一笑，但艾伦没有笑。他冷冰冰地瞪了我们每个人一眼，然后转过身去，斗篷像蝙蝠的翅膀一样在身后翻动。摆脱了他的怒视，我们几个食死徒面面相觑，其中一个人比着口型无声地说："他是认真的吗？"他当然是认真的，正颜厉色，绝无儿戏。无论如何，我们都他妈绝不能踩到他的斗篷。

我们往中间靠拢了一些，又拍摄了一次。要问紧跟在斯内普身后的是谁？当然是德拉科了。一行人步履匆匆地穿过礼堂时，德拉科的脚离斯内普的斗篷下摆只差几厘米。导演指挥我们："把头抬起来！别朝下看。我们得看到你们的脸！"

也就是说，我们不能死盯着艾伦的斗篷下摆。因此，在准备拍摄的空档，我对自己千叮咛万嘱咐：不要踩到斗篷。不要踩到斗篷。不要他妈的踩……

"开拍！"

艾伦向前走去，其余的人跟在身后。

一步……

两步……

三步……

在此稍做说明，艾伦的斗篷是通过一个套在脖子上的项圈固定在双肩上的。一行人刚刚走到礼堂的中间，我就猝不及防地踩到了他斗篷的下摆。只见他的头向后一仰，在那个尴尬的瞬间，我真以为他会失去平衡向后仰倒。被勒住脖子的他发出一声惨叫，回荡在整个拍摄现场。

"啊！！！"

"卡！"

一阵沉默。

我蹑手蹑脚地把脚从斗篷下摆上移开。艾伦缓缓转过脸来，我对他报以最愧疚的微笑。

"对不起，艾伦。"我怯生生地道歉。

艾伦没有回应。

"我，我真的不是故意的。"我结结巴巴地说。

艾伦还是什么也没说，只是转过身去，背对着我。我在心中暗想：完了，我真的把他惹毛了。

一名工作人员喊道："再拍一次！"我们怯生生地回到开始的位置。我又一次叮嘱自己：费尔顿，争口气行不行。不要踩斗篷。不要踩斗篷。不要踩……

"开拍!"

不用说也知道,这一次,当食死徒的列队再一次向前行进时,跟在艾伦身后的我只敢局促地用最小的步伐挪动。就这样,我迈出一小步……

两小步……

三小步……

"啊!!!"

这一次,我踩得更狠了。只见艾伦整个身体向后猛地一颤,他张开双臂,努力保持平衡。

"卡!"

我惊慌失措,低下头去看自己的脚。我总不可能又踩到他的下摆了吧!看到自己没有犯错,我如释重负。原来,这次出错的是另一位扮演食死徒的同事。艾伦气得火冒三丈。

"我……"

他厉声呵斥。

"他妈的……"

他严正宣布。

"不想……再重拍……这场戏了!"

经过导演的一番协商,艾伦同意再试最后一次。我和食死徒们惊恐万状地交换了一下眼神,谢天谢地,在第三次拍摄时,谁也没有再踩到他那该死的斗篷。但是,如果各位观众觉得斯内普在那场戏里看起来有点儿喘不上气,现在,你知道原因了吧。

在接下来的那场戏中,斯内普和食死徒逃到了城堡外的草坪上。海格的小屋被点着,哈利和斯内普展开决斗,然后,斯内普透露自己就是混血王子。

工作人员在利维斯登工作室搭建了这场戏的外景：一个巨大的山坡，如同一片在斜坡上搭建起来的足球场。这是一场夜戏，海伦娜在背景的某个地方作癫狂状，受整晚不停灌下的浓缩咖啡的刺激而疯狂起舞。艾伦和我站在空地中央，等待着丹尼尔的到来。

在布置场景的期间，你偶尔会遇到一个略显别扭的时刻。为了确保一切各就各位，工作人员会把演员安排在特定的位置，让他们彼此凝视，以便调好现场灯光。两个镜次拍摄的间隙，工作人员会回顾刚刚捕捉到的图像，这也是一个尴尬的时刻：你得像傻子一样站在那里，耐心等待导演再次喊话。和一个不太熟悉的人四目相对，这种感觉有时确实不太舒服。遇到这种情况，我喜欢使用"耳垂技巧"，也就是不看对方的眼睛，而是盯着对方的耳垂，这能稍微缓解一些尴尬的气氛，演员可以等到开拍时再四目相交。

于是那天晚上，我便盯上了艾伦·里克曼的耳垂。我们已经拍完了一次，正等着导演看回放。时间越拖越长，艾伦和我陷入了一段漫长而尴尬的沉默之中。至少，我是挺不自在的。在我的印象中，艾伦从不会因为沉默而感到不适。何止如此，沉默简直是他最喜欢的状态。那时我已经和艾伦在片场相处了很多年，但在他面前我仍然战战兢兢。踩到他那该死斗篷的事让我更加谨小慎微了。

不知为何，那天，站在寒夜中的我突然产生了一股打破沉默的冲动，这是一种非常英式的客套，本来不是什么大不了的事，我却莫名其妙地忐忑不安起来。终于，我鼓起勇气，开口道："艾伦，最近怎么样？一切还好吧？"

漫长的五秒钟过去了,接下来,寂静无声、更显漫长的十秒钟过去了。我开始怀疑他到底有没有听到我说的话。我是不是该把刚才的问题重复一遍呢?就在这时,他慢慢地转过脸来,用斯内普般的目光紧紧盯着我的双眼。我屏住呼吸,不知是不是哪里冒犯了他。耳际回荡着身后海伦娜的尖叫,寒风瑟瑟,气温很低,大家早已筋疲力尽。在过去的三个小时里,我们像被钉在地上一样不能离开自己的位置。此情此景,绝非好莱坞红毯那般光鲜。

艾伦一字一顿又字正腔圆地回答道:"到……极限了。"

说完,他转过头看向另一边。就在他转头的瞬间时,我发现他的嘴唇微微上扬,露出一丝笑意。那一刻我意识到,艾伦绝非像我一直以为的那般不苟言笑,而是一个技艺高超的冷面笑匠。我无须对他小心翼翼,完全没有这个必要,相反,我要享受与这个聪明、机智、有趣的人一起共处的时光。

电影刚开始拍摄时,你会领到一把椅子,椅子的布面靠背上写着角色名。整个拍摄期间,椅子会一直属于你。

有一天,艾伦·里克曼、海伦娜·伯翰·卡特、海伦·麦克洛瑞[1]、詹森·艾萨克[2]和迈克尔·甘本坐在一起。即便按照"哈利·波特"系列电影的标准,这几位重量级人物同框也足以让人叹为观止。这些演员堪称英国电影界极品中的极品。他们坐在各自舒适的导演椅上,而我则坐在一把小得多的折叠椅上。这是因为

---

[1] Helen McCrory,英国女演员,德拉科的母亲纳西莎·马尔福的饰演者,作品有《浴血黑帮》等。
[2] Jason Isaacs,英国演员、配音演员、制片人,德拉科的父亲卢修斯·马尔福的饰演者。

最初开始拍摄的时候，如果使用高一些的椅子，我的双脚就要一直悬空了。那天，艾伦站起身来，走到一位副导演面前，朝我的方向指了指，要求给我拿一把正规尺寸的导演椅，好让我和其他人坐在同一个高度。刚开始我还以为他是在开玩笑，但很快就意识到他绝无半点儿戏。"艾伦老哥，"我说，"没关系的，我挺喜欢坐矮椅子的。"他却不容我拒绝。他没有小题大做，也没有颐指气使，只是平静地要求剧组给我拿一把和其他人一样高的椅子。

这是一件小事，但我永远也不会忘记那个善举。艾伦希望一位年轻演员能与大牌演员平起平坐，他本没有这个责任，但还是选择了这样做，这件事也充分彰显了他是怎样的一个人。

现在，艾伦已经去世，我经常回想起那把导演椅。当然，离开我们的不只有艾伦。理查德·哈里斯、约翰·赫特、海伦·麦克洛瑞……在"哈利·波特"系列电影的演员中，已故名单不可避免地越变越长。想到他们的离世，我就倍感煎熬，因为直到成年之后，我才逐渐领悟到这些人对我产生的影响，以及他们为我树立的杰出榜样。

还没回过神来，时光便如白驹过隙。有时，我仍觉得自己是那个想要从"主人之声"偷DVD的孩子。但有时，我也会意识到童年已经一去不返。后来我遇到一些年轻粉丝，我在他们这个年纪时，他们还没有出生。实际上，现在大多数主动接近我的粉丝，在前几部影片的制作期间都还没有出生。在一些电影的片场，我已远非调皮好斗的孩子中的一员，而成了一位老手。在这种场合，当我需要拿出像样的行为举止时，我才意识到那些演员对我产生了多么正面的影响，无论是那些与我并肩成长的演员，还是站在我身前的前辈。我又一次意识到，生活成了艺术的写照。在"哈利·波特"系列电影中，我们扮演年少而青涩的巫师，来到霍格沃茨向伟大的巫师学习。我们有幸拾取了他们的一些才华，在七年后毕业时，得以出落成还算像样的成年人。现实生活也是如此。电影制片人挑选了一批儿童演员，他们没有经验、不懂技巧，坦白说，也不太明白自己在做什么。但是，如果能和英国百里挑一的演员相处几年时间，他们一定能学到有用的东西。

我们的确学到了有用的东西，而且并不是通过生硬的笨办法习得的。没有人把我拉到一边，告诉我："孩子，在电影片场应该这样表现。"我从这些前辈的以身作则中受益匪浅，也同样对他们刻意不做的事情感悟良多。他们不会要求得到特殊待遇，不会对人颐指气使，也不会在任何事情上小题大做。直到在职业生涯中摸爬滚打了很久之后，我才意识到这并非常态。在一些电影的拍摄现场，尤其是在美国，有的演员会故意耍大牌或完全出于疏忽而晚到一个小时；有的演员会在某场戏拍到一半时大声喊"卡！"，做出不符合演员这一工作岗位的事。这与我的导师们表现出的冷静、礼貌和准备万全的英式威信截然相反。用缺乏基本尊重的方式对待周围的人，竟可以被接受，也因此，每当有人赞美我在片场的表现时，我总会感到惊讶。这就是我们从艾伦这样的前辈身上学到的品德。我认为，我们这群孩子没有在长大后成为刁钻的浑蛋，其中一个重要的原因就在这里。我们从小便看着他们在片场如何用善意、耐心和尊重对待每一个人，耳濡目染。艾伦经常会主动帮别人泡茶，会用对待同辈的姿态和我们这些孩子聊天，更重要的是，他也会这样对待从摄像组到餐饮部门的每一位剧组成员。当我们笨手笨脚地踩到他的斗篷时,他的确会宣示自己的权威,但与此同时,他的眼中总会掠过一丝微妙而友善的光芒。虽然有时难以察觉,但这光芒永远都在。

随着年岁的增长,现在的我希望对那些已经离世的演员表示衷心的感谢,感谢他们带给我的一切。他们以身作则,赋予了我们谦虚和友善的特质,对此,我将永远心存感激。

# 第22章
## Chapter 22

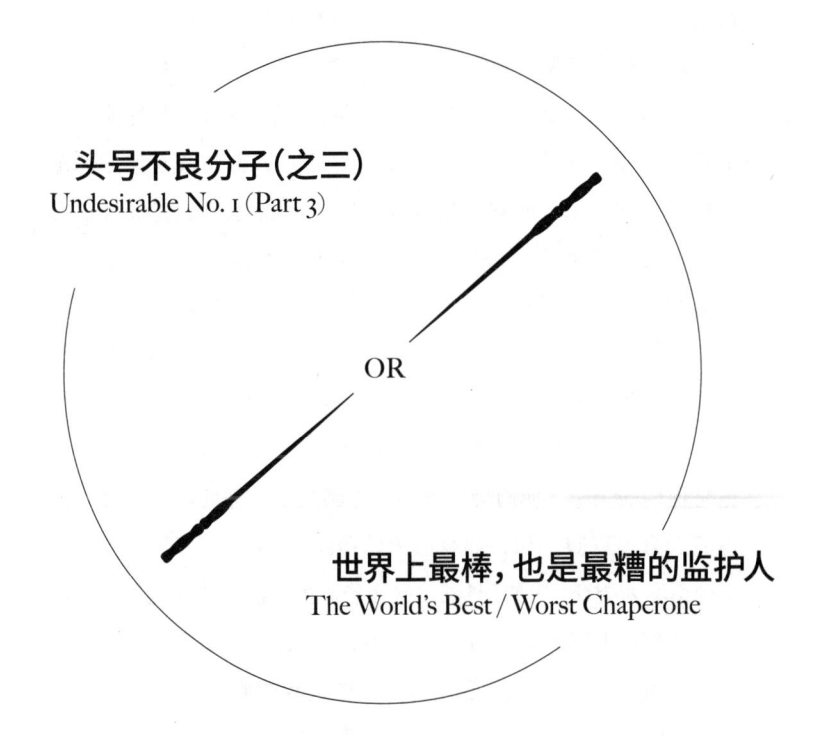

**头号不良分子(之三)**
Undesirable No. 1 (Part 3)

OR

**世界上最棒,也是最糟的监护人**
The World's Best / Worst Chaperone

片场的未成年人需要一位在场监护人陪同，这是法律规定，也是合情合理的要求。当几百个孩子聚集在片场四处搞破坏的时候，想要追踪哪个人做了什么事并不容易。监护人可以在现场保证你的安全，确保你遵守儿童演员在一天拍摄中的各种注意事项，其中，最重要的一项工作就是计时。监护人要保证你每次待在片场的工作时间不超过三小时，监督你严格完成每天定量的课程。除此之外，他们还必须确保你的饮食健康，不要惹上麻烦。在当时看来，有些规定简直让人匪夷所思。比如，你连上厕所都必须有他们陪同，所以无论我有没有去上厕所、什么时候上厕所，我的监护人永远了如指掌。

包括艾玛和鲁伯特在内，我们中的一些演员有专业监护人。这是他们的工作，他们会一丝不苟地满足所有需要满足的要求，不遗余力地克服一切需要克服的障碍。但是，有些孩子的监护人会由家人担任。比如，丹尼尔的在场监护人就是他的爸爸艾伦。而我的监护人则是我的外公，他不仅和蔼可亲地照看我，也教会了我用鼻子坏笑的诀窍。妈妈也当过我的监护人，反正对于在片场陪我这事，她早就驾轻就熟了。

然而，在拍摄《哈利·波特与阿兹卡班的囚徒》时，大家都没有时间当我的监护人。一筹莫展之时，多亏了哥哥克里斯救场。从孩子的视角来看，他是我能找到的最好的监护人。但从客观角度出发，他也绝对堪称电影史上最糟的监护人。

我已经告诉过大家，我们有一个习惯，就是在钓完一整夜的鱼后回到片场，假装我已经睡了整整八个小时，精神焕发地准备好迎接新一天的拍摄。彻夜垂钓期间，克里斯传授给我的远远不止钓鲤鱼的诀窍，他还教会了十四岁的汤姆如何卷烟卷。不出所料，很快，我就从卷烟卷升级到了抽烟。我可能已经给你们打过了预防针，拥有三个哥哥意味着我会比别人更早接触到某些事。

等到克里斯成为我的监护人时，我已经从更衣室搬到了房车上居住。这是一辆私人房车，就停在五号门外的停车场里。当我去做发型和化妆时，他会在食堂里吃饱喝足，然后用剩下的时间在房车里打盹。在这种情况下，我一整天也见不到他。完成了一天的辛苦拍摄之后，我回到房车里就会看到克里斯伸伸懒腰，打个哈欠，才刚刚开始动起床的念头。他会灌下一杯茶，抽上几根烟，然后，我们便把自己裹得严严实实地回到湖边，将昨晚的行动从头来过。

一位专业、严谨、尽职的监护人会一丝不苟地拿着秒表站在一旁，确保孩子在片场没有超时，以及接受的教育不会因辅导时间不足而打折扣。一位专业、严谨、尽职的监护人会尽快催促孩子离开片场，到教室补课。克里斯可不会这样。不在房车里睡觉的时候，我们会一起从片场闲逛到教室，选择最蜿蜒迂回的路线穿过片场，偶尔在厨房稍作停留，喝罐可乐或是吃根巧克力棒（"老弟，甩开腮帮子吃，往死里喝！"），然后在礼堂后面停几分钟，至少"吸上一口新鲜空气"。

演员的日常补贴由监护人掌管。这笔钱会以现金的形式每周发给每位演员、监护人和制作团队，用于支付外景拍摄期间的日常生活开销。每天的生活费大约三十英镑，本应由监护人支配，用于准备食物、洗衣服、给家里打电话等开支。不用说，直接把钱交给孩子是非常不负责任的，对吧？

克里斯可不这么认为。作为我的酷哥哥，他完全不忌讳把钱一把交给我。当然，他也不忘彰显自己的权威，威胁说随时都有可能把钱收回来："听我的话，小矮子，否则我就要把你的补贴收回来！"但总的来说，这笔钱还是直接进了我的裤兜。鉴于我可以靠一包Peperami零食和一袋McCoys薯片撑一整天，又不想把崭新的二十英镑钞票浪费在洗衣服这种无聊琐事上，于是，我会把补贴积攒下来，用来买新款滑板轮子和新推出的电脑游戏。（克里斯的每日补贴也花在了一个完全超出制作团队意料和本意的地方：这笔钱成了他的抽烟经费，让他得以继续在片场当我的头儿。）

另外，克里斯还会不时从片场"寻得"一些纪念品。最后三部电影的拍摄期间，制作团队开始对离开片场的车辆进行随机抽查。我不觉得这个措施是完全针对他而设置的——制作团队没必要为防止他顺手牵羊而雇佣一整支保安部队。利维斯登工作室的很多常客都会随意抓一把加隆硬币，或是偶尔顺走一条霍格沃茨领带。但在违规者之中，克里斯堪称"元老"。不用说，诸如吉德罗·洛哈特的《会魔法的我》[1]假书道具等物件，偶尔会神不知鬼不觉地出现在他的背包里。但我必须补充一句，他并

---

1 洛哈特在《哈利·波特与密室》中担任黑魔法防御术教师，也是一个虚荣的巫师界名人，《会魔法的我》是他在《哈利·波特与密室》中出现的自传。

不是我在书中塑造的"冷酷罪犯"。他拿走的几样道具最后全都拍卖了出去，收益要么捐给了当地的慈善机构，要么投入了他所心系的事业中。一次，有人拿一笔可观的报酬作诱饵，让他去片场偷拍照片，在下一部电影上映之前泄露出去。当然，他义正词严地拒绝了（至少他告诉我他是这么做的）。

所以说，克里斯堪称最糟的监护人，也可谓最棒的监护人。当我还是个满脸粉刺的小伙儿时，他就把我当大人看待。另外，他绝对是片场最受欢迎的人物之一。大家都喜欢克里斯，我想这段经历对他是有益的。初到片场时，他非常内向，加上光头和一对金耳环，甚至有点儿凶相。而片场的每个人都张开双臂热情欢迎他的到来，这也让他变得好相处了一些。他的情绪一向敏感多变，对将演戏当成人生追求这件事嗤之以鼻，和金克截然不同。但我敢说，和哈利·波特大家庭待在一起的日子，激发出了他善解人意的一面。老哥，我爱你。

除了硬核黑帮说唱和钓鲤鱼，克里斯和我还对各式各样的汽车情有独钟。我们过去很爱翻阅《汽车交易[1]》杂志，对想买的车垂涎三尺。我们钟情于宝马，尤其是黑色宝马。那时我还远远不到开车的年龄，但这也不能阻止我的热情：克里斯有驾照，就像对他的许多其他爱好一样，我也承袭了他对汽车的痴迷。因此，得知附近有一辆黑色的宝马328i出售，而我的账户存款正好够给哥哥买一辆时，我自然觉得这是一个把钱花在刀刃上的好机会。我们打车去了卖车人的家，递给他一个装满了

---

1　Auto Trader，一个以杂志起家的在线汽车销售平台，成立于1977年，进行新车和二手车交易。

旧钞票的乐购购物袋。不用说，他心生疑窦。我们在那里坐了好长时间，看着他点数钞票，把每一张举到灯光下仔细检查，我们则佯装镇定，仿佛买车对我们来说是家常便饭。对方觉得钱没问题之后，克里斯便拿了钥匙坐上了驾驶座，而我则坐在他身旁的副驾座位上。他极尽克制地将车缓缓开出二百码，然后拐过街角，离开了前车主的视线。他停下车，扳起手刹，然后转过脸来看着我，脸上带着一种难以解读的表情。然后，他双手捧住我的头，朝我的额头亲了一口，发出一声欣喜若狂的尖叫。我敢肯定他的眼中绝对噙着泪水。"谢谢你！"他不住地说，"真是太感谢你了！"我们俩得意地欢呼起来，仿佛刚刚完成了一桩精心策划的大劫案。虽然远远未到开车的年龄，但我和克里斯一样痴迷于那辆宝马车，无论是车轮、隆隆转动的发动机，还是令人血脉偾张的推背感，都让人深深沉醉。从其他方面来说，我和在墙上张贴法拉利海报的普通少年没什么两样。唯一不同的是，这一次我通过自己的努力，将我和克里斯的梦想变成了现实。

　　大家现在可能已经意识到，在世界上最棒同时也最糟的监护人的影响下，我偶尔会展现出较为叛逆的一面。大麻这种禁果是克里斯介绍给我的，当然，我听过的每首说唱歌曲里也都少不了大麻的影子。因此，不出所料，被他带入门后我在这条迈向"恶魔生菜"[1]的路上越走越远。而这件事也引出了堪称我年少时最愚蠢的一次经历。

　　这一幕发生在萨里郡布克汉姆村政厅后一片杂草丛生的田野

---

[1] 原文为"Devil's lettuce"，指大麻。

上，离我和妈妈之前住的地方很近。父母离婚之后，我进入了典型的叛逆期。我和三位朋友在草地上坐成一圈，我穿着最珍爱的红色武当派连帽衫，与大家合抽一支大麻。我们周围散落着各种卷烟用具：烟草、卷烟纸、打火机，还有大约八分之一盎司[1]大麻。此外，还有笼罩在我们几人头顶那确凿无疑的烧焦的烟草味。

大麻刚传到我的手中，我抬起头，看到不到一百米开外的地方站着一男一女两位警察。他们朝着我们的方向走来，步伐中带着一种笃定的决心。

完蛋了。

警察走到了离我们不到五十米的地方。穿着鲜亮大红连帽衫的我站起身来，把卷烟用具揽在怀里，把它们和那支大麻烟一起往身旁的树篱里使劲一塞。两位警察继续朝我们靠近，对我的举动洞若观火。完事儿后，我又回到朋友身边，坐了下来。

警察来到我们近前，低头看着我们，而我们抬起头，用无辜的眼神看着他们。

**外景，萨里郡某处的一片公共草地。**
**日间。**

警察
你们干什么呢？

汤姆
（充满挑衅地）

---

[1] 约等于3.5克。

什么都没干。

**警察**

你还嘴硬。

我们刚看到你把什么东西塞进那片树篱了。

**汤姆**

不,你没看到。

**警察**

(耐心地)

我们看到了。

**汤姆**

不对,伙计。

你们看到的不是我。

一阵漫长而沉闷的寂静。两位警察挑起眉毛,显然,他们丝毫没把这群狂妄自大的孩子和他们规避法律的雕虫小技放在眼里。时间一秒秒流逝,自大的孩子越发露出胆怯的模样。终于……

**警察**

你真的想这样死不承认吗,孩子?

**汤姆**

(没了刚才的傲气,彻底崩溃)

　　　　　　对不起。
　　　不。听我说，我真的知道错了，行吗?
　　　　　我很抱歉。
　　　　　真的，我真的很抱歉……

　　他们让我回到树篱那里拿东西，取回的东西里有一根吸了一半、还在烧着的大麻烟卷。不用说也知道，我因为持有大约五英镑的大麻而被捕。这很难算得上什么世纪大案，两位警察也并不打算借机捣毁一个大型国际贩毒集团。一般情况下，他们可能只会狠狠训斥我们一顿，然后就放我们回家。但那个女警察是实习生，而男警察正在教她如何照章办事。就这样，我被强行塞进了一辆警车的后座，"咣当"一声，车门在我身后紧闭。

　　证据确凿，我被抓了个现行。但是，这次与法律的"擦肩"本可能酿成一场比实际情况糟糕很多的大祸。我相信，旗下演员被爆出违法犯纪的行为时，华纳公司可以动用一定的力量把相关新闻压下去。但是，德拉科因为吸食大麻被捕的重磅新闻就很难压下去了。当我坐进警车的时候，却一点儿也不担心这些。之所以如此不以为然，是因为我吸得正嗨呢。然而大麻劲儿一过，我猛然清醒过来。就像我在"主人之声"被逮个正着时一样，有一件事会让眼下的糟事变得更加不堪。拜托了，我在心中暗想，千万不要给我妈妈打电话。

　　但是，他们还是给妈妈打了电话。

　　没有什么要比看到妈妈失望的眼神更糟糕的事了，尤其她的眼中噙满泪水。我们在警察局一间狭小审讯室的桌旁坐下，一位穿制服的警察走了进来,给我来了一通《重任在肩》[1]式的严审,又把我骂了个狗血喷头。我知道警察只是想吓唬吓唬我,让我不要重蹈覆辙。但不消说,等我带着惭愧清醒过来,意识到妈妈的失望时,我不得不暗自担心:他们认出我了吗?如果答案是肯定的,那么他们就是出于职业素养而只字未提。如果答案是否定的,那么我便再一次为没有丹尼尔、艾玛和鲁伯特那样的知名度而感到庆幸。我被送回了家,再次因为觉得自己犯下了愚蠢的错误而夹起尾巴。幸运的是,华纳兄弟并没有发现我的越轨行为(至少他们从没跟我提过这事)。扮演德拉科的生涯,并未就此戛然而止。

---

[1] *Line of Duty Season*,英国警察刑侦剧,围绕刑侦队长史蒂夫根除警察内部腐败的故事展开。

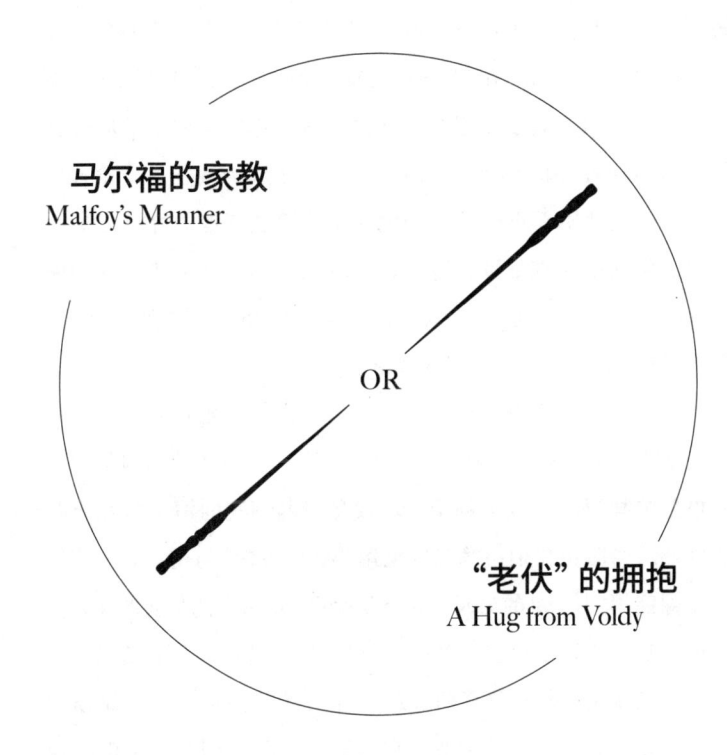

# 第23章
## Chapter 23

**马尔福的家教**
Malfoy's Manner

OR

**"老伏"的拥抱**
A Hug from Voldy

关于我的麻瓜家庭，前面已经跟大家介绍过了。不过饰演德拉科一个最大的好处在于我拥有了第二个家庭：我的食死徒巫师家庭。当然了，在"哈利·波特"的故事中，没有比马尔福一家更恶毒的家庭了。想要了解德拉科，你得明白他的成长过程中始终伴着一位专断独裁的父亲。除了成为现在这个惹人讨厌的角色，他别无选择，因为他从未体验过其他的可能。然而在现实生活中，在故事和镜头之外，马尔福家庭几乎和我的麻瓜家庭一样亲密无间。直到现在，我仍然管扮演卢修斯的詹森·艾萨克叫爸爸，这其中当然大有缘由。

第一次见到詹森的时候，我简直紧张得六神无主。克里斯和我都看过他在电影《爱国者》中的表演，为他塑造的凶狠残暴的角色拍案叫绝。我们的第一场戏是在翻倒巷的博金博克黑魔法店外，当时正在拍摄第二部电影《哈利·波特与密室》，这位风度翩翩、魅力十足的男人主动与我握手，介绍说他是我的父亲，那场景我至今记忆犹新。当时詹森一身卢修斯·马尔福的扮相，却没有流露出一丝卢修斯的邪恶。他对我关怀备至，在跟演职人员做介绍时还会特地把我带在身边，让我感到分外轻松。他主动给我泡了一杯茶，还跟我一起对台词。他讲起一段逸事，一开口就逗得周围的人开怀大笑。我正沉浸于那段精彩的故事之中，突然听到了一声"全场安静！"，我知道这句话意味着什么，但是詹森仍在讲他的故事。

"开机！"

我深吸了一口气，可詹森似乎没做什么准备。

"……开拍！"

讲到一半的笑话戛然而止，詹森转过身看着我，眼神中既充斥着憎恶，又溢满了慈爱。詹森消失得无影无踪，眼前只有卢修斯……

看到一个人能如此突然而彻底地切换角色，我一时措手不及，无须表演就能立即展现出对他的恐惧。这或许是他特意设计的，或许不是。不管怎样，这个做法很奏效。卢修斯有一个道具，那是一根末端有两颗毒蛇尖牙的黑色手杖。把魔杖藏在手杖中正是詹森的主意。当他第一次向克里斯·哥伦布提出这个建议时，克里斯并不买账，但詹森坚持道："我觉得这个创意很酷！"听到这话，哥伦布回答道："设计周边产品的人非得爱死你不可……"手杖末端的毒牙要比我们俩想象得锋利得多。拍第一场戏的时候，他用手杖敲打我的手。我强忍眼泪，努力忽略手上的剧痛，尽量在这场戏拍完之前沉浸在角色之中，同时承受詹森那仿佛看向一坨大便般嫌弃的目光。终于听到"卡！"的时候，卢修斯·马尔福瞬间消失，詹森再次出现在我面前，满是歉意和关心。他那句刻薄的"德拉科，别碰！"变成了一句动情而关切的"我亲爱的孩子，我把你弄疼了吗？你还好吧？"他身上仿佛藏着一个换挡开关。

时至今日，一想起詹森的临场切换，我还是会起鸡皮疙瘩。

当他进入卢修斯的角色时，我从来摸不准接下来会发生什么，这一次他打算从哪个角度下手揍我？又要向哪里宣泄满腔的怨念？从表演的角度来看，这是一种与生俱来的天赋。他的表演赋予了德拉科这个角色充足的动机。看到他这样对待我，我就有了这样对待别人的理由，因为这让我明白，德拉科的故事有着两面性：他当然是个恶霸，但在内心深处，他也是一个惧怕父亲的小男孩。

我逐渐发现，詹森这种拨动开关的能力是独一无二的。我合作过的许多成年演员大多需要通过一些简单的动作或声音练习来脱离自我，进入角色，而詹森似乎具有某种能力，打个响指的工夫就能成为卢修斯。在电影片场，我从未见过像他这样应对自如的人，仿佛他就是为片场而生。他会与所有人交谈，把每一个人团结在一起，无时无刻不在讲述精彩的趣事。"全场安静"的口令一发，每个人都开始为拍摄做准备，这时你肯定能看到詹森仍在滔滔不绝。因为他知道，只要一听到"开拍"，自己便可以不假思索地回归角色。这简直令人终生难忘。

从第一天开始，詹森就把我当作同辈看待，仿佛我是一个平等的密友，一个他乐意与之交谈的人（最后这一点到底是不是真的，你得去问他本人）。在我小的时候，他在片场对我照顾有加。随着我渐渐长大，他开始关心我的生活、爱好、音乐、或好或坏的习惯以及事业，但从不会加以评判。在我遇到的成年演员中，他是第一个公开讨论演艺圈成长体验的人：无论是高潮、低谷，还是介于两者之间的种种。他提出建议，告诉我该如何为未来打好基础。他说我是个好演员，不能白白浪费这么好的机会。他的鼓励让我有些意外，但这样的支持让我深感欢欣，有人愿意为我慷慨地付出时间和精力，我觉得很安心。在职业生涯中能有他在片场一半的认真投入和乐于助人，我才会觉得工作做到位了。

我已经说了太多詹森的好话？很好。虽然我们很享受彼此之间的相处，但也同样喜欢拿对方开涮，我不能只夸不贬就让他蒙混过关，我可是他教出来的。我们可以说，詹森并没有彻底摆脱演员典型的小缺点。在他的身上，你完全看不到害羞或孤僻的影子。有时置身于如此多耀眼明星的包围下，你必须努力表现，才能让别人感受到你的存在。

我们拍摄最后一部电影的开场时，出了这样一件事。戏中，伏地魔坐在马尔福庄园餐桌的一端，食死徒也围坐在桌旁，凯瑞迪·布巴吉[1]飘浮在半空中，马上就要被谋杀。对我来说那是一场大戏。我是唯一的年轻人，周围全是资深的重量级演员。开拍前，一个许愿基金会[2]的孩子和他的家人来到片场，兴奋地把他带来的书递给詹森签名。詹森在拍摄现场打开书，发现卢修斯在原著中的台词要比剧本中多很多。詹森可是一个不甘愿收敛锋芒的人，渐渐地，他的眉头皱了起来。"真见鬼了！"他大声道，"我在书里的台词原来是这样啊！"他拿着那个孩子的书去找导演大卫·叶茨。"你看看这句台词！"他大声宣布，"我觉得这句话在电影里效果会很好，你说呢？"

大卫不确定他是不是在开玩笑。直到现在，我也不确定他那时是不是在开玩笑。不管怎样，大卫脸上浮现出了不厌其烦的表情。这已经不是詹森第一次尝试改编剧本、给自己"增添戏份"了。大卫用一种谦和而感激的语气说："谢谢你的建议，詹森。

---

[1] 曾任霍格沃茨魔法学校麻瓜研究学教师，后遭伏地魔杀害。
[2] Make-A-Wish Foundation，成立于美国的非营利组织，旨在帮助身患重病的儿童完成心愿。

我是说真的，真的很感谢你。这个想法很妙。但是，我们能不能先按剧本拍一遍？"詹森非常清楚自己的建议被导演礼貌拒绝了，只好垂头丧气地把书还给了那个孩子，而那个孩子肯定一度以为自己的宝贝已经被人用马尔福家族惯常的伎俩顺走了呢。

玩笑归玩笑，詹森是我尊敬的榜样。我被他的演技所折服，但与此同时，我不但钦佩他对自己的家庭有目共睹的关爱，也对他给予我的友谊心存感激。在"哈利·波特"完结后的这些年里，我和他交谈的次数要比和影片中其他演员都多。我将追随他的脚步奉为自己的一个人生目标——但是，谁要是敢把这句话告诉他，我跟谁没完。

詹森让我在片场感到轻松愉快，但另一位演员给我的感觉则恰恰相反。我与众多传奇演员有过合作，但没有谁拥有拉尔夫·费因斯[1]那样的气场。这并不是说他和伏地魔本人一样可怕。在拍戏时，他的脸上总是贴满了绿色的圆点，这样一来，视觉特效师就可以在后期制作时把他的鼻子拿掉了（说个秘密：他在现实生活中是有鼻子的）。说实话，看到伏地魔穿着绿色的长袍坐在椅子上，一只手端着茶，另一只手拿着报纸，这一幕真的挺有趣。但在拍摄期间，他带着一种威严肃穆的气场。他不像我们这些不受卡雷拉斯的口哨控制的孩子；他不是詹森，不会眉飞色舞地大讲奇闻逸事；他也不是罗彼·考特拉尼，不会像海格一样和孩子们嬉戏胡闹。他有一种特立独行的气质，让他在片场显得与众不同。

在拍摄霍格沃茨之战的最后一幕时，我亲身体验了一把拉

---

[1] Ralph Fiennes，英国演员，伏地魔的饰演者，作品有《辛德勒的名单》《英国病人》等。

尔夫独一无二的表演方式。我们花了几周的时间练习走位,全程没有开过一台摄像机,但每个人都穿着全套戏服。我还从没有在一个布景中待过这么长时间。这场戏非常重要,电影制作人希望用一切可能的角度进行拍摄,打造一个配得上八部电影高潮的大场面。在最终的成片中,有很多节拍[1]没有展现出来,包括德拉科在哈利和伏地魔的最后决斗中将魔杖扔给哈利的那一拍。你能想象吗!在某个地方,存放着一卷记录德拉科扭转大局的影像,但再也没有重见天日的机会了。然而对我来说,大戏是我在父亲的坚持下走向伏地魔的那一幕。这条路我绝对走了三四十次。许多次拍摄中,我用的都是同样的走法:从伏地魔身边走过,保持距离,低垂着头慢慢踱步,有些惴惴不安。

而拉尔夫每次看我的眼神都有所不同。他时而微笑,时而严肃,时而在独白说到一半时让我走回去。这可能会让人有些摸不着头脑:我们是要暂停拍摄,还是继续拍摄?有时,他会重复在同一次拍摄中说过的台词,而且每次风格都截然不同。

在一次拍摄过程中,当我不知第几次向他走去时,他微微抬起一只手臂。他的动作非常轻微,但也足以让我心头一惊,不禁猜想:他是想要拥抱我吗?我双臂垂在身体两侧,满腹狐疑地朝他走去。没想到他竟用双臂抱住我,给了我一个堪称电影史上最让人"反胃"的拥抱。即便是在片场,我也感到脊背发凉,伏地魔的拥抱让德拉科感觉毛骨悚然,也同样让汤姆不寒而栗。即便现在回忆起来,我也和当时一样直起鸡皮疙瘩。

这只是五十次拍摄中的一次。直到在伦敦首映式上第一次看到成片时,我才知道片方把这一段留在了电影里。全场观众鸦雀无声。那一幕给人一种诡异的感觉,看着伏地魔扭曲的感

---

1 电影叙事中的一种结构元素,比场景更小,可象征气氛转变。

情流露，我能感到在场的每个人都紧张不安地屏住了呼吸。这效果实在太震撼了！之后，在参加美国首映式时，我同样坐在观众席中，迫不及待地期待着同样的反应。我看着自己朝着有史以来最邪恶的黑巫师靠近，看到他给了我一个无比尴尬的拥抱。我满怀期待地坐在那里，等待着观众因惊讶而满座寂然。然而，席间却爆发出一阵阵大笑。原来在美国观众的眼中，这一幕成了令人捧腹的喜剧！时至今日，我也说不清个中缘由。但是，我爱这一幕！

已故的海伦·麦克洛瑞在拍摄第六部电影时加入了我们这个大家庭，她饰演的是我的母亲纳西莎·马尔福。最初，片方有意让她出演贝拉特里克斯·莱斯特兰奇这个角色，但她因为怀孕而决定放弃这个角色，当好待产妈妈。加入一个由马尔福家族和众多食死徒组成的紧密团体，在大银幕上詹森和拉尔夫的紧张关系之间周旋，这个挑战可能会让一些人望而却步。但是，我从没感到她有过一丝畏惧。像她这么酷的人，这样的挑战难不住她。

海伦身上有一种毫不费力的酷劲儿。她静静地坐着，用甘草纸卷着自己的香烟，从不觉得有必要和别人搭话，也不觉得有必要没话找话。她有时看起来非常严厉，好像随时可以把你骂得抬不起头，但我逐渐发现，她其实心肠很软。没过多久，我就可以毫无顾忌地问她关于生活、爱情和各种各样的问题，而她总是慷慨地倾听，并且给出建议，从来不会流露出居高临下的姿态。她的表演方式与詹森或拉尔夫截然不同。进入角色时，她不会像詹森那样仿佛突然按下了转换开关，也不像拉尔夫那样戏剧性地沉默良久。她的转变几乎难以察觉，但一旦她变成纳西莎时，眼中流露出的某种东西能让你了解关于这个角色的一切：你既可以看到马尔福家族的冷酷无情，也可以看到她性格中温柔的一面。不用仔细观察她，我就对德拉科有了更深的了解。

德拉科对杀害邓布利多这个计划惶恐不安，但剧情从未明确解释过原因，对此，我有一套理论。如果只关注德拉科的父亲对他造成的影响，他的反应或许说不通，不过德拉科的身上也有母亲纳西莎的影子，为了拯救自己的儿子，她不惜向伏地魔撒谎。德拉科身上的人性正是这种感化所带来的结果。如果我在第六部电影的表演中捕捉到了一点儿这种特质，那么在一定程度上要归功于海伦出色的演技，是她用润物无声的方式对我的表演产生了巨大的影响。

在被伏地魔拥抱的那场戏中，当德拉科不确定是否要离开霍格沃茨学生、加入食死徒的队伍时，父亲紧迫的呼唤引起了他的注意，而母亲温情的呼唤则帮他下定了决心。海伦展现出了纳西莎性格中较为柔软的一面，这给了德拉科迈步离开的理由。无论在艺术还是生活中，我都发现对母亲说"不"真的好难。

第 24 章
Chapter 24

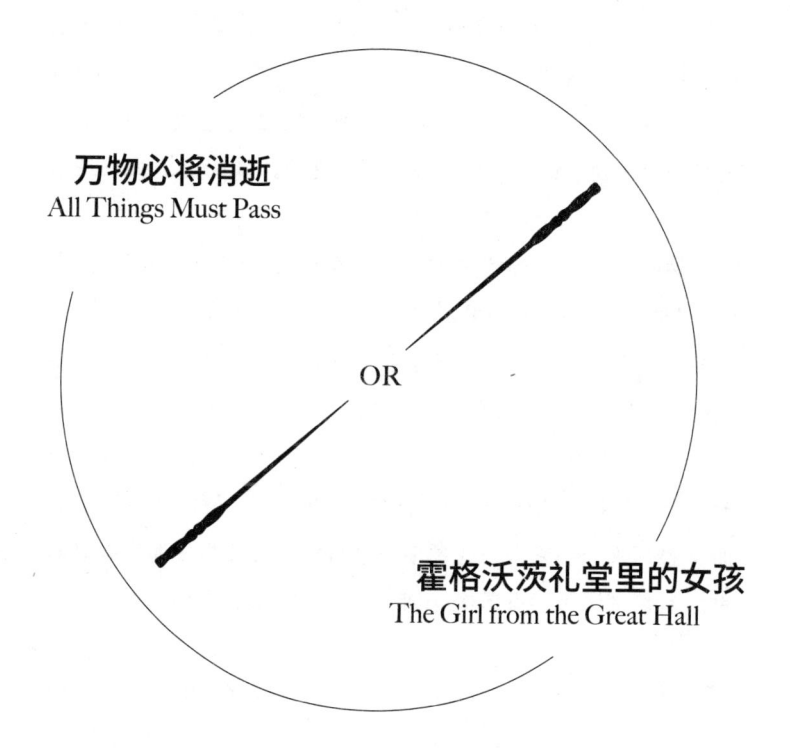

**万物必将消逝**
All Things Must Pass

OR

**霍格沃茨礼堂里的女孩**
The Girl from the Great Hall

我想带大家回到这本书的开头。那是拍摄我有生以来第一部电影《反斗神偷》的最后一天，我坐在化妆椅上，剪去橙色的卷发。那一瞬间我恍然意识到，拍摄已经结束了。一股悲伤之情倾泻而下，眼泪夺眶而出。我把这事怪到了化妆师的头上，说是剪刀扎到了我，但事实根本不是这样。实际上，我只是不知道该如何应对曲终人散罢了。

然而，正如我最钟爱的披头士成员所说："万物必将消逝。"[1]

"哈利·波特"系列最后一部电影是一个宏大的项目，和之前的几部不同，这是由两部连续拍摄的电影组合而成的，拍摄期间不会留出六个月的间隙。拍摄工作似乎永远看不到头。和丹尼尔、艾玛跟鲁伯特待在片场的时间相比，我待的时间连四分之一都不到，天知道他们对这场拍摄马拉松是什么感觉。然而，最后那天到来得比我预期中早得多。在生命中的半数时间里，我们都认为终点遥遥无期，谁知不知不觉中那一天突然近

---

[1] *All Things Must Pass*，英国著名摇滚歌手、前披头士乐队主奏吉他手乔治·哈里的第三张录音室专辑，也是他在披头士解散后发行的第一张个人专辑，专辑中包含一首同名歌曲。

在眼前。与此同时，在终点标杆[1]终于映入眼帘时，大家都松了一口气。但是，宽慰并不等于快乐，最后一天到来时，我知道自己会作何反应。毕竟，我是有"前科"的。

我最后一天的拍摄是在第二摄制组[2]进行的。我们拍下了德拉科离开战场的镜头，他匆匆走过一座铺满碎石的桥，停留了一会儿，转身思考片刻，然后继续向前走去。和许多戏份一样，这一幕也没有选入成片。拍完这场戏，我拼尽全力控制自己的情绪。我匆匆与工作人员握手，低声说了几句简短的英式道别，然后离开了片场。

一回到车里，我便开始失声痛哭，眼泪像断了线的珠子，但我仍尽力掩饰，不让司机吉姆看到。这一次，我没法把自己的眼泪归咎于任何人，只得任之倾泻而下。每当有人问起杀青时的情景，他们期待听到的都是我如何深情款款地与丹尼尔、艾玛、鲁伯特和其他演员道别。但在我拍摄的最后一天，他们都不在场，而且对我来说，最为亲密的朋友全是摄影组、特效组和梳化组的工作人员。这么多年来，他们一直是我生命中重要的一部分，离开他们就像跟其他演员道别一样难过。想到这些人中的许多人我或许不会经常见到，甚至再也无缘相见，我的心头不禁泛起一阵惆怅。告别并非有意选择，而是生活滚滚向前的必然结果。

"哈利·波特"拍摄之余，我也出演了其他电影。在第五部

---

[1] 常见于赛马运动，用于标示终点位置。
[2] 电影摄制中的独立的团队，通常负责拍摄不需要导演或主要演员在场的影片部分，与主摄制组同时拍摄，以便更快完成拍摄阶段。

和第六部电影的拍摄间隙，我参演了一部名为《消失》的电影。这是一部低成本电影，鲁伯特·格林特当时的女友乔治娅[1]也参与了演出，片中很大一部分场景都是在伦敦的地下洞穴拍摄的。与魔法世界相比，这部电影的拍摄体验大不相同，从表演角度来看也更具挑战性。"哈利·波特"的表演很大程度上依赖于服装和布景，只要你来到片场，化上角色的扮相，工作就完成了一半。但在这部影片中，我却不得不更深入地挖掘自己的角色：好友的弟弟被人劫持，最后被一个丧心病狂的牧师扭断了脖子（和诡异的橡胶人汤姆一样，这个角色也让妈妈感到毛骨悚然）。另外，这部电影的规模也和魔法世界迥然不同。在一大群工作人员的包围下，置身于各种高预算片场的设备中，花四个小时为一场戏彩排、走位，以上是我熟悉的拍摄环境。而这一次，我却要在夜半三更来到伦敦象堡区，在政府统建住房区的操场上进行拍摄，身边跟着一位比我大不了多少的摄影师。我们没有时间排练，因为从我们踏入片场的那一刻起，就已经不可避免地处于进度落后的状态。这是我第一次置身于一个偏重即兴发挥的环境中，周围没有大牌明星，而是刚从戏剧学校毕业的新演员。"哈利·波特"的剧本经过严格把控，几乎没有即兴发挥的空间，无论詹森·艾萨克多么想往里加一句台词，也只是徒劳。我渐渐了解到，不少影视制作更偏重协作，对话和角色是可以共同商讨的。对我而言，这意味着要在短时间内适应很多新东西。

这也是我第一次被获准自己开车到片场。我必须自己来到现场，自己摸清门道。毫无疑问，《消失》对于拓宽我作为演员的

---

[1] Georgia Groome，英国女演员，作品有《青春爱欲吻》《从伦敦到布莱顿》等。2011年与鲁伯特·格林特开始恋爱，两人育有一女，于2020年5月出生。

视野意义重大，但从某种程度上来说，这部电影对于我作为一个普通人的成长更是功不可没。

相比于惹人关注，我一直更喜欢融入人群的感觉。从这方面来说，我是幸运的。我设法避免让"哈利·波特"成为我生命的重中之重，对我来说还有很多更加重要的追求和爱好，比如钓鱼、音乐、汽车、和朋友相处。在我的清单上，"哈利·波特"系列电影只排在第四或第五位。我想对于丹尼尔、艾玛和鲁伯特来说，肯定要难以权衡得多。"哈利·波特"一直是他们生活的焦点，而出演这一系列电影只是我演员生涯中的一项工作。

有的人可能觉得这种说法难以置信，但事实就是如此。说来也怪，"哈利·波特"拍摄结束后，我因参演这部系列电影而受到的关注反而飙升到了一个新高度。从前我可以轻松地走在大街上，即便顶着一头耀眼金发也不会被认出来或是听到有人大喊我的名字。但现在，隐姓埋名要比从前困难得多。随着时间的流逝，"哈利·波特"似乎变得越来越受欢迎，具体原因我也很难解释清楚。归根结底，我觉得原著功不可没。与同时期的许多冒险故事不同，"哈利·波特"的书籍和电影一代代流传下来，成为一种罕见的能将十三岁和三十岁读者/观众联系起来的文化地标。这意味着被吸引到魔法世界的人如同滚雪球一般越来越多。在电影拍摄期间，如果你告诉我未来几年会出现一座哈利·波特主题公园，我还能在环球影城为我们的园区剪彩，我一定会当着你的面放声大笑。

所以，虽然我在最后一部电影收尾时有些悲伤，但同时也挺享受这种解脱的感觉。我可以不必每个星期都坐在化妆椅上，顶着一头锡箔纸染发了，可以重新将全部精力放回生活中最为普通的部分了。尽管得到了迈克尔·甘本、艾伦·里克曼和詹森·艾萨克等前辈的鼓励，我却并没有一心专注于发展演艺事业。我不渴求拥有巨大的名声或惊人的成就，也不觉得这些东西有多么不同寻常，那时我二十二岁，对自己的麻瓜生活挺满意。能够重回市井生活之中，与好友、狗狗和女朋友相处，我心满意足。

 

第一次注意到她时我十七岁，那是在霍格沃茨礼堂，大概正在拍摄第四部电影。在片场，我们常打照面的临时演员有一百多号人，那天她也是其中之一：很遗憾，她是格兰芬多呆瓜。礼堂里有一条规定：扮演学生的人不许化妆，而她没有遵守这条规定。她和我年龄相仿，皮肤晒得黝黑发亮，睫毛黑亮纤长，看上去美艳绝伦。我知道，为她倾倒的不止我一个。

后来我才得知她是特技协调员的助理。她有很多引人瞩目的特质，但当时最显眼的还是她身材娇小，却被一群结实魁梧的特技演员包围。一天，我待在第二副导演的办公室，礼堂里那个漂亮的女孩恰好也在，她拿着一张通告单，正在帮忙安排当天的特技表演日程。就这样，我们聊了起来。我问她想不想喝杯茶，抽根烟，她回答："好啊，没问题。"就这样，我冲了两杯咖啡，拿着两杯咖啡和我的那包黄金装的金边臣[1]香烟和她下楼在五号门外溜达。那些日子，我总是烟不离口，主要是手里总想拿点儿什么。我当时不知道她不抽烟，给她递了一支。她接了过去，脸上掠过一丝诧异。当时她大概只吸了两口，就剧烈地咳嗽起来。

"你不抽烟，对吗？"我说道。

"抽倒是抽，"她回答，"只是……这种烟对我来说太冲了。"

---

[1] Benson and Hedges Gold，一款英国产香烟。

我们继续闲聊，工作人员从五号门进进出出，那里人流量很大。道具组的一位工作人员走了过来。我跟他很熟，也经常跟他聊天，但让我羞愧难当的是我已经忘了他的名字，现在再开口问已经太晚了。"汤姆，你好？"他欢快地问道。

"你好，伙计。"我一边回答，一边露出招牌式的灿烂笑容。我们聊了一会儿，他从五号门走了进去，然后我转过头来，决定招供："老天，真不敢相信！"

"怎么了？"

"我们在一起工作很多年了，我认得他，还会聊起他的家人……但我连他的名字都不知道！"

她没有笑，几乎没有做出任何反应，只是冷冷地看了我一眼，问道："你也不知道我的名字，对吧？"

我慌了。她说得对。我愣了一会儿，然后做出一副话到嘴边突然忘了时的打响指状。她就这样由着我局促不安了一会儿——好一会儿——然后才把我从痛苦中解救出来。"我叫杰德。"她说。

简而言之，杰德就是这样一个人。敏锐，机智，直言不讳，是那种能跳过废话直接聊起来的人。很快，我们俩就走得很近了。杰德非常好强，她必须在这些特技演员面前维护自己的地位。我不想以偏概全，但这些特技演员大多是片场中的猛男担当。有空喝杯茶的时候，她会溜进我的房车。有一次，她不得不眼睁睁地看着所有特技演员冲进房车，假装对着我一顿胖揍，把车里弄得一团乱。其实，他们只是想给她整一出难堪罢了。有一天，我不禁脱口而出："我们是情侣吗？"这个问题让我自己也吃了一惊。她朝我露出微笑，我也回应了一个微笑，嘴巴咧得比她还宽。

第一次正式约会，我们去了伦敦动物园。我开着一辆崭新闪亮的红色宝马M6来到她的父母家。她的父亲（后来我亲切地称呼他为史蒂夫·G）也有一辆同款车，只是比我的版本稍微保守些。两辆车的外观看起来没什么两样，但他那辆引擎盖下没什么硬货。相比之下，我的车要奢华得多。杰德的爸爸打开前门，看到一个一头白金色头发的家伙，开着一辆对于十九岁年轻人来说动力过强的车，等着带他唯一的宝贝女儿去伦敦逍遥一天。他完全有权对我进行严格盘问，或者用怀疑的目光盯着我打量一番。但我很快就明白，和善如他是绝对不会那样做的。他对我十几岁时的浮夸很淡定，也没有那么快就对我下判断。那个时候，任何人都会觉得我的样子像个十足的蠢货。现在回想起来，连我都觉得当时自己蠢得可怜。在伦敦动物园，杰德和我第一次牵手，抽了几支没那么呛人的薄荷烟。尽管我那一头耀眼的金发完全是德拉科的派头，但没有人拦下我们，甚至没有人注意到我们，又或许是我们没有注意其他人。

从那以后，我们的感情迅速升温。几个月后，我带她去威尼斯庆祝她的十九岁生日（说也神奇，史蒂夫·G竟然没怎么考虑就批准了）。汤姆，这可真是个糟糕的决定。聪明的做法应该是低开高走，因为一旦在世界上最浪漫的城市订了一家极尽豪华的酒店，就没有多少可以提升的空间了。但我觉得当时自己只是一心想要给她带来一段难忘的经历。我们去了哈利酒吧，在这家全球顶级的餐厅里，我们两个孩子坐在一群富有的大人之间，我喝了太多的贝里尼鸡尾酒，服务员只得礼貌地提醒我不要大声喧哗。我们俩都玩得非常尽兴。

几年之后，我结束了"哈利·波特"的拍摄，也把该流的眼泪悉数流干。我们两人再次去意大利度假，纪念在电影拍摄期间度过的时光。那时我已经剃掉了金色的头发，只是和她一起静静庆祝"哈利·波特"马拉松的结束。我没有计划过未来，也从没想过很快就能回到电影片场。所以当我在意大利接到经纪人的电话，得知自己在一部大片里得到了一个角色时，我大吃一惊。这部电影的名字叫《猩球崛起》，也就是说，下个星期我就要坐飞机赶往温哥华了。

可以出演这个角色的演员那么多，时至今日，我都不知道他们是怎么或为什么选中了我。当时我头脑清醒地意识到，在"哈利·波特"剧组的十年演员生涯，很大程度上都要归功于我十二岁时参加的那次试镜。如果不是由我出演，另一个人也同样会成功地塑造这个角色。可是这部电影却有所不同。这是一部由詹姆斯·弗兰科[1]和安迪·瑟金斯[2]主演的好莱坞大片，预算将近一亿美元，制作人完全有能力随意挑选演员，可他们竟然连试镜都不需要就选中了我？这让我有些困惑，但又忍不住窃喜。在那一刻起，我第一次开始考虑在演员这条路上继续走下去，那时的未来显得浪漫而美好。

《猩球崛起》是我参演的第一部让爸爸热血沸腾的电影。他是查尔顿·赫斯顿[3]主演的原版电影的粉丝，而我从没看过这部电影。当时我甚至不知道自己的台词就包括那句家喻户晓的"把你们的臭爪子从我身上拿开，你们这些该死肮脏的猿猴！"[4]我只知道，这听起来像是一场全新的冒险，于是满心感激地接

---

1 James Franco，美国演员、制片人、导演、编剧、作家。
2 Andy Serkis，英国演员、导演，凭借《魔界》中"咕噜"一角而闻名。
3 Charlton Heston，美国演员、政治活动家，作品有《十诫》《宾虚》等。
4 查尔顿·赫斯顿饰演的船长泰勒在片中的一句著名台词。

受了。

从制作水准来讲,"哈利·波特"绝对算得上气势恢宏。但是,无论是古老的利维斯登工作室,还是跑到五号门外呼吸"新鲜空气"的体验,都浸染着些许英式的质朴谦逊。在好莱坞大片的片场,一切都更大、更好。拿餐饮举例,在温哥华的片场,有人曾问我想在"后勤"那儿拿点什么。

"什么意思?"我问道。

"后勤服务。"对方回答。

"什么意思?"我又问了一次。

我被带到一辆巨大的餐车前,想吃的东西一应俱全,随时都能供应。饼干、烤三明治、薯片,应有尽有。想在凌晨两点吃冰激凌吗?没问题。想吃什么口味?想想我的分身麦考利·卡尔金在《小鬼当家2》里叫房间服务的那场戏吧。

当时,这似乎就是我今后的人生了,在凌晨时分尽享免费的冰激凌。在这样的人生中,只需经纪人打来电话走个过场,我就可以从一个大片的片场赶到另一个大片的片场。我想:尘埃落定,这就是我未来的样子。

然而,事实证明,我大错特错了。

# 第25章
## Chapter 25

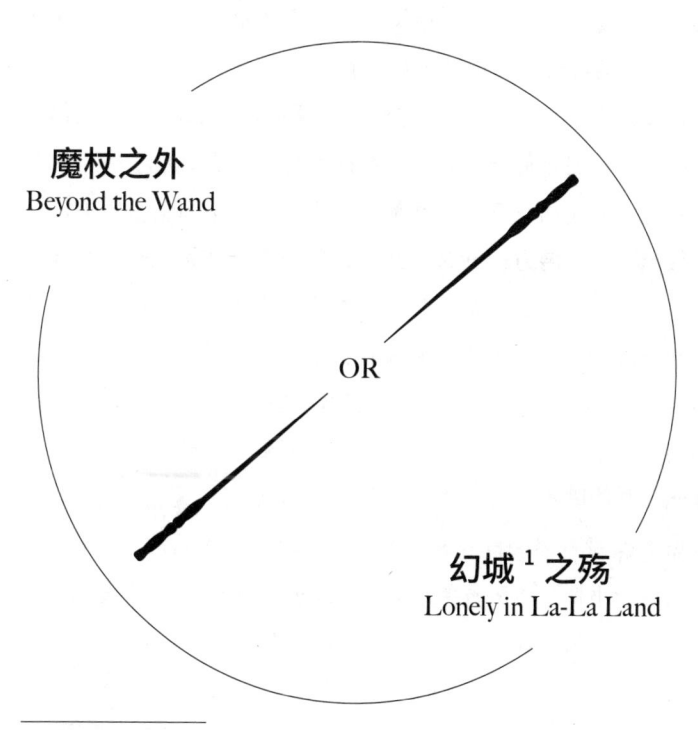

**魔杖之外**
Beyond the Wand

OR

**幻城[1]之殇**
Lonely in La-La Land

---

[1] 洛杉矶别名"La-La Land,"意即"虚幻之城",指脱离现实的梦幻之地。

《猩球崛起》是一个特例。这是我第一次在没有试镜的情况下拿到重要角色，而且很长时间里都没再碰到第二次。这种从天而降的好运实属难得一遇。

如果听任我自行其是，这部电影很可能成为我的收山之作。我缺乏自我展示的干劲和充分发挥表演潜力的动力，按照詹森和其他人的说法，我在后几部"哈利·波特"系列电影的拍摄中展现出了这种潜力。我甚至开始怀疑，放弃表演去当一名专业钓手会不会更快乐。谢天谢地，杰德对我的前途另有规划。没有她的鼓励，我就不会拥有现在的事业。当我决心重新投入试镜后，我们架好了一套便携式摄像机装备（朋友们，我们现在聊的可是苹果手机盛行前的时代），无论我们到哪里，她都会和我一起读剧本。这一点至关重要，因为如果没人和你对台词，你就会像对着墙壁打网球。在她的鼓舞下，我们拍摄了不计其数的试镜小样，将失败率降至大约百分之一的水平。在此期间，一位校友设法帮我在一部名叫《迷宫》[1]的迷你剧中敲定了一个角

---

[1] *Labyrinth*，2012年上映的历史题材迷你电视剧，改编自2005年的同名小说。

色,这部剧在开普敦拍摄,是一部由约翰·赫特和塞巴斯蒂安·斯坦[1]主演的历史奇幻剧。

我在片中扮演特伦卡维尔子爵,一个与德拉科·马尔福迥然不同的角色。我需要为角色戴上《勇敢的心》风格的假发(好在我对古怪的发型并不陌生),穿上一套锁子甲,霸气十足地走进自己的城堡,在一大群人面前发表气宇轩昂的演讲。事实上,这部迷你剧中有两场这种气势恢宏的演讲,让我想起来就不寒而栗。我非常了解德拉科,随便把我扔到任何场景中,我都知道他会做何反应。但是,在没见过任何演职人员的情况下凭空表演,我却不知从何下手。虽然我掌握了一定的电影拍摄经验,但现在我已离开了利维斯登工作室的舒适区,离开了我的房车和五号门。来到拍摄现场时,我使劲给自己打气:你能行的,汤姆,放松下来,一切都会好的。那天早上,我在片场第一次见到导演,几小时后,我便大步穿过一群穿着锁子甲的临时演员,准备演绎我的第一段独白。

临时演员有一个特征:有些人对工作很上心,有些则不然。有些人能保持专注,有些则难掩百无聊赖的状态。在第一次拍摄时,我站在众人面前神情紧张地准备说台词。就在这时,我在台下一片聚焦于我的面孔中看到了一个例外。这张脸格外显眼:这是个十几岁的男孩,比其他人都年轻,他脸上的表情让我想起了当年的自己。就像当年的我一样,他看向我,脸上露出一副德拉科式的轻蔑。我仿佛能听到他在心中嘀咕:哦,是吗?这个戴着傻帽假发的家伙真要走上台,来一通之乎者也的古文?真是个不知天高地厚的蠢货!

这个男孩并没有意识到,他已经激起了我心中所有的不安

---

1 Sebastian Stan,罗马尼亚裔美国演员,作品有《美国队长》《列王纪》等。

感。因此我当场做出了一个决定：我要把独白直接对着他讲出来。我没有在人群中扫来扫去，而是将目光像激光一样聚焦在他身上。我要从拉尔夫·费因斯的实操手册中借鉴经验，让沉默替我说话。我紧紧盯着他，任由尴尬的气氛滋长。我看见他左右张望，显然在纳闷：他是在看我吗？渐渐地，我能感觉到他和其他演员逐渐重视起来。于是，凭借从眼前这一幕汲取的些许信心，我用最有感染力的方式发表了这篇振奋人心的演讲。这段表演的好坏要交给他人评说，但事后回看，我还是要感谢那个自以为是的年轻演员。他为我提供了燃料，也给了我动力，让我把这些年来从众多资深演员那里学到的技巧付诸实践——吸引众人的目光。

然而，第二段鼓舞人心的独白就没那么成功了。在把角色交给我之前，制作人给我打来电话，按照标准流程确认了我的基本情况。这些日子你有空吗？你的护照还在有效期吗？你有驾驶证吗？作为演员，你会逐渐发现，对于所有这些拍摄前的问题，给出肯定答案绝对没错。你会说斯瓦希里语吗？很流利！你能用法国口音说英语吗？当然，先生！[1]因此，当制片人问我是否会骑马时，我很自然地给出了对方想听的答案：朋友，我简直是在马背上出生的！

这并不完全算是撒谎。小时候，我们的邻居养了几匹马。偶尔会有人牵着马走来走去，让年幼的我静静地坐在马背上。但实际上我很害怕骑马，而且童年的骑马体验与我在这场戏中面对的场景截然不同。我要骑着马，在由一百名骑士排成的队伍前走来走去。所有骑士都身着锁子甲，手持剑和盾牌，而我则要在他们面前英勇高呼。演讲进行到高潮部分，我要双脚踢

---

[1] 原文为法语，"Mais oui, monsieur！"。

蹬种马的侧腹，疾驰飞奔，带领军队投入战斗。

谁知，那匹马另有想法。在第一次拍摄中，到了我的重头戏时刻，我高举着剑，大呼作战口号，威风地用脚跟促马前进，准备带领我那勇武的军队迈向荣光。临时演员们大声咆哮，宣誓要跟随他们无畏的领袖，大有不成功便成仁之势。然而，这匹马却觉得我的演讲没有那么鼓舞人心。它对驰骋战场所表现出的兴趣，和我第一天到片场时遇到的那个十几岁的临时演员不相上下。于是，我们又喊了一次口号："为荣誉而战！为家庭而战！为自由而战！"开什么玩笑……马儿几乎连小跑的步伐都没迈起来。我看到监视器后的导演和制片人连连摇头。很显然，眼前这场景实在荒唐可笑，我们得解决问题才行。

片场的驯马师是个身材娇小的女士，而我的角色则身披一件宽大的斯内普式斗篷。驯马师上马坐在我身后，扶着我的腰，斗篷把她遮住，凸出一个奇怪的鼓包。马儿对她要比对我尊敬得多。疾驰而去的那一幕到来时，她轻触了一下马儿的侧腹，这匹骏马便拼命狂奔起来。这感觉真是太可怕了。我死命抓住缰绳，双眼圆睁，脸色煞白，竭尽全力不从这匹冲锋之马的马背上掉下来。观看回放时，我发现自己脸上挂着一副惊恐万状的表情。得知这场戏最终没被放进最终剪辑版，我并不惊讶。

然而，我倒霉的骑马经历还没完。2016年，曾执导《侠盗王子罗宾汉》的凯文·雷诺兹[1]，邀请我出演他的剧情片《复活》。雷诺兹是我最喜欢的导演之一，在这部片中，我要和拉尔夫的弟弟约瑟夫·费因斯[2]搭戏。他在片中和我一样饰演罗马士兵，在

---

1 Kevin Reynolds，美国导演、编剧，作品有《血仇》《侠盗王子罗宾汉》《新基督山伯爵》等。
2 Joseph Fiennes，英国演员，作品有《莎翁情史》《使女的故事》等。

拍摄期间对我照顾有加。在片头的一场重要戏份中，我们要骑在马背上，穿过一大群临时演员走向受难的基督，与此同时，人群则用纸糊成的石头朝我们砸来。约瑟夫的角色与耶稣交谈时，我要静静骑在马背上，在一旁等待。

在我们来之前，这些马儿已经为这场戏排练了好几个小时。然而马儿并不知道这些石头是纸糊成的，自然很容易受惊。我的马虽然不知石头是假的，但一定能察觉到骑在背上的那个蠢货（也就是我）绝非骑师。约瑟夫·费因斯正在进行他的精彩表演，而我的马却偏偏不肯站定。它左转转、右转转，走进人群，然后又走出来。我完全控制不了这该死的家伙，只听凯文喊道："卡！什么情况？"我怯懦地道了一声歉。最后，剧组不得不让一位驯马师穿上罗马士兵的装束，这样在我局促不安地坐在马鞍上时，他就可以牵着马，让马儿保持安静了。

那是我最后一次尝试在镜头前骑马。


在拍摄"哈利·波特"之前，还是小孩子的我参与了上百部影视剧的试镜。那时我已经习惯了别人的拒绝，而现在我又得学着重新适应这种感觉。每隔几个星期，我就要去参加一次试镜，而且几乎每次都会遭到拒绝。我当然知道，听到我也必须参加试镜，一些人可能觉得出乎意料，但说实话，我从不觉得角色应该白白送上门来。毕竟，我没有丰富多样的个人作品集。《猩球崛起》的角色是直接送到我手上的，片方甚至没有考核我的美国口音。而现在，在即将开始专业演员职业生涯的我来看，这段经历简直是天方夜谭。相比之下，偶尔接些零活儿反而让我觉得更为真实。

话说回来，如果把这事交给我来决定，我可能一直会处于飘忽不定的状态。但是杰德不断给我鼓励，拉德克利夫[1]给了我一条中肯的建议：找一位好的经纪人，到洛杉矶去，尽量和圈内人打成一片。我听取了他的意见。

有人说，纽约演员的工作量是伦敦的四倍，而洛杉矶演员的工作量是纽约的四倍。稍加分析，你就能理解为什么全球成千上万的演员会不远万里地奔赴好莱坞了。这是一个充满矛盾的城市：成功与失败共生，财富与贫穷并存，既令人跃跃欲试，也让人惶恐不安。在初来乍到的那些日子里，我领教到了洛杉矶的方方面面。我会在好莱坞一家乏善可陈的酒店里住上几个星期，尽量每天读三个剧本，然后和尽可能多的业内人士混个脸熟。

有些大门向我慷慨敞开。洛杉矶的一家经纪公司把我纳为客户，他们带我去贝弗利山威尔希尔酒店吃午饭，并且自豪地告诉我电影《风月俏佳人》就是在这里拍摄的。我礼貌地点点头，但没有告诉他们我从没看过这部电影。一个来自萨里郡的毛头小子，竟在好莱坞最高档时尚的酒店接受宴请，我感觉自己是那么格格不入。关起门来说，我还是更喜欢来一盒炸鸡块。回到经纪公司的办公室，我面前站着六个人，他们的眼中闪烁着殷切的热情，说我马上就会成为"大明星"，而他们非常清楚如何帮助我走上这条路。每隔几分钟就会有一个素未谋面的人走进来跟我握手，自称是我的铁杆粉丝，非常高兴能邀请我加入。我心里暗想：太棒了！如此热情虽然有些奇怪，但我会适应的。

相比之下，想要推开别的大门就没那么容易了。我在洛杉

---

1 Alan Radcliffe，英国作家经纪人，丹尼尔·雷德克里夫的父亲。

矶的第一次试镜,是为了争取一部电视试播集[1]中的教师角色。我当时还不知道,在好莱坞,为各种电视剧制作的试播集有几千部,其中大多数最终没能成功签约,就像是电影行业中的一次性餐巾纸。当时我还不能理解这一点。在我看来,一切影视剧都有可能成为下一个"哈利·波特"。因此来到工作室参加试镜时,我对即将发生的一切毫无准备。保安柜台的后面挂着一幅巨大的"哈利·波特"海报,但我仍不知道如何说清楚自己是谁、为何来到这里,以及为何要进工作室。走进试镜间时,我才意识到自己只是渴望拿到角色的无数候选者之一。我和至少十几个人坐在一起,等待三四个人在我之前试镜。与英国情况不同的是,在这里,试镜间里发生的一切在外面都能听得清清楚楚,这对缓解紧张情绪没有任何帮助。轮到我了。我走进试镜间,看到六个人坐成一排,一脸百无聊赖、满不在乎的表情。就算他们认出了我,也丝毫没有表现出来。我朝他们露出最灿烂的微笑,说道:"你们好!我是来自英国的汤姆!"

对方什么也没说。我依次与每个人握手,但当我握到第三个或第四个人的时候,便不禁怀疑现在不是握手的好时候。其中一个人证实了我的怀疑,当头问了一句:"你能直接站到'X'上说台词吗?"

我回头一看,发现地板上有一个摄影用的厚胶带贴成的"X"标记。"噢,"我回答道,"抱歉。"然后找好了自己的位置。我站在那里,而他们仿佛没有注意到我在房间里。这时,我才对自己的处境有了透彻的理解。这些人已经在这里坐了好几个小时,把所有演绎这段台词的方法都听了个遍。我要试镜的是一个小

---

[1] 在英美电视体系中,试播集是将节目卖给电视网等发行平台的一集内容,作为测试该剧集是否能成功的标准。

角色，对于我之前出演过什么，他们要么不知道，要么不在乎，只想尽快把我打发走。

意识到这一点的时候，我的紧张感爆棚。我试镜的角色是一个局促不安的人，但我不确定自己的紧张对塑造角色有没有帮助。我操着一口令人费解的美国腔，磕磕绊绊地说着台词，一句是得克萨斯口音，一句是新奥尔良口音，下一句又跳到布鲁克林口音，偶尔还会重复某一句台词，确保没把词念错。我浑身别扭，对方更是如坐针毡。读到一半的时候，我看到三个人玩起了手机。这绝不是什么好兆头。

这是我在洛杉矶第一次惨败的试镜经历，但绝不是最后一次（再次向您道歉，安东尼爵士……）我希望可以告诉你试镜会随着时间的推移变得越来越容易，但事实并非如此。然而，我莫名其妙地对这个过程产生了上瘾的感觉。每次试镜前，我都会站在房间外，高度紧张的大脑会试图列举出所有我并不需要经历这场考验的理由，劝我干脆直接离开。但试镜结束后的宽慰感是无与伦比的。无论结果是好是坏，狂飙的肾上腺素都给我带来了一种独一无二的兴奋感。我或许的确回到了演艺生涯的起点，但乐在其中。

洛杉矶有时是个孤独的地方，尤其是初来乍到的时候。独自一人置身于这座疯狂的都市，试图摸清方向，很少有比这更让人迷惘的体验了。然而每次回到洛杉矶，我都会发现自己认识的人多了一些。认识的人越多，这个地方就变得越发友好，而我也逐渐被这里的天气、积极向上的心态和生活质量所吸引。尽管有难以适应之处，又或者正是因为这些难以适应之处，洛杉矶渐渐向我发出了召唤。我和杰德在那里短暂地住过一阵子。

当时，斯蒂芬·博奇科[1]创作了一部叫作《谜案追凶》[2]的电视剧，预计在洛杉矶拍摄，得到了试镜的机会后，我全力以赴。在伦敦，我们在杰德父母家的客厅里录了无数条试镜录像（感谢史蒂夫·G的鼎力相助），为了拿到这个角色，我参与了无数轮筛选。最后，我被告知拿到了角色。就这样，我和杰德带着狗狗"小木头"一起搬到了洛杉矶。

那段生活是如此美好。一切都仿佛变得更宽敞、更明亮、更快乐。我们在西好莱坞找了一间木质的小平房，平房的墙壁粉刷成了白色，还附带一座小花园和一道尖桩篱笆。工作逐渐有所起色，洛杉矶那令人窒息的孤独感慢慢消退，我也逐渐体会到了作为公众人物在这座城市享受到的乐趣。在英国，没人在乎你是不是名人，偶尔遇到在乎的人，通常也只会用手指一指，然后跟朋友耳语几句，最多会走过来问："喂，你就是那个演巫师的家伙吗？那部电影叫什么来着？"说完往往还会加上一句冷嘲热讽。在洛杉矶，随着我的形象和名字越来越被人熟知，最初的冷漠渐渐消失。突然之间，几乎每个人都开始在意起我来，这让我的自负感得到了前所未有的膨胀。热情洋溢的陌生人诉说着对我的工作成果的热爱。我的"工作成果"？据我所知，除了在萨里郡渔场的停车场，我这辈子从没真正做过什么工作。但我有什么可争辩的呢？何况，人们已经开始把我当成如假包换的电影明星看待了，这是我从来没有体验过的经历。幸运的是，由于家里有三位哥哥，我在成长过程中一直都保有自知之明。无论是上学时还是毕业后，他们从不允许我认为自己有什么与众

---

[1] Steven Bochco，美国电视剧编剧兼制片人，作品有《希尔街的布鲁斯》《纽约重案组》等。
[2] *Murder in the First*，美国犯罪电视剧，于2014年到2016年播出三季。

不同之处。而现在，洛杉矶所有人都对我另眼相看。

刚开始是衣服。人们会送我名牌衣服。免费？免费。太爽了。接下来是汽车。我认识了一个负责管理宝马VIP车队的人。谁知道"VIP"到底指的是什么，反正我一辈子从来没有把自己当"VIP"看待。突然之间，我便跻身其中，而且似乎只要我提出要求，他们会随时把各种型号的车借给我开。某家当红的名流俱乐部外排着长长的队伍，但我们一到，就有人把红色的天鹅绒绳子抬起，我们无须等待就会被人迎进去。因为作为"电影明星"，你自然会得到这样的待遇。我的世界满是让人难以置信的机遇、精心规划的夜游活动，还有各种送上门来的、只能用"拽炸天"来形容的礼物。我乐在其中，杰德也很享受。

拜托，这样的生活，有谁能不享受呢？

如果你不停地夸赞某人，对方总有相信的一天。如果你铆足劲儿对某人阿谀奉承，对方迟早会听进去。这一点似乎不可避免。我驾驶着一辆可以免费开一周的亮橙色兰博基尼，出现在某家新开张高档餐厅门口，服务员会三步并作两步，把我领到一张贵宾座席前。这个座位是我临时预定的，之所以能订到，全靠我的大名。狗仔队则在门口，用相机记录我如何低调而老练地走进餐厅。从前的汤姆会立马拿起电话，告诉哥哥这一切有多难以置信。他会时刻想把自己踢醒，因为这样的生活简直太疯狂了！但是，全新的汤姆没有这样做，而是佯装一切都很稀松平常。虽然这家高档餐厅的候餐长队已经排到了金门大桥，但你们当然得给我留位子，这是天经地义的事。

顶着别人给我的光环，我也逢场作戏起来。在一段时间里，这种生活的确充满了乐趣。但好景不长，没过多久光环便渐渐暗淡下来。

我从不知道自己会渴望这样的生活。随着时间的流逝，一个令人不安的事实悄然出现：这不是我想要的生活。或许听起来有些不知感恩，但我无意冒犯任何人。我很幸运，但眼下的生活有一种虚无缥缈的感觉。我意识到，很多时候自己并不想参加这个首映式，不想去那家高档餐厅，对下次度假目的地加勒比岛屿也提不起兴趣。我想念过去的生活，想念和克里斯在湖边钓鱼，想念和阿什一起看《瘪四与大头蛋》，想念和金克一起做音乐。我想念和朋友们在公园长椅上抽烟的日子，想念可以用业余时间伴着一段节奏即兴说唱的时光，而不是像现在这样沦为名利场上兜售的砝码。我想念和一个真真正正的普通人进行一次普通的对话，这个人既不知道我是谁，也不在乎我是谁。我想妈妈了。

当时的我本应留意到这些感觉，并积极地做些改变。我应该说出自己的忧虑，即使不对别人倾诉，至少也要和自己对话。毕竟，这件事的主动权在我。然而，一种奇怪的心态开始蔓延。身处于人们争先恐后为我服务的环境中，我开始丧失了自己做事和思考的能力。我把主动权交给了新加入的洛杉矶团队，让他们推动我的演艺事业，任他们将我置身于这种全新的好莱坞生活方式中。在此之后，我感觉自己更进了一步，把任何做决定或自行判断的能力都外包了出去。如果人们经常提醒你，你是多么幸运、眼下的生活是多么酷炫，那么即便内心深处你不这样认为，也会渐渐开始相信。突然之间，你的批判能力变得一触即溃，你也离真实的自己渐行渐远。慢慢地，我变得不再是自己。

越是沉浸于好莱坞虚无的生活之中，我就越没有机会遇到那些不知道我是谁的人，更重要的是，那些不在乎我是谁的人。每天，我都发现真实的人际沟通越来越少。所有的交流之下仿佛总有一股涌动的暗流，一句不能明说的潜台词，一个潜藏的目的。就这样，我失去了自我。自从记事起，我就一直像爸爸一样拿自己开涮，这种幽默已经成了我的第二天性，是我不可分割的一部分。而在洛杉矶圈子中，这种幽默却得不到理解。这里的每个人都太把自己当回事了。这里的每个人，都太把我当回事了。

或许在表象之下，还有一些其他因素在发挥作用。心理健康问题在我家并不算什么新鲜事。阿什小时候住过院，金克在成年后接受过住院治疗。易受心理疾病困扰的倾向流淌在我的血液之中。我可以简单地描绘出一个被好莱坞腐蚀的年轻人形象，但是，表象的背后还隐藏着更多的根源。毫无疑问，洛杉矶让我的孤独变本加厉，甚至与自己脱节：不用说，这些感觉可以在任何人身上引发心理健康问题。或许，当你能不必排队进出宴会，当你可以坐上亮橙色兰博基尼的驾驶座肆意驰骋时，这些心理问题更容易被光鲜的生活遮掩。

我渴望远离这个一步步迷失的自己。我渴望与不把这种纸醉金迷的生活方式放在眼里的人产生真实的沟通。我渴望找回过去的自己。我渴望寻回真实。

在一家叫作巴尼酒馆的小店，我找到了自己渴望的东西。

# 第26章
## Chapter 26

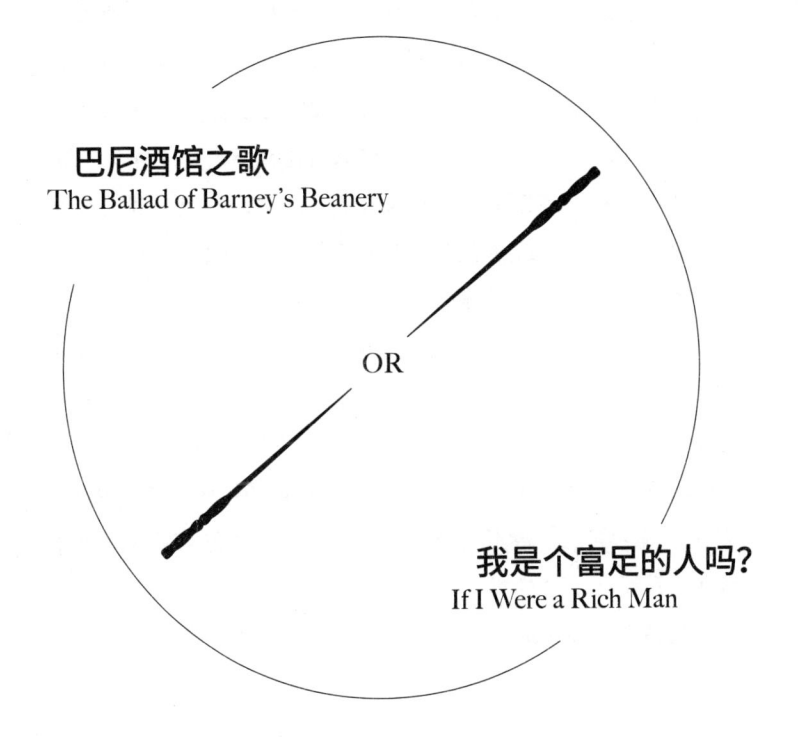

**巴尼酒馆之歌**
The Ballad of Barney's Beanery

OR

**我是个富足的人吗?**
If I Were a Rich Man

让我跟大家介绍一下巴尼酒馆吧。

洛杉矶没有什么古老的东西，但就酒吧而言，巴尼要数最古老的一家。这是一家带着过去六十年战争伤痕的廉价酒吧。有一块牌子专门标出"大门"乐队的吉姆·莫里森[1]当年坐过的位置，墙上贴满了六十年代起各个年代的纪念品。这些纪念品仿佛树干上的年轮，记录着时间的流逝，或许，这就是我喜欢这里的原因。巴尼酒馆见证过大起大落，它不在乎你是谁。

经常出入这里的顾客也不在乎：这是一群五花八门的"'老子管你是谁'主义者"，与人们追捧的好莱坞名人圈的俊男靓女相去甚远。这就是我的圈子。在他们面前，我无须装腔作势，可以肆意做爸爸教我成为的那个平易近人的开心果。

二十五岁到三十岁的这几年，我在巴尼酒馆度过了多少日日夜夜，连我自己都数不过来。在那之前，我不怎么喝酒。可能偶尔会在婚礼上来杯香槟，仅此而已。但是，若想常在一家廉价酒馆体验市井生活，豪饮在所难免。渐渐地，曾经对饮酒没

---

[1] Jim Morrison，美国著名艺术家，音乐家，大门乐队成员。

什么兴趣的我,开始常在太阳还没下山之前就已几大杯啤酒下肚,而且每喝一杯啤酒,还要再配上一小杯威士忌。

即使在事事顺遂时,喝酒也会成为一种习惯,而为了逃避某种处境而喝酒,就更是如此了。我将这个习惯带出了酒吧,偶尔带到了片场。事态一度恶化,有一段时间,我甚至将工作时饮酒当成了家常便饭。我会毫无准备地现身片场,这绝不是一个专业演员汤姆想做的。然而,问题不在于酒精,而在于酒精引发的表征。真正的问题埋在深层,几乎每晚都会引我回到巴尼酒馆。我坐在吧台前与常客们胡侃,面前要么摆着一杯啤酒,要么是更烈的酒。过了凌晨,我还在喝酒、闲扯、玩沙狐球,就这样消磨时间。我告诉自己,我玩得很尽兴,从某种程度来说的确如此。但从另一个层面来说,我其实是在逃避着什么,也许是逃避我自己,也许是逃避现在的处境。反正,巴尼酒馆是个藏身的避风港。

我与调酒师们日渐相熟,调酒师大多是女性。这些女孩什么场面都见过,态度冷若冰霜,待人友善可不是她们的招牌。大约六个月后,她们对我的态度才稍微缓和一些,渐渐能在一起开开玩笑。她们说笑时可从不留情。对我来说,在巴尼酒馆畅饮一夜,一半的魅力就在于可以与大家待在一起,互相拿对方开涮。我的生活天翻地覆的前一夜,也是在插科打诨中度过的。

那天晚上我本该早早上床睡觉,因为第二天,我要和几位经理人在办公室开一场很重要的会议。会议是二十四小时前才加到日程里的,但我知道这会是一件大事。正常情况下,如果我的团队成员有剧本想让我考虑,会在讨论之前先把剧本发给我看。但这一次,经理人让我到办公室去,探讨一个我无须事先了解的神秘项目。我自然而然地猜测等待着我的会是一个大项目。就这样，我满心期待着。

然而，我并没有早早爬上床，而是一晚都泡在巴尼酒馆。我彻夜没有合眼，穿着也有点儿邋遢，猛灌威士忌喝得酩酊大醉。我对姑娘们道了晚安，说明天再来。到了早晨，当我让泊车员帮我把宝马停在经纪公司所在的大楼外时，我还感觉浑身是劲，尤其当我想到那个已经摆上桌的大项目。办公室位于洛杉矶最奢华地段的一座玻璃摩天大楼里，我乘了很长一段电梯来到顶层，带着头天晚上的醉意，在接待区签到。几分钟后，我的助理带我入会。

当时我有没有发现他有点儿冷漠和拘谨？也许吧。但是我一心想要揭开谜底，所以并没有太在意。

虽然表面上看不出来，但这座建筑过去曾是一家银行。这里没有古灵阁巫师银行里那样的点钞柜台、沉甸甸的账簿、灰头土脸的职员，而是充满了现代气息。然而，这里有一扇巨大而古旧的保险库圆形大门，通向一间办公室，所有最为重要的会议都在那里举行。当经理人带着我朝这扇门走去时，我心中泛起了一种隐隐刺痒的兴奋。我们要在保险库里开会！太棒了！这肯定是个好兆头！

我们跨过门槛，走进办公室。而眼前的景象，让我整个人呆若木鸡。

这不是一个很大的房间，仅够容纳一张会议桌、我，以及另外七个安静地围坐在桌旁等我的人。杰德在场，旁边是我的两位经纪人、律师和两位助理，还有一个魁梧秃顶、相貌可怕的陌生人。

没有人说话,全屋的人只是盯着我。我恍然大悟,自己是被骗来的。我意识到这跟决定职业生涯成败的不可思议的机遇根本没有关系。他们叫我来到底是为了什么,我还不太清楚。但他们的眼神和房间里的氛围告诉我,情况不妙。我听说过所谓针对酒精成瘾者的干预措施,也就是朋友和家人聚在一起,告知某人他遇到了会摧垮人生的大麻烦。但我又没有惹上什么大麻烦,不是吗?他们不会是为这事儿来的吧。

有可能吗?

我像湿透的毛巾一样软绵绵地瘫倒在地板上,整个房间似乎都在旋转。我摇着头,喃喃自语:"我不接受,不可能……"没有人开口,只是继续用阴郁而严肃的神情看着我。我跟跟跄跄地走出房间,脉搏怦怦直跳。他们没有阻拦。在那个高大秃顶的陌生人的陪同下,我走到外面,想抽根烟冷静一下。但在那一刻,我无论如何也冷静不下来,一股遭到背叛和侵犯的感觉在心中熊熊燃烧。我职业生涯中所有重要的人竟会密谋把我骗到这里,更糟的是,与我最亲近的那个人也在其列。我完全没料到会有这么一天。我既愤怒又疲惫。不瞒大家,当时的我还在宿醉中。我简短地盘算了一下要不要干脆逃跑,但出于某种原因,我没有这么做。我回到大楼里,穿过保险库的门。所有人都还在,仍在盯着我,那眼神让我既心寒又愤怒。我坐了下来,不愿,也不能正视任何人的目光。然后,那个秃顶的大块头,也就是房间里我唯一不认识的人出手了。

他是一位专业的干预师。之所以打电话找他,是因为经纪公司想要确保治疗效果。经纪公司出钱,把整个过程交给他来处理。这不是一项便宜的服务,他对自己的工作驾轻就熟,没有什么状况是他没见过的。无论我给出怎样的反应，都在他的预料之中。他解释说，他知道我现在很生气，但总有一天，我会通过某种方式原谅屋里的人今天所做的事。我用眼神让他滚远点儿，当时看来，我是无论如何也不会原谅这些人的。我身心俱疲，天旋地转，因为宿醉而头痛欲裂。前一天晚上，我还在巴尼酒馆和熟人推心置腹地交谈，现在，我却中了一群所谓老朋友的埋伏。他们骗我，拿新工作为诱饵，确保我会到场。好一群伪君子。我不明白，如果他们这么担心，为什么不能直接到我家来用正常的方式跟我沟通呢？原谅？去他妈的原谅。我和原谅他们之间还差着十万八千里。

房间里的每个人都给我写了一封信，他们一个接一个地把信读出来。这些信大多很简短，其中绝大部分内容似乎已经被我从记忆中抹去了。我听杰德和其他人告诉我，他们是多么担心我的状态，多么为我的酒精成瘾挂心。而在当时的状态下，我根本听不进去。在我看来，我的坏毛病不过是每天喝几瓶啤酒，偶尔来点儿威士忌。我没有手握伏特加的空瓶、在自己的呕吐物中醒来；也没有躲在毒品窝里吸食鸦片，导致无法工作或失控。轮到杰德读信的时候，我记得自己在心中暗想：你是不是因为觉得我不是一个完美男友，才一手设下这场骗局？当然，这次干预并不是她的主意。实际上，她直到几个小时前才得知这件事。然而，愤怒和沮丧让我的脑中出现了一些不该有的想法。

然而，其中的一封信对我造成了巨大的冲击。这封信出自房间里我最不熟悉的一个人之手，就是我几乎没怎么谋过面的律师。他平静而真挚地说道："汤姆，我虽然不算很了解你，但你是个不错的人。我想告诉你，这是我职业生涯中第十七次参加干预。其中十一个人已经死了，不要成为第十二个。"

他的话击穿了我的恼恨和否认。虽然我仍然觉得他们是对一个根本不存在的问题过度反应了,但是他那不加掩饰的扎心恳求,却让我垂下了头。

到现在为止,这场闹剧已经持续了两小时。每个人都说完了想说的话,每个人都疲惫不堪,而我更是心力交瘁。

"你们想让我做什么?"我乞求道。

"我们希望你接受治疗。"那位干预师答道。

"康复中心?"

"康复中心。"

加州的康复中心有一个特点:价格昂贵。有些地方的收费高达每月四万美元。强迫我住进康复中心,还要砸下四万美元?你他妈的是在开玩笑吧。这种想法本身就够荒谬了。但是这场干预来得措手不及,重压之下我只得服从。"行,"我没好气地告诉他们,"如果这对你们这么重要,我可以去你们所说的康复中心。如果你们真觉得喝酒是个大问题,我三十天不喝不就行了。"

一阵沉默。

干预师说:"我们已经在马里布订了一家康复中心,希望你现在就去。"

"行,"我说,"我要回家收拾收拾,可以安排到明天或者后天动身。"

他摇了摇头:"不行,我们有一辆车正等着呢,现在就得去。一路直接开到目的地,不能绕路。"

我眨了眨眼睛。他们是不是疯了?简直太荒唐了。难道我已经无可救药到连二十四小时都不能再等的地步了吗?他们到底是听了什么风言风语?怎么会做这样的决定?我对这件事有任何发言权吗?

他们很明确地告诉我：不，你没有选择。我的一位助理说："如果你现在还不寻求帮助，我们就不能再做你的助理了。"丝毫没有商量的余地。

"我得拿上我的吉他。"我说。

他们拒绝了。

"我要换身衣服。"

他们又拒绝了。

我又不停地抗议了一个小时，但每个人都毫不动摇。我必须和干预师一起上车，而且必须现在就走。

就这样，到最后我只能屈服，连一点儿反抗的劲头也提不起来。

这是我生命中最离奇的一个时刻，我放弃了一切主动权，在干预师的陪同下离开闪闪发光的玻璃办公楼，朝他的车走去。到马里布的车程大约一个小时。我们并排坐着，一言不发，这一小时凝重而漫长。快到马里布的时候，他转向我，问道："你想停下来最后再喝杯啤酒吗？在我们帮你登记入住之前？"

我猜他只是想让我好受一些，但在当时我根本没法理解他怎么能提出这样的问题。所有人刚刚一口咬定我有酗酒问题，而当时的我完全不同意他们的观点。那么，我干吗要停下来喝啤酒，证明他们自始至终一直是正确的呢？于是我回答："不，我不想停下来喝他妈的什么啤酒。"

他点了点头，说了句："那好吧。"然后，我们再次陷入沉默，汽车开过几英里的路程，我则一根接一根地抽着烟——这是他们唯一没挑我毛病的恶习。没过多久，康复中心的大门便出现在眼前。

这家康复中心位于一个巨大峡谷的谷底，沿着一条蜿蜒曲折的道路往里走差不多一英里半的距离，四周则环绕着马里布茂密的森林。当我们沿路缓慢行驶时，一种空洞的麻木感笼罩了我的全身。那是一个风景如画的地方，美得摄人心魄。但是，我宁愿去全世界的任何地方，也不愿待在这里。

干预师让我在峡谷谷底的一座白色大房子外下车。这里环境优美，不过四万美元一个月的地方理应如此。一连几个小时，我都没怎么说话。跨进康复中心大门时，我觉得自己仿佛置身于一场可怕的梦魇之中。我办理了登记入住，康复中心的人员已经在里面等着了，就这样，那位秃头大汉把我交给了他们。

一位护士让我坐下，问了我几个问题：你摄取的是毒品还是酒精？用量多少？使用了多长时间？我如实回答，但仍觉得这不是我该来的地方。我又不是那种大清早就得靠一针药物熬过一天的人，我又没有偷偷摸摸地吸食海洛因。这真是天大的冤案。护士对我的回答进行了录音，然后她问："你想起个化名吗？"

我没听懂。"你什么意思？"我问。

"在这里的时候，你必须佩戴姓名牌。如果你愿意的话，我们可以用化名。比如鲍勃，或者山姆。"

我懂了：她认出我是谁。我猜她可能是在为我着想。不过，我可没有心情听人摆布。我回答："如果有人能认出我演过"哈利·波特"，那也是因为看到了我的脸，而不是因为我的姓名牌上写了什么。即使你他妈的在我胸前写上'米他妈的老鼠'，别人也不会把我当成米老鼠看。"

护士自然想要解释清楚，她说："我们只是觉得，这是保护隐私的好方法。"

不知为什么，这个建议让我心中升起一股无名火来。我深吸一口气，想要控制自己的情绪，回答道："我不需要什么他妈的化名。"于是，我们便静静地结束了这个话题。

接下来，我硬着头皮忍受了两个小时的药物诱导。他们采集了我的血样和尿样，检查了血压，让我对着酒精测定仪吹气，用手电筒照我的双眼，左刺右探，一样也不放过。然后，排毒阶段开始了。

所谓排毒，就是在接受治疗之前确保身体系统中没有任何毒品或酒精。我的血液里还残存着头天晚上喝的酒，因此他们把我带到一个小房间里。房间是白色的，里面陈设着落满灰尘的简单家具，与贝弗利山威尔希尔酒店相比真是一个天上，一个地下。房间里有两张床，我和另一个人合住一间。他已经在那儿待了三天，但吹气检测结果还是不过关。我不知道这个人是谁，心里忐忑不安。那人正在进行冰毒戒断，在床上不停地颤抖，语无伦次地喃喃自语。我感觉既反胃，又错愕。我只是有天晚上多喝了些威士忌，转眼间竟要跟瘾君子共处一室。我们稍微聊了几句。他的话我大多听不太懂，但我一眼就看出，他受的折磨比我严重得多。但这幅情景劝服不了我，我仍然坚信自己不该待在那里。

医护人员让我摄入了一种镇静剂，因此那天晚上我睡得很沉。当我醒来时，他们又让我进行了吹气测醉，结果是阴性。待够了排毒阶段的十二个小时之后，我才被放出来。他们带我参观了康复中心的设施：厨房、娱乐室、庭院，还有一张乒乓球桌。这张乒乓球桌让我意识到，"哈利·波特"片场那顶休闲用的帐篷已经离我好远好远。就是在那里，艾玛曾经善意地给过我一记耳光。这个念头如拔塞钻一般扎进我的心窝。在纳闷自己何以沦落到这种境地的时候，艾玛一直在我心头盘旋。

当然，医护人员还把我介绍给了一些病人。他们也都戴着姓名牌，这此情此景仿佛是在参加一场闪电约会。我很快了解到，这种地方的标准开场白是："你的DOC[1]是什么？"所谓DOC，"首选药物"，就是指让你上瘾的东西。有人问起，我便会回答酒精，同时也觉得自己有义务回问对方。在我看来，绝大多数人的嗜好都严重得多：比如海洛因、阿片类药物、苯二氮卓类药物、冰毒和快克可卡因。大多数人也喝酒，但相比于他们的"首选药物"来说，酒精只是次要的。

我不希望大家误以为这里的场景跟《飞越疯人院》[2]里一样。没有人在房间里乱扔粪便，没有人尖叫，也没有人突然狂暴发怒。话虽如此，成瘾的副作用非常可怕。大多数人都会无法控制地颤抖，无法直视你的双眼超过一秒钟，且说话结巴，思路混乱。即使退一万步讲，这种环境都让人心神不宁。

让我感到遥远而陌生的不仅仅是这些病人。入住美国康复中心，让我这个来自萨里郡的英国孩子匪夷所思。砸下一大笔钱把自己与外部世界隔绝起来，这种方法让人不安，坦率来说，堪称荒诞。我在那里最年轻，不过其他人的年纪也都不大。我猜，既然能付得起这笔康复治疗的费用，大多数人应该都出身于富裕的家庭。我感觉他们的成长环境与自己有着天壤之别。我们不是一类人，我不属于这里。就这样，那股反胃感越发强烈。

过去二十四小时的情绪消耗是巨大的。身心的疲惫，再加上医护人员让我摄入保持情绪稳定的药物，让我陷入了一种凝重、避世、近乎消极的心态。我就这么浑浑噩噩地熬过了这一天，

---

[1] "Drug of Choice"的首字母缩写。

[2] *One Flew Over the Cuckoo's Nest*，1975年上映的美国电影，改编自肯·克西的同名小说。讲述主人公为了逃避监狱的强制劳动而假装精神异常，被送进精神病院后发生的故事。

偶尔和其他病人说几句话，但大多数时候都是一个人待着。就算有人认出了我，也没人表现出来。我猜，他们的全部精力已被自身的问题所占据，在自己的地狱中饱受煎熬时，哪还有精力对某部巫师电影里"骑扫帚的讨厌鬼"感兴趣呢？

夜晚降临。我吃完晚饭，看着太阳从头顶高处的山脊线落下。我走到室外的庭院呼吸新鲜空气，身上只带着那包越来越瘪的香烟。我没有工具，只得找人借火。医护人员早些时候告诉我，如果想吸烟，必须坐在指定的长椅上，但我没有理会他们的指示，而是坐在草地上。没有人呵斥我，也没有人叫我走开，因此我便拿着烟坐在那儿，思考着眼下的处境和过去几天发生的事。显然，我正面对着人生的转折点。我或许并不赞同那些把我打发来这里的人的决定，也完全不觉得自己应该待在这种地方。但事已至此，我必须做出决定。我要继续留在这家康复中心吗？

或者，我是不是该选择另一条路？

坐在那里抽完烟时，我并不知道接下来的几小时将扭转我余生的轨道。我不知道自己会陷入可怕的至暗时刻，也不知道必须依靠陌生人的善意渡过难关。我只知道，我心中充满了怒火，再也不想待在这里了。

于是我站起身，迈步朝前走去。


大步走在离开康复中心的那条蜿蜒的道路上时，我并没有认真思考这一刻的叛逆会带来怎样的后果。走出几百米之后，我在心中暗想，随时可能有安保人员朝我冲来，像在橄榄球比赛中一样把我擒抱在地，将我拖回房间，而这场出逃也就不了了之。

然而，没有人朝我冲刺，也没有人把我擒抱在地。

就这样，两分钟变成了五分钟，五分钟变成了十分钟，康复中心渐渐消失在身后。我沿着陡峭的之字形路继续往前走，但即使到了现在，我也确信自己会被抓个现行。前面会有安检大门和摄像头，会有人站岗，他们随时都会来逮我。我感觉自己仿佛盼望着被抓一样，因为这样一来，我就有别的出口发泄怨气了。

但是，没有人出现。我继续走啊，走啊。往山上爬了一英里，两英里。我到了山顶，那里有一道栅栏，我吃力地翻了过去。脚下的地势有点儿陡。我身上是平日里的穿着，除了几根烟以外什么也没带。没有电话，没有钱包，没有钱，也没有打火机。但我仍继续往前走，没过多久，我就看到了前方行驶的车辆的灯光：那是太平洋海岸公路。我知道，太平洋就在公路的那一头。我一向对海洋有一种亲切感。我感觉大海仿佛在向我召唤，于是便开始朝着那个方向走去。

我一直在想，他们现在八成已经出来找我了。于是，我切换到了一种只能用"盗车贼状态"来形容的模式。每当看到有车驶近，我要么慌忙蹲下身，要么跳进灌木丛或沟渠，结果把脸和胳膊剐蹭得伤痕累累。我越过一道道栅栏，借助阴影的遮掩狂奔，终于来到了一片荒凉无人的海滩。明亮的月光照射在我身上，那时我浑身都是泥土、血迹和汗水。在一股冲动的驱使下，我踏进了海水之中。刹那之间，所有懊恼和沮丧一股脑爆发出来。现在的我意识到，那一刻，我这么多年来第一次完全清醒，一股强烈的省悟和愤怒席卷全身。我开始大喊起来，对上帝、对天空、对所有人，也对空无一人的空间发出大喊。喊声充斥着暴怒，既是对曾经的经历，也是对当下置身的处境。我用尽全身力气对着天空与大海嘶吼，直到把一切都发泄出来，再也喊不动为止。

眼泪决堤而出。我浑身泥泞、被水浇湿、蓬头垢面、支离破碎，衣服也又脏又破。当时的我一定像是个十足的疯子，反正我的感觉就是如此。随着我的呼喊飘过大海遁入虚无之中，平静终于如洪水般浸透我的全身，这种感觉好像上帝听到了我的呼喊。然而，我的心思很快就被一项新的任务所占据，我必须回到那唯一看似正常的地方。我必须要回到巴尼酒馆，但这并不是一项简单的任务。当时我距离西好莱坞有几十英里远。我没有手机，身无分文，回去的唯一方法就是步行。

我继续低着头，沿着海滩偷偷摸摸地往前走。途经一片片奢华的马里布豪宅，建筑在夜晚发出诱人的光辉，但是没人能看见躲在海边的我。海滩的坡度很陡，拍岸的海浪轰隆作响。脚下没有路，我几乎全程都在涉水而行，我的鞋子和裤子都已湿透，仅剩的三支烟也随时有被沾湿的危险。偶尔走到沙滩的尽头时，我便不得不攀爬过岩石，去寻找下一片沙滩。我身心俱疲，长时间没有摄入水分。我不清楚自己在哪儿，也不知道去向何处。本就邈远的西好莱坞和巴尼酒馆，如今显得遥不可及。

我来到了一段偏僻而宁静的海岸线。在稍往内陆的方向有一家加油站，我朝那里走去。我从海水中踏出，朝着目之所及的唯一一幢建筑靠近，当时我的样子一定非常虚弱。与之前的自己相比，现在的我就像是一道幻影般缥缈。我一心只想要一只打火机，说不定，我能在这里找到有打火机的人。

那天晚上，有三个人拯救了我。在我看来，他们就是我的"三贤士"[1]。他们的善良不仅帮助我成功找到了回家的路，还促使我逐渐接受了自己的人生以及人生中最重要的东西。当我一瘸一拐地走向那家不起眼的加油站时，我并不知道，第一位贤士即将出现在我的面前。

加油站里除了一个在柜台后值夜班的印度老人外，一个人也没有。我向他借打火机时，他轻声表示歉意："对不起，先生。我不抽烟。"

我目光呆滞地盯着他，然后喃喃道了声谢，跌跌撞撞地走出了加油站。我正准备继续沿着这条路往前走时，却发现那个老人已经跟了出来。"你还好吧？"他问道。

我几乎不知道该怎么回答。我不知道要从何开口，才能向他解释我有多么不好。于是，我只是用沙哑的声音问道："你有水吗？"

他指了指身后的加油站。"去冰箱那儿拿一瓶走吧，"他说，"拿一大瓶。"

我再次向他道谢，摇摇晃晃地走进加油站，拿了一瓶两升的水。我再次转身离开时，老人已经回到了他的柜台后面。"你要去哪儿？"他问。

我告诉他："西好莱坞。"

"很远哪。"

"是啊。"

"你身上没钱吗？"

我摇了摇头。

---

[1] 也称三博士，根据《马太福音》，在耶稣诞生后，来自东方的贤士作为光明使者，带着礼物来到黑暗的世界看望耶稣。

他面露微笑，拿出他的钱包，打开来，抽出似乎是最后一张纸钞的二十美元钞票。"拿去吧。"他说。

我又一次恍惚地盯着，先是盯着他，又盯着那二十美元。

"我不是个有钱人，"他静静地说，"我没什么钱。没有豪宅，也没有豪车。但我有妻子，有孩子，有孙子，我是一个富足的人，一个非常富足的人，"他用锐利的目光盯着我，微微低下头。"你是个富足的人吗？"他问。

我本能地爆发出一阵苦笑，回答说："要问钱吗？我可是个百万富翁！但是看看我吧，我在这儿向你讨水喝，甚至要拿走你的最后二十美元。"不像你，我一点儿也不富足。这句话在我脑海中闪过，但我没有说出口。

他又笑了笑，说："这些钱应该能帮助你往西好莱坞走一程。"

我说："我保证，会回来找你还钱的。"

他摇了摇头，说："不用麻烦了。下次看到有人需要帮助时，把爱心传递下去就行。"

离开加油站时，我对老人千恩万谢。他的善举仿佛一抹疗伤的药膏，一剂振奋精神的提神药。我渐渐觉得或许能够完成这段征途。在一片漆黑中，我继续沿着太平洋海岸公路往前走。每当有车经过，我就从路上闪开，躲进灌木丛中。我拖着湿透的鞋又走了几英里，一辆老福特野马飞驰而过，我蹲下身子躲了起来。当车子开离一百米远的时候，我看到一只泛着橙光的烟蒂从窗口飞出，落在公路上。我不顾一切地冲过去，想用那微弱的火星点燃自己身上湿漉漉的香烟。我赶到近前，蹲在路边，用一支烟的火接续下一支，连抽了三支烟。我对着天空点头，感谢上帝的恩赐，然后继续向前走。

我的第二位贤士是在几英里外的下一家加油站遇到的。那时我疲惫不堪，仍然湿漉漉、汗涔涔，仍然浑身是血和泥。我跟跟跄跄地走进加油站，向里面一位工作人员求助。那人一口拒绝，抱起双臂，让我离开。时间已将近午夜，目之所及只有一辆停着的车，这也是我很长时间以来看到的第一辆车。我迈着蹒跚的步子走过去，小心翼翼地轻轻敲了敲车窗。司机是一个块头有我两倍大的年轻黑人，他降下车窗。我开口问道："伙计，我知道这听起来很奇怪，但是……"

他摇摇头："我只接优步的单。想搭车，先用手机预约。"

但是我没有电话。除了身上又湿又破的衣服和那个印度老人给我的二十美元钞票，我一无所有。我胡编了一个不着边的故事，说女朋友和我大吵了一架，把我扔在了这个前不着村后不着店的地方。我说我只有二十美元，恳求他尽量把我往西好莱坞带一段路程，直到钱花完。我当时的样子一定惨得可以，按理说他应该看我一眼，摇摇头，把车窗摇上。但是他并没有这么做。他上下打量了我一番，然后示意我跳上后座。坐上座椅的感觉，从没有这么舒服过。"你要我带你去哪儿？"他问。

我告诉他巴尼酒馆，并重申我只有二十美元，钱一花完，他大可把我放在路上。然而，他只是摆了摆手，并没有把我的郑重声明放在心上。他或许已经看出我现在的状态不适合徒步走回西好莱坞，或许就像之前加油站的那位印度老人一样，他只是单纯好心罢了。"我把你带过去。"他说。他的慷慨让我费解。他不想要本签名书吗？不想给自己的孩子们要张我的照片吗？不。他只是想帮助一个身陷绝境的人。于是，他把我一路带到了目的地。这段路的车费得有六十美元，甚至不止。我恳求他写下名字和电话号码，好日后报答，但他又一次摆摆手，让我别放

-253-

在心上:"别担心,兄弟。举手之劳。"

他把我送到巴尼酒馆门口时已经是凌晨一点半了。我最后一次向他索要电话号码,好在日后补上车费,但他怎么也不答应。就这样,他驾车而去,消失在视线之外。从那以后,我再也没有见过他。

我走向巴尼酒馆。这是酒馆的逐客时间,大多数的顾客都已离开。不敢相信,承蒙陌生人的意外善举,我居然真的回到了这里。我拖着脏兮兮的疲累的身体,跟跟跄跄地走到门前。在那里,我遇到了酒馆的门卫尼克。由于我是这里的常客,他对我非常熟悉。他上下打量着我,看出今天的情况有些反常。但是他什么也没说,只是退到一边,把门让出,说:"兄弟,你来晚了,但如果你想进来抓紧时间喝一杯……"

我走了进去。酒吧里还有几位常客捧场,我的目光立刻被他们的酒水所吸引,我突然意识到,在过去四十八小时的大部分时间里,我完全没有碰过酒,甚至没有想过酒。我目光涣散,纳闷自己为什么会来这儿。酒保不假思索地把一杯啤酒放在柜台上,我本能地一把夺过来,却突然意识到自己对酒根本不感兴趣。我从吧台边退开,走出酒吧大门。当时,尼克正在赶最后一批酒客,看到我盯着一片虚空,他问道:"兄弟,你还好吗?"

"你能借我二十美元吗?"我说,"这样我就有钱回家了。"

尼克凝视了我许久,开口道:"你的钥匙在哪儿?"

"没有,兄弟,"我说,"我什么也没有。"就在说这话的时候,加油站那个印度人的声音浮现在脑中:你是个富足的人吗?

"跟我一起回我家吧,"尼克说,"现在就走。"我没有反驳。

那天晚上,尼克把我带回了他的家,成为我的第三位贤士。

这是一间小公寓，但温馨舒适，散发着友好的气息。他让我坐下，给我沏了不知多少杯茶，在接下来的三小时里听我倾诉。言语如洪水般迸发而出，从未明确表达过的焦虑从内心的某个地方涌上来。就这样，我的真实处境逐渐浮出水面。我终于直面了那个太久以来一直不敢承认的现实：我不再爱杰德了。毫无疑问，我的事业能够得以保持正轨，她的帮助功不可没。但我已变得太过依赖她，以致个人的幸福甚至观点也要依附于她。这种依赖蒙蔽了我的双眼，让我对一个不愿面对的现实视而不见：我对她的感情已经变了味儿。我们对生活的追求有所不同，但我并没有诚实地面对她，更重要的是，我没有坦诚面对自己。如果想要挽救自己，如果想要给杰德一个公平的交代，我就必须告诉她真相。

这时，太阳已经升上了天空。事后我才得知，警察在外面找了我大半个晚上，杰德和所有的朋友也在找我。他们以为我已经在马里布森林的某处丧了命，或是在某个监狱的牢房里饱受煎熬呢。天亮时，我借用了尼克的电话。我联系到杰德，告诉她我的位置。

听到我的声音，知道我安全无事，杰德长出了一口气。她过来接上我，我们一起回了家。我和她坐下来，向她诉说了我的感受。我们彼此不加掩饰，任感情尽情流露。这次谈话改变了我们两人的人生轨迹。我的话无论对于说者还是听者，都很沉重。我告诉她，在她的余生里，我愿意为她做任何事，这话字字发自内心。但是，我需要重新寻回已经迷失的方向。她用我不配拥有的宽容与优雅接受了我的解释。就这样，我们的关系结束了。

我整晚都在寻找回家的路，但我意识到，现在的我还没有真正到"家"。这段经历耗损了大量的感情,让我的心中充满了愤恨与困惑。但我渐渐开始理解,这件事的出发点是对的,我的确需要寻求帮助。这一次,我要为了自己接受治疗。

# 第27章
## Chapter 27

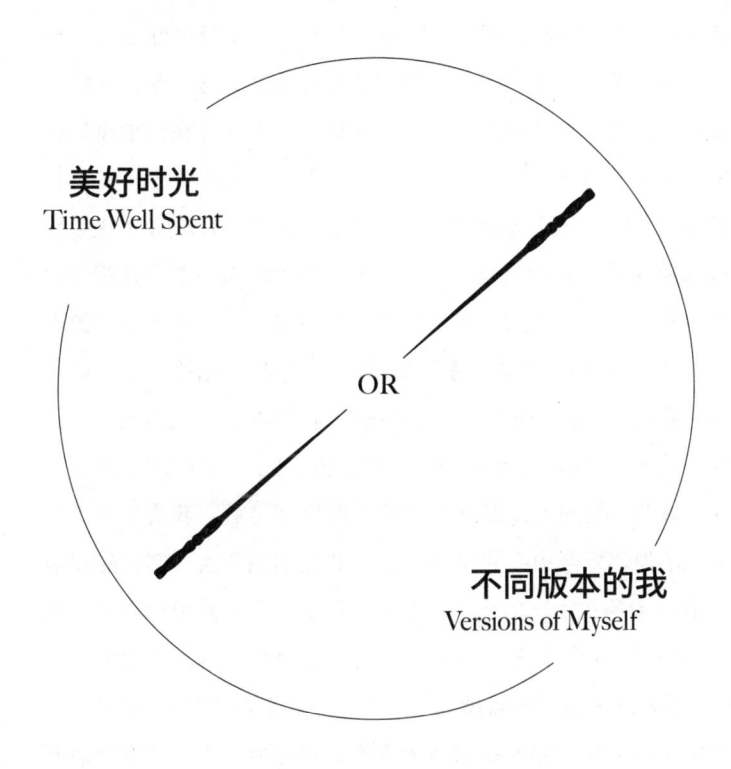

**美好时光**
Time Well Spent

OR

**不同版本的我**
Versions of Myself

"康复中心"这个词被蒙上了污名，但我觉得不该如此。重新与自己建立联系的这几个星期，是我生命中最美好也最重要的一段时光，然而当时的我还完全没有领会到这一点。我的干预经历充满了痛苦和耻辱。第一家机构并不适合我，但事后看来，能够经历这一切我非常欣慰。因为，这段经历让我得到了一些领悟，而这些领悟，让生活变得更加美好。我不认为我对酒精的迷恋必须通过干预来戒断，但我很高兴自己选择了这条道路，因为这段时光迫使我暂时远离了那个让我不快乐的世界，给了我一些清醒思考的空间。我逐渐意识到，在被迫接受干预的那天，房间里每个人之所以到场，是出于对我的关爱。这不关乎我的事业，也不关乎我的价值，他们关心的是我本人。

在与杰德进行了那次难以启齿的谈话之后，我决定住进一家位于加州郊野中心的机构。这家机构坐落于人迹罕至的偏僻之地，面积比上次的要小，是一所家庭经营的康复中心，一次最多治疗十五位病人。这里远远算不上医疗机构，而更像是遇到问题的年轻人的避难所。这里共有两幢房子：一幢男孩子住，一幢女孩子住。这里的患者大多都是处方药成瘾，伴有酗酒问题，并不是上次我被迫待在一起的较为严重的患者。并不是说他们没有困难：他们有成瘾症状，而且一眼就能看出，他们的问题要比我更严重。但是，我立刻和他们产生了一种惺惺相惜的感觉，在那里，我不再觉得自己像之前那样格格不入。

突然之间，每天的生活有了严格的作息表。我发现自己想念这种规律感。整个童年，"哈利·波特"的拍摄工作都将这种规律感强加在我的身上，而我却不自知。有人告诉我什么时候到场，站在哪里，往哪里看，说什么台词。这种确定性有一种镇静心灵的作用，但如果生活中长期存在这种确定，一旦缺失，你就有可能迷失方向。现在这种感觉又回来了。我们在日出时醒来，做晨间感恩冥想。在此期间，我们会围坐成一圈，其中一人会读一首诗，一则谚语或一段祈祷词，确定一天的目标。这些目标是一个个容易达成的小目标：比如，我可能会保证今天少顶嘴（从前的年少轻狂还没有完全远离我）。我们会吃早餐，早餐之后的一整天，由多节一小时的课程组成，中间穿插着五分钟的休息时间。其中一些是小组集体课程，一些是单人课程，分为认知行为疗法、催眠疗法和一对一咨询，等等。我们有时大笑，有时痛哭，开诚布公地交流自己的想法、问题，以及导致我们走到这一步的根源。

治疗期间最激动人心的环节，是我们获准离开康复中心，到威尼斯海滩，在一辆为无家可归者提供餐食的餐车上做志愿者。我很享受志愿者之间的友谊。这些志愿者有些是接受治疗的人，有些是当地人，有老年人，也有年轻人，不过大家都抱着一个共同的目标，也就是帮助那些有需求的人。只要抱着一颗乐于助人的心，你是谁、做过什么都不重要。我乐在其中。（我甚至学会了做墨西哥卷饼，这个词我以前只在《瘪四与大头蛋》

里听过。）

治疗中，大家都是彻头彻尾的陌生人，各有各的脆弱和伤痕。在这样的环境里，大伙很快就会变得亲密无间，仿佛融入了一个大家庭一般。在短短几天的时间里，你就会开始发自内心地关心起病友，这本身就是一种颠覆认知的经历。以前待在家里的时候，我时而会对任何事情都缺乏激情，什么事都没法让我打起起床的干劲。我太过囿于自己的视角，没法对任何人表示同情。但在这里，无论是和陌生人一起在我的吉他上手绘图案，还是拿我的尤克里里教大家几个和弦，都成了日常生活中最重要的事情。大家全都敞开心扉地畅所欲言，渐渐地，我们对彼此的关心甚至超过了对自己的关注：这就是心理健康中的终极工具。那些曾让人不知所措的事情，一下子就变得豁然开朗起来。

康复中心的规矩帮我回到了正轨，我从中受益匪浅。但是，规矩也是我的死穴。让我们面对现实吧：遵规守矩从来不是我的强项。

在这里，个人空间非常重要，我们不能彼此触碰，感情流露更是大忌。拥抱呢？想都别想。虽然现在明白了个中原因，但在刚开始的时候，这些规则让我费解。但是，我毕竟刚刚结束一段长期的恋爱关系，周围又有许多漂亮姑娘，其中一个尤其惹眼。有几次我们以倒垃圾为借口跑到房子的一侧亲热，结果被治疗师抓了个正着。一天晚上，我犯了大忌，竟然偷偷溜进了女生寝室。说实话，我真的没有抱什么邪恶的念头。晚饭时她的话很少，我只是想确认一下她没事。但是一听到敲门声，我便立即担心会被逮住训斥一通。于是我趴在地板上，滚到床底下躲了起来。门开了，我屏住呼吸，只见一双鞋朝我这边走来。鞋子在床边停了下来。一阵尴尬的沉默之后，一个头朝下的女人面孔出现在眼前。我尽力挤出一个讨喜的笑容，轻轻挥了挥手，细声说了一句："你好！"

"怎么回事？"

"什么事也没有！"

"那你为什么在她床底下？"

"不为什么！"

我必须承认，当时的情景很不妙。女人用失望的眼神看着我，像极了我被捕时妈妈的眼神。

第二天，我获准外出为一部动画片录制旁白。当时我已经在康复中心接受了三个星期的治疗，完全恢复了清醒，头脑一如往常的敏锐，身轻如燕，斗志昂扬。干预师把我接走，带我去了摄影棚。完成工作时，我更觉春风得意。但就在我上车之前，干预师却突然告诉我不能再回去继续治疗了。我的东西已经被打好包，我只能拿上行李，跟大家不辞而别。看来，我那孩子气的惹是生非，没有给他们留下什么好印象。

我又急又气，眼泪夺眶而出，满腹怨气无处发泄。我们回到康复中心，我乞求他们不要把我赶走。我花了几个小时的时间，把应该让我留下的理由滔滔不绝地讲了个遍。我泪流满面地瘫坐在地板上，想要让他们明白这个决定是错的，我一定会表现得更好，然而他们却毫不让步。他们说我违规了太多次，扰乱了其他人的康复过程，必须离开。

接下来的一周，我都在恍惚中度过。我曾在一个全新的世界度过了一段时光，和一群我非常在乎的人共处。但转眼之间，我不再是这个团队中的一员，我真的很想念大家。然而那三周的时间改变了我的一生。我意识到，在此之前自己一直处于麻木的状态之中，并不是说我想从桥上往下跳，而是从桥上往下跳和中彩票对我而言似乎没什么区别。我对任何事都提不起兴趣，无论是好事还是坏事。就算知道要出演下一任詹姆斯·邦德，我也不以为意。但现在，我又重新找回了喜怒哀乐，火力全开。这些情绪有的积极，有的消极。但无论如何，都好过麻木不仁。

他们有权让我离开康复中心，有权禁止我与那里的家人道别，但他们无权阻止我每周四到威尼斯海滩的餐车上做义工。

除此之外，我真的不知道还能去哪，或是能做什么。有时，威尼斯海滩的木板路让人触目惊心，满眼都是可怜人，他们无家可归，苦苦挣扎。从餐车上提供免费食物时，你得到的是怯懦而怀疑的回应。但接到食物之后，他们感激不尽，让参与其中的我获得莫大的满足感。不过其实当时我也没有什么人生方向。一次在木板路上做志愿者时，我看到了一位老朋友，他约我晚上去他家吃饭，我欣然接受了。

他的名字叫格雷格·西佩斯[1]，是一名演员、配音员，也是倡导动物权利和环保的活动家。他和一只名叫"得力干将[2]"的狗狗住在木板路上一间狭小的公寓里。他是一位素食主义者，烟酒不沾，是我见过的最整洁也最包容的人。我想，在这里住上几晚应该是个好主意。就这样，几晚上延长成了几个月，我借宿在瑜伽垫上，伴着夜间屋外木板路时而发出的可疑声音入梦，

---

[1] Greg Cipes，美国演员、配音演员，作品有《少年泰坦出击》等。
[2] 原文为Wingman，僚机驾驶员。

每天早上六点，得力干将都会舔着我的脸把我唤醒。那段时光彻底改写了我的人生剧本。

用格雷格的话来说，在海中畅泳就相当于按下了重置键。他告诉我，重置之后我们总能做出更明智的决定。起初我还有所抗拒，但几个星期之后，我便接受了他的哲学。我们每天都要至少按下两次重置键，早上一次，晚上一次。在奔向大海之前，我们会向天空伸出双手，念一段简短的祈祷，深吸三口气，然后继续冲进大海，像孩子一样欢呼呐喊。格雷格还告诉我，从水里出的时候，你应该一边向天空举起双手一边道谢，对生命中所拥有的一切表示感恩。格雷格告诉我，一次，爱因斯坦在他梦中出现，说在海滩上倒着走能够开拓新的神经通路。于是我们总是在海滩倒走，双眼盯向大海，一路上捡起散落的塑料垃圾。他告诉我："离开一个地方时，试着让这里的环境比你来时更美好。"

另外，格雷格还喜欢和海鸥对话。一开始我觉得很荒谬。他会捏细嗓门，用非常亲昵的语气对海鸥说："你们太美了！你们可真棒！"刚开始我并没有参与进去，说实话，我觉得他有点儿神经兮兮的。后来，他跟我讲述了他的理论，说海鸥是世界上最聪明的鸟儿。我问他为什么，他回答："你能想出另一种这么爱在海滩上享受生活的鸟吗？"我无可辩驳。现在，只要待在洛杉矶，以上这些都是我的每日必修课。

有些人认为格雷格有点儿癫狂。他留着嬉皮士式的长发，穿着自制的古怪装束，无论到哪都要带着得力干将，还说它是自己的导师。他说话时语速缓慢，平静得让人难以置信，还偶尔会冒出让人摸不着头脑的语句。但是，没有人能像他这样无条件地给予我善意、慷慨和理解。从没有人像他这样给我启发，让我了解自己，也从没有人像他一样不断地为我指引寻找光明的新方法。

格雷格会说，他什么都没教给我，他只是个见证人。

和格雷格相处几个月后，三十一岁的我决定在威尼斯海滩买下一间小屋，重新开始生活。我购置了新衣：其中大多是从旧货店里淘来的，而且大多带有碎花花纹。我还收养了一只叫威洛的拉布拉多犬。我又能享受做自己的乐趣了。我不再是那个在好莱坞山上有大房子的明星汤姆，也不再是那个坐在橙色兰博基尼方向盘后的汤姆。我变成了另一个汤姆，一个满怀善意的汤姆。我每天都会去海滩散步，我会选择自己想接的工作，而不是被迫接受别人认为我应该接的工作。最重要的是，我重新找回了人生的决定权。我不再只是为了交际而出门，也不再因为别人让我交际而出门。现在的生活比以往任何时候都更加美好。

因此，几年后的某一天，当麻木感毫无征兆也没有诱因地卷土重来时，我才会感觉如此措手不及。无缘无故地，我忽然失去了所有爬起床的理由。如果不是为了照顾威洛，我可能根本不会爬出被窝。我强忍了一段时间，先告诉自己这种感觉一定会过去，然后又接受了它根本不会过去的事实。我下定决心，必须主动采取行动，不让自己再次陷入这种感觉之中，或者说这种无感的麻木之中。

起初我非常抵制入住康复中心的想法，但现在的我已经不是当时的自己。我已经逐渐接受自己天生有情绪突变的倾向，而不是拒绝承认现实。我放弃了一切控制权，在朋友的帮助下找到了一个可以寻求帮助的地方。坦诚地承认，这是我做过的最艰难的抉择之一。但是能够向自己承认我需要帮助，并且决定为此付出行动，那一刻本身就承载着重大意义。

我不是唯一会出现这种感觉的人。每个人都会在人生的某个阶段经历身体上的疾病，同样，我们也都会经历精神上的疾病。这不是什么值得羞耻的事，也不是软弱的表现。我之所以决定把这段经历写下来，一部分原因是希望通过分享自己的经历，为其他正在挣扎的人提供帮助。我在第一家康复中心学到，帮助别人是对抗情绪障碍的有力武器。另一个有效的方法是把所有的想法和情绪都倾诉出来，而不只是进行浅薄的表达。我发现，这一点在美国文化中更容易做到。英国人比较保守，有时会把谈论自己的感受视为一种放纵。事实上，这种表达至关重要。所以我也在此跟大家挖掘一下内心深处的声音。我不再羞于承认现实：我感觉不对劲。直到今天，我依然不知道一觉醒来后会遇见哪个版本的自己。或许，就连刷牙、挂毛巾、喝茶还是咖啡这些最微不足道的琐事或决定，都能把我搞得不知所措。有时候，我发现度过一天最好的方式就是给自己设定容易实现的小目标，让我能从这一分钟坚持到下一分钟。偶尔会有同感的你并不孤单，我强烈建议你与别人谈谈心。我们可以欣然地沐浴在阳光下，但很难享受被雨浸湿的感觉。但是，阳光与雨水缺一不可。天气变化无常，在心灵的银幕上，悲伤和快乐也应得到同等的关注。

说到这里，让我们回到康复中心的话题，以及这个词所承受的污名。我绝非是说心理治疗微不足道，想要迈出这第一步谈何容易。我想做的，是尽己所能地让这个概念常规化。我认为，人人都需要接受某种形式的心理治疗，所以公开谈论我们的感受又有什么不正常的呢?"我们队踢赢了足球比赛,我很高兴。""裁判没给判罚,我很气愤。""真想知道他们下一个会签约的球员是谁呀。"如果我们能抱着如此热忱讨论和倾听诸如足球这样的话题,那为什么不能用同样的态度对待那些讳莫如深的事情呢?"今天早上我起不了床,一切都那么沉重。""我不知道人生有什么意义。""我知道我是被爱的,但为什么还是感觉这么无助呢?"与其将治疗视为放纵或疾病所带来的后果,我们应该逐渐看清其本质:治疗提供了一个意义重大的机会,让你从脑中的杂音、世界的压力和对自己的期望中暂时抽身。你无须在康复中心待上三十天,只需在一年中花三十小时与别人谈论自己的感受,用三十分钟为一天确定积极的目标,或者花三十秒钟专注一呼一吸,提醒自己享受当下。如果说入住康复中心不过是花些时间好好照顾自己,那么,这又何尝不是一段物超所值的美妙时光呢?

# 后 记

让我们回到现在，回到我现在居住的伦敦。在写下这些文字的时候，我在洛杉矶的冒险经历已经成为过去，从某种程度来说，我感觉自己好像又回到了原点。现在，我的生活变得更加安稳，也更加平常。每天早晨，我会在位于伦敦北部茂密石楠丛中的房子里满怀感激地醒来。我戴上耳机，一边听早间新闻，一边带着仿佛总在搜寻松鼠的威洛散步。回到家后，我会给自己做一个火腿奶酪三明治（我的口味还停留在九岁小孩的水平），花些时间读读剧本或是听听音乐。然后，我会骑着自行车去伦敦西区，出演自己的第一部舞台剧。

这部戏的名字叫作《鬼宅2:22》[1]，每次演出前，在准备踏上舞台时，我都会情不自禁地思考故事在我生命中的重要性，以及为大家带来的宝贵价值。稍不留意，我们就会忽视故事的意义。二十年前的我就差点儿犯了这个错误。那时，我和一群满怀希望的少男少女一起排队等候，想要出演一个住在楼梯下橱

---

[1] *2: 22 A Ghost Story*，珍妮和丈夫山姆在伦敦新买的房子在凌晨2点22分闹鬼，这对夫妻与另一对情侣决定熬夜等到那时一探究竟。汤姆饰演男主角山姆。

柜中的小男孩的故事。[1]在当时的我看来，这不太算是一个故事。坦白来讲，我甚至觉得剧情听起来有些荒谬。当然，现在的我有了不同的看法。在这个世界上，我们似乎越来越需要搭建理解的桥梁，心灵相通。我猛然发现，很少有事物会像"哈利·波特"所塑造的魔法世界一样成功地做到这一点。

能够成为这些故事中的一员，让我感到谦卑，这也是一份非凡的荣誉。我比以往任何时候都更加雄心勃勃，希望利用艺术和故事的力量，将接力棒传递给下一代。

我从没有重读过"哈利·波特"系列小说，除了在首映式之外，我甚至没有完整看过全片，这或许会让一些人感到难以置信。有时，我正和几位朋友坐在电视机前，适逢其中一部播放，必然引来大家对"'哈利·波特'里的烂人"或"骑扫帚的讨厌鬼"的阵阵调侃。但是，我从来没有刻意坐下来从头到尾地把电影看完。并非因为我不以这些电影为傲，恰恰相反，真正的原因在于我想要把这些电影留到我未来最期待的时刻：终有一天，我要与自己的小麻瓜们分享这些故事，一起读书，然后再一起看电影。

几年前的一个晚上，当我逃出康复中心，独自一人不知方向地走在马里布的海岸线上时，我遇到的第一位贤士问了我一个问题："你是个富足的人吗？"当时的我几乎不知道该如何作答。我不确定自己真的理解了这个问题。他告诉我，他是个富足的人，不是因为他腰缠万贯，而是因为他有家人相伴。他知道生命中重要的东西是什么，他知道再多的金钱、名誉或赞美也永远不会让他满足。他知道，帮助别人，别人就自然会将这份善意传递下去。现在，我也明白了其中的真谛。生命中唯一真

---

[1] 指"哈利·波特"系列电影。

正的财富,是我们对身边之人的影响。

  我知道,我的人生是幸运的。对于赐予我如此多机遇的"哈利·波特"系列电影,我将永远心怀感恩并且引以为傲。我更为各位粉丝感到骄傲,是他们让魔法世界的火焰越燃越旺。我每天都提醒自己,能拥有这样的生活是多么幸运。在这样的人生中,爱情、亲情和友情都是我最重视的珍宝。我很清楚,所有这些都是"哈利·波特"系列教给我们最重要的一课。领悟到这一点,我才真正成为一个富足的人。

新 章
New Chapter

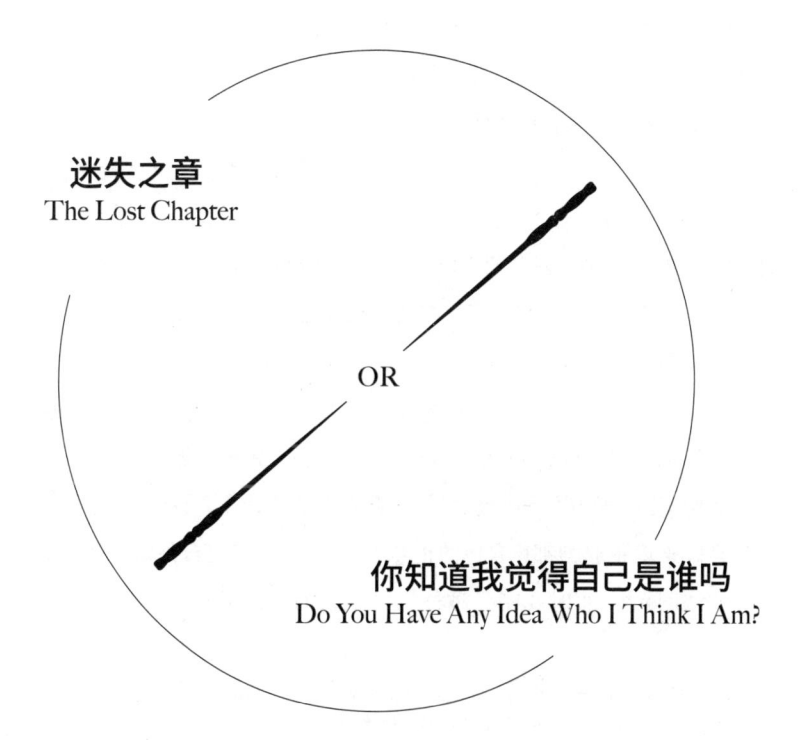

迷失之章
The Lost Chapter

OR

你知道我觉得自己是谁吗
Do You Have Any Idea Who I Think I Am?

*如果我是真实的，如果我是诚实的，*
*如果我把心里话和盘托出，*
*我便能看到希望，看到承诺，*
*看到一个属于我的新世界。*

——汤姆·费尔顿，《更加迷失》[1]

我想带你们去好莱坞山，参加一场星光熠熠的圣诞派对。

你们会紧张吗？会不会担心自己会格格不入？

别担心，我也一样。

时间回到2013年。那时我刚刚开始拍摄《谜案追凶》，也就是那部最初促使我搬去洛杉矶生活的电视剧。派对的主办者是斯蒂芬·博奇科——很遗憾，斯蒂芬已经离开了我们。许多经典好莱坞犯罪剧都出自他的创意，比如《希尔街的布鲁斯》[2]和《洛城法网》[3]。当时我刚到洛杉矶，认识的人也不多，而斯蒂芬从

---

1 *LoSTteR*，汤姆的一首歌曲，收录在2021年专辑《呦嗬》(*YoOHoO*)中。
2 *Hill Street Blues*，1981年首播的美国警探刑侦剧。
3 *L.A. Law*，1986年首播的美国法律剧。

一开始就对我照顾有加：他为人友好，而且很顾家，对影视行业充满热情。作为好莱坞的重量级人物，他的圣诞派对当然会让业内大牌赏光，不过一走进门，温馨舒适的气氛也会让人如沐春风。

就这样，我走进了斯蒂芬的家，虽然有些格格不入，但也感受到了宾至如归的温馨。没想到一杯菲士鸡尾酒[1]搭配巧克力火锅，竟对提升自信有如此奇效。我品了一些甜点，喝了几口酒，在角落里站了一会儿，然后加入了一场谈话。大家看起来都很友善。我开始觉得或许我是在自己吓自己，或许我在好莱坞还是能站得住脚的，或许，我现在还不该卷铺盖回英国。

随着年龄的增长，你的眼角余光会变得越发敏锐，或许是你学着辨识校园恶霸的结果，又或者是在车技精进的过程中变得敏锐。当你发现自己被人认出来的时候，余光一定会以一种独一无二的方式发挥作用。我站在那里时，突然注意到一个身穿时髦西装的秃头小个子在人群中逶巡前进。毫无疑问，他是奔着我来的。

不一会儿，他就出现在我的面前，面带微笑，散发着热情和友好。他用看熟人一般的目光看着我，仿佛与我非常熟络，那双眼睛好像在说：我绝对认识你。我笑了笑。他的嘴咧得更大了。我的心中涌起一股暖意，感觉更加放松自在。他和我握了握手，说：" 见到你很高兴，真是太高兴了。我爱死你的作品了，在洛杉矶一切都好吗？"

"哦，就那样吧，"我带着英式的自谦回答，"慢慢适应，学会享受。"

"那就好，简直太好了，"他掏出一张名片递给我，"如果你

---

[1] 一种鸡尾酒，原酒或利口酒与糖和柠檬混合后兑入苏打水。

有什么需要，我是说无论任何需要，请随时给我打电话。"我看了看名片，上面写着他的名字，名字下方写着"辩护律师"。说不定哪天会派上用场，我想。

"听着，老兄，"他说，"我得跟你说实话，掏心窝的实话。我们是你最忠实的粉丝。我们全家都对你迷得不得了。"

"谢谢你。"我有点儿不好意思。

"不，不，不，你没听懂我的意思。在我家里，成天都在播你的戏。电视荧屏上每天都是你，我们天天都能看到你的脸。"

"我真是太受宠若惊了。"

"我有两个孩子，她俩事事都对着干，唯独对你喜欢得死去活来！"

"听你这么说，我很高兴。我猜她俩是伴随着这些故事长大的吧？"

"那还用说！每天晚上必看，"他抓住我的胳膊说，"等一下，哪儿也别去。我要去把我的妻子和女儿找来，她们保准想要一张合影。"

他急匆匆地去找家人，我则站在原地等待。我开始飘飘然，还颇有些沾沾自喜之情。洛杉矶的一位大人物对我的作品钟爱有加，还特地去找家人来合影。今晚的派对忽然变得美好起来，突然之间一切都没那么可怕了。

这时，他领着妻子和女儿回来了。"我的上帝呀，"他的妻子说，"你简直把角色演活了，惟妙惟肖。"

"哎呀，谢谢夸奖，"我带着满满的谦虚回答，"只是尽自己的一份力而已。"

她对我露出灿烂的笑容。那位女儿呢？她笑得不如母亲那么灿烂，而是疑惑地挑起一侧的眉毛。我把这解读为青少年想要装酷。

"请告诉我,"为了把谈话继续进行下去,我拾起话头,"你们最喜欢哪一部?"

那位妻子皱起眉头,好像我是在逼她选出最喜欢的孩子。一番深思熟虑之后,她回答说:"要我说……第三季。"

第三"季"?大家不是一般都直接说《哈利·波特与阿兹卡班的囚徒》吗?不过,嗨,可能只是英美的叫法不同吧。美国人说英语可真是不着调!

一家人把我围住,律师把手机递给另一个人拍照。"说吧!"他边说边用手肘戳了戳我的肋骨。

"说什么?"我问道。

"说你的台词啊!"女儿回答。

台词?他是指哪句台词呀?难道是想让我叫他们全家"肮脏的泥巴种",还是警告他们"我要告诉我爸爸"?[1]

对方把手机举起来准备拍照,我正准备咬牙切齿地挤出一句"波特!",但律师抢先一步,把那句"台词"用他的版本演绎了出来。

他大声喊道:"那还用说,爽爆啦!!"[2]

我像是车灯下的兔子,惊得目瞪口呆。我突然意识到,我不是他们心里想的那个人。他们没觉得自己身边的人是德拉科·马尔福,而以为是在和《绝命毒师》[3]里的杰西·平克曼共度良宵。他们把我错当成了演员亚伦·保尔[4]。

---

1 这两句都是德拉科·马尔福的口头禅。
2 《绝命毒师》中杰西·平克曼的口头禅,原文"Yeah, bitch"有"爽爆了/当然了/他妈的还用说"等意思。
3 Breaking Bad,2008年到2013年播出的美国犯罪电视剧。
4 Aaron Paul,美国男演员,因出演《绝命毒师》中的杰西·平克曼一角而闻名。

"说呀！说台词呀！"

我惊慌失措，对着镜头咧嘴一笑，竖起两手的大拇指，勉强挤出一点狂野的表情，大声喊道："那还用说，爽爆啦！！"

咔嚓！

一家人欣喜若狂。不难看出，我让他们度过了美好的一夜，就连那位女儿似乎也挺满意。他们以为自己和了不起的亚伦·保尔合了影，但我却不忍心戳穿真相。事情发展至此，已经没有挽救的余地了。

就这样，我又稀里糊涂地寒暄了几分钟，然后这家人向我道别。我像拥抱老朋友一样一一拥抱了每个人。时至今日，我仍不清楚他们最后到底发没发现派对上碰到的人不是平克曼，而是德拉科。

时间继续往前倒转。

那是2012年，我有生以来第一次到洛杉矶，在一家酒店落脚，心想成功演员的生活就该如此。洛杉矶给人的感觉很棒，而且说实话，刚到的时候，我还以为自己可能每次穿过大厅都会被人认出来。但你猜怎么着？大家见到我时毫无波澜，我完全不用担心被别人认出来。刚开始的时候，这种不被认出的状态反倒清闲，但后来我才意识到，压根就没人知道我是谁。

直到一天晚上，我在日落大道一家超大的麦当劳排队，想要点一大份麦乐鸡套餐外加一个汉堡。我像所有低调、不惹事的英国人一样，戴着耳机静静站在队伍里。突然，我感觉有人在我的右肩上狠狠拍了一下。我摘下耳机，看到对方是个女性，她既难掩兴奋，又有点儿迟疑。

"请问有什么事吗?"

"真的很抱歉……不好意思打扰了……但你是不是……?"

我微微点头,开始露出微笑,心里很确定她接下来要说什么。

她环顾四周,压低声音问道:"你不会是瑞恩·高斯林[1]吧?"

我被逗得笑出声来。她是在耍我吗?显然不是。我让她把刚才的问题写下来,因为即使是我,也被《恋恋笔记本》[2]里的瑞恩·高斯林迷得神魂颠倒。

(从那以后,再也没有人把我错认成瑞恩·高斯林了,但我的希望之火尚未燃尽。)

让我们回到老地方巴尼酒馆,喝点冰镇清爽的啤酒。还记得巴尼酒馆吗?那是我逃避世界的世外桃源。一天,我来到酒吧,与几个当地人闲谈,这时,两个男人向我走来,脸上带着有话要说的表情。最后,其中一个人张口问道:"说说看,你最喜欢哪一部的故事?"

"都喜欢,"我回答说,"每一部故事都很精彩。"

"我们喜欢你爸爸……"

"对,詹森,他人特别好……"

"……把家里的旧沙发带到垃圾场的那一集。"

我眨了眨眼,茫然地盯着他们。虽然我算不上是哈利·波特百科全书,但仍然很确定卢修斯从没扔过什么沙发。遇到这

---

[1] Ryan Gosling,加拿大演员,金球奖得主,多次获奥斯卡金像奖和英国电影学院奖提名。
[2] The Notebook,美国浪漫爱情电影,通过倒叙讲述了一对年轻情侣的故事。

种活儿，他肯定会扔给多比[1]去做。于是我回答道："我想你们可能认错人了。"

"你是《马尔科姆的一家》[2]里的那个演员，对吗？"

"哦，我明白了。不，我不是他。"

两人面面相觑，又回头看看我，然后咧嘴笑了起来："伙计，你怎么不告诉别人你就是《马尔科姆的一家》里的那个演员呢！这样一来，姑娘们都会对你投怀送抱的……"

我又眨了眨眼，再一次茫然地盯着他们，心中暗想：我应该把真相告诉他们。我可以这样说："兄弟，我没有冒犯你们的意思，但你们可能看过我演的……"

但我没有这么说，而只是尽可能委婉地回答："好的，兄弟们。这是个好主意，我回头找机会试试。"

说完，我又继续默默喝起啤酒来。

在拉斯维加斯一间人来人往的酒店大堂，我正在和朋友里奇一家旅行，庆祝我们俩的二十一岁生日，那时的我还顶着一头马尔福的金发。突然，我听到有人大声喊道："艾米纳姆！"[3]

什么？在哪儿呢？我环顾四周。人群骚动起来，大家都在找他，我也跟着一起找。若问我想不想瞻仰金发反派的鼻祖本尊？那我就要用我的老友杰西·平克曼的口头禅回答：那还用说，

---

[1] 多比是"哈利·波特"系列中的家养小精灵，原是马尔福家族的家仆，饱受侮辱和责骂，后来在哈利的帮助下获得自由。
[2] *Malcolm in the Middle*，美国情景喜剧，于2000年至2006年播出。书中所指的是第二季的第二十四集，讲家里有了新沙发后，父亲不得不把旧沙发带到垃圾场去，由此引发了一场事故。
[3] Eminem，美国说唱歌手、词曲作者、唱片制作人、演员。

爽爆啦！我正和里奇在大厅里四处张望的时候，突然感觉有人在拽我的袖子。我低头一看，是一个大约九岁的男孩，他双眼圆睁，手里拿着一本签名簿。他羞答答地让我帮他签名，于是我跪下来平视他，和他简短聊了几句，在签名簿上签下名字。与此同时，大厅里的其他人仍在疯狂地寻找着埃米纳姆。我把签名簿递回去，那个孩子对我说："知道吗，你长得好像艾米纳姆呀。"（这可能是别人对我说过最酷的话了。）

里奇和我四目相视，里奇点点头说："别说，还真有点儿像。"真相终于大白。俗话说得好：见势不妙，溜之大吉。我们蹑手蹑脚地离开人群，把大厅留给仍在急切地寻找名人的看客们，他们似乎仍然很确定，饶舌大神本人一定就在他们中间……

我之所以在自传第一版[1]问世后专门补写这部分内容，想要与大家分享这些故事，是有原因的。

对于活在公众视线中的人来说，被人认出或认错都是家常便饭。这有时让人兴奋，有时让人沮丧，可以让人信心大振，也能把人拉回现实。这种体验会让人迷失方向，因为当人们把你错当成你或别人饰演的角色，或者干脆认成一个不沾边的人的时候，你也可能会逐渐犯起同样的错误来。一位演员前辈曾告诉我，当人们认出或者半猜出他的身份时，他会这样回应：你知道我觉得自己是谁吗？这句回应有时可以巧妙地缓解尴尬，但同时也暗示了一个更深层的事实：我们这些活在公众眼中的人，往往连自己也不知道自己是谁。我们的自我意识是扭曲的，看待自己的眼光也未必准确。

---

1 指在英国首次出版，本章内容是汤姆为了平装版本发行而新增的章节。

在这本书出版之前，我不确定有没有人知道我觉得自己是谁。说老实话，连我自己也说不清楚。之所以增补这一章，就是为了记录我在这本书出版以来发生的变化，而变化的原因就是你们，我的读者们，成就今天的我的麻瓜们。

在过去的二十年里，我对于人们认出我的原因深信不疑。无论是过去还是现在，我都是一种存在于现世的化身，代表着大家阅读或观看哈利·波特的故事留下的美好记忆。我敢肯定，即使其他演员的粉丝把我认错成他人的时候，他们潜意识中的某种德拉科侦查警报也会响起。

对于这个现实，我没有一丝怨恨，但归根结底，那些记忆全都关乎于德拉科，与汤姆没有关系。尽管早已习以为常，但这种情况仍然可能让人迷失方向，会让"我是谁"这个问题的答案变得扑朔迷离。

在这本书出版后，我四处参加巡回签书会，与读者进行讨论交流，但在这个过程中，我收获了意想不到的经历。我觉察到与我相遇的人态度发生了变化。来参加活动的人似乎不仅因为德拉科而认识我，而是真正了解我是谁。他们了解我的音乐、我的哥哥、我的父母和外公、我的舞台剧作品和狗狗。突然之间，我感觉自己已不只是他们童年记忆中的一部分，而成了一个有更多未来想要去成就的人。我觉得，我不必再总是回头追忆往事，而是可以真正向前看了。

如果你是这些人中的一员，我要在此说声感谢。

我一直坚持，如果要讲述自己的故事，就要尽可能地做到开诚布公。对我来说，这是一个宣泄的过程，一种潜移默化的治疗方式。各位拿在手中的书或是正在听的故事虽然是这一过程的最终成品，但重点几乎不在于此。将多年来的潦草笔记结集成清晰连贯的文字成了我的个人诉求，一旦完成，我便把这个版本的自己已经公之于世的事实抛之脑后。每当有人问起："威洛还好吗？"，或是提起我的干预经历，或者谈到我在戒毒所的短暂小住，我都会一时反应不过来。他们是怎么知道这种事的？有时候，我要过一会儿才会恍然大悟：真糊涂！不是你自己把这些糗事抖给全世界的嘛！

让我没有想到的是，大家对我这些故事的反应改变了我对自己的看法，而那些在我看来最难下笔的部分，似乎对读者们也有重大的意义。更重要的是，这些故事也为他们带来了帮助。这让我反思，从某种程度来说，我们都是迷途之人。套用我的一首歌中的一句歌词："有些人只是比其他人更加迷失罢了。"想到有人可能因为阅读我的经历而不再那么茫然无措，我心中的快乐难以言喻。想到这些人可能将从我的故事中获得的启发与他人分享，想到这股正能量或许会成为一波自我延续的浪潮，这简直超乎了我的想象。然而，这种可能似乎已经成为现实。

从世界各地得到的爱与支持通过互联网不断传播，让我始料未及。但我并没有忘记，在哈利·波特社区内外的世界，网络世界的互动并非全都是积极向上的。作为这个世界的一个成员，我也开始思考起我们在公共场合自我表达时应负的责任。

在我们生活的时代，只要愿意，人人都能拥有表现的平台。在这个世界里，每个人都可以通过点击发送键或是滑动智能手机来发表自己的观点。在过去，粉丝的来信要花上三个月才能寄到我手里，回复信件也需要同样长的时间。如今，这样的交流只需几秒钟就能完成。无论是沟通互动还是世界变化的速度之快，都让人捏了一把汗。在我看来，面对瞬息万变的现实，我们也必须高速学习。但是，我不确定我们学习的速度足够快。

互联网是一种神奇的工具,能够打造社群,将充满激情的人们聚集在一起。我们可以与世界任何地方的任何人同时交流,这让每个人拥有了影响他人幸福感的巨大力量。然而,这种力量有好有坏。任何了解哈利·波特的人都一定明白,力量必须用于正途。

在我看来,不知何时,我们已经忽略了这一点。有时候,互联网带来的好处会被其阴暗面所掩盖。造成这种阴暗面的是网络上的挑衅、暴力和仇恨,是在气头上肆意发表意见而毫不顾及持相反观点的人的感受。我从切身经历中体会到,如果能通过更加积极的方式对这些工具加以利用,每个人都能收获更多的快乐。我亲眼见过这一切,也相信改变正在发生。我希望捍卫人们表达自己,而且不必担心招致恶语中伤的权力。羞辱他人愚蠢无知很少能带来什么真正的好处,但开放、诚实、尊重的对话,却能让我们受益良多。学会独立思考,但不要独断专行。我们需要将互联网及其赋予的自由当作一种仁慈的力量加以利用。之所以这么说,不仅是因为另一种选择会将我们引向极为黑暗的深渊,也因为只有各抒己见、倾听他人,以及最为重要的与人为善,这个世界才能变得更加美好。


并非我认识的每个人都很享受阅读这本书的每一页内容。书中的一些章节,对我的家人来说是难以接受的,比如,妈妈说什么也不忍细读"三贤士"的部分。她希望自己能够及时干预,但实际上她根本猜不到当时我脑子里在想些什么。然而,在我得到的所有反馈中,有一条让我尤为难忘,我想在本书的结尾,与大家分享这条来自外公的感受。

大家还记得我的外公吗？就是教德拉科冷笑的那位。在我所有潜在读者中，他的阅读感受最让我热切期盼，也最让我忐忑不安。他会喜欢我的书吗？还是会嗤之以鼻呢？他会不会不无道理地认为，三十三岁的我人生阅历还有所欠缺，不该现在就写自传？这种可能我也料想过。如果真是这样，我相信他一定会对我直言不讳。

老实说，外公上了年纪，我不确定他是否还有力气读这本书。因此在去见他的时候，我有些犹豫，打算朗读几章给他听。到了外公家，我们在一起坐了一会儿，喝喝茶，吃了些饼干。大家可能还记得，我的外公虽然是一位才华横溢的科学家，但他一心致力于艺术。我们没有开门见山地提到我的故事，而是讨论了另一个完全不相干的故事：迪伦·托马斯[1]的《牛奶树下》[2]。我们一起读了几段台词，考虑如何改编成一部现代舞台剧。最后，我终于鼓起勇气，开口说："外公，我想给您读一章我书里的内容。"

"你的书？"

"对，我的书。"

"我已经读过了，读了两遍呢。"

"是嘛！那您觉得怎么样？"

他朝我倾身，摸了摸自己长长的白胡子，从眼镜上方用邓布利多一般的眼神凝视着我："我真的……"

"什么？"

"……真的……"

---

[1] Dylan Thomas，威尔士诗人、作家，作品有十九行诗《不要温和地走进那个良夜》等。
[2] *Under Milk Wood*，迪伦·托马斯于1954年创作的广播剧，后被改编成舞台剧、电影和电视版本。

"真的什么?"

"……挺喜欢的。但是,汤姆?"

"怎么了,外公?"

"我们继续回到《牛奶树下》,好吗?"

我笑了,因为我知道他的言下之意,真不愧是位睿智的老巫师。

外公是在告诉我:汤姆,你才刚刚起步,还没有什么成就可言呢。第一章或许已经画上了句号,但我们不要总是回顾往事,而要展望未来。

汤姆,让我们继续下一篇章吧,因为,人生的好戏还在后头呢。

# 致 谢

感谢埃伯瑞出版公司的巫师们，尤其是克莱尔·柯林斯、安德鲁·古德费洛、夏洛特·哈德曼、杰西卡·安德森、帕齐·奥尼尔、雪莉斯·罗伯逊、莎拉·斯佳丽、丽贝卡·琼斯和珍妮特·斯林格，感谢大家为这本书的问世付出的心血。感谢我的文学经纪人斯蒂芬妮·思韦茨，柯蒂斯·布朗文学经纪公司的各位。感谢我的法语和二次方程老师亚当·帕菲特，感谢你的耐心指导以及文学造诣。

感谢来自世界各地的粉丝团体，尤其是官方粉丝团feltbeats.com的姑娘们和她们的不懈支持。感谢约翰·阿尔坎塔尔向我介绍了各大动漫展，并带我走遍世界。感谢我的团队：加里·奥沙利文、克里夫·默里、贾斯汀·格雷·斯通、艾利森·班德、史蒂文·格什、杰米·费尔德曼、斯科特·沃马克和罗米莉·鲍尔比，感谢大家一直以来对我的支持。感谢在一路上帮助过我的人：安妮·伯里、苏·阿巴克斯、玛克辛·霍夫曼、迈克尔·达芙、妮娜·戈尔德、彼得·休伊特、安迪·坦南特、克里斯·哥伦布、阿方索·卡隆、迈克·纽维尔、大卫·叶茨、凯文·雷诺兹、阿马·阿桑特、查理·斯特拉顿、莎拉·舒格曼和瑞秋·塔拉雷。感谢约瑟夫·费因斯、安迪·瑟金斯、保罗·霍奇、山姆·斯温斯伯里、格兰特·古斯汀以及已故的戴夫·勒盖诺，感谢大家在我人生某一阶段对我的关照。感谢詹森·艾萨克，他是一个儿子能遇到的最可遇而不可求的"第二爸爸"。感谢里奇·杰克逊，梅利莎·塔姆希克和她的妈妈安妮，还要感谢泰莎·戴维斯、迈克尔·伊格尔-霍奇森、史蒂维·查林斯、罗布·查林斯、妮娜·查林斯、马特·"大厨"·怀特、丹·洛尔等所有人，感谢你们在我的成长过程中制造出美好回忆。感谢杰德、史蒂夫·G和戈登一家，感谢你们张开双臂迎接我。

  感谢德里克·皮茨，谢谢你做我的好——好——好兄弟。感谢格雷格·西佩斯，感谢你教会我如何与海鸥谈心。感谢丹尼尔·雷德克里夫和鲁伯特·格林特，感谢我们在霍格沃茨以及毕业后的友谊。感谢艾玛·沃特森，感谢你多年来一直跟我心心相印地"嘎嘎"叫。感谢每一位"哈利·波特"系列电影的工作人员，感谢你们塑造了今天的我。感谢我的哥哥们，感谢你们帮助'小矮子'脚踏实地，谦虚做人。感谢我的外公外婆和爷爷奶奶，尤其是外公和外婆温迪·伯德，感谢你们鼓励我探索生命的奇迹。献给我亲爱的海马[1]，感谢你为我的每一天点起光明，感谢你教我学会了巴松管。

  最后，我还要发自内心地感谢我的父母，感谢他们所做的一切。

---

[1] 本名为罗克珊（Roxanne），汤姆2018年在开普敦拍摄英剧《起源号》时一位女性好友的绰号。

BEYOND THE WAND:THE MAGIC AND MAYHEM OF GROWING UP A WIZARD
by TOM FELTON
Copyright © Tom Felton, 2022
This edition arranged with Ebury Publishing through Big Apple Agency, Inc., Labuan, Malaysia.
Simplified Chinese edition copyright:
2024 NEW STAR PRESS Co., Ltd.
All rights reserved.

著作版权合同登记号：01-2024-1955

**图书在版编目（CIP）数据**

魔杖之外：德拉科·马尔福成长中的魔法与混乱 /（英）汤姆·费尔顿著；靳婷婷，余汀，黄韵歆译．— 北京：新星出版社，2024.9（2025.10重印）．— ISBN 978-7-5133-5723-4

Ⅰ．I561.55

中国国家版本馆 CIP 数据核字第 2024B37Q28 号

幻象文库

**魔杖之外：德拉科·马尔福成长中的魔法与混乱**
[英] 汤姆·费尔顿 著；靳婷婷 余汀 黄韵歆 译

责任编辑　施　然　　　　监　制　黄　艳
责任校对　刘　义　　　　责任印制　李珊珊
封面设计　冷暖儿

出 版 人　马汝军
出版发行　新星出版社
　　　　　（北京市西城区车公庄大街丙3号楼8001　100044）
网　　址　www.newstarpress.com
法律顾问　北京市岳成律师事务所
印　　刷　北京美图印务有限公司
开　　本　910mm×1230mm　1/32
印　　张　10
字　　数　225千字
版　　次　2024年9月第1版　2025年10月第9次印刷
书　　号　ISBN 978-7-5133-5723-4
定　　价　89.00元

版权专有，侵权必究。如有印装错误，请与出版社联系。
总机：010-88310888　　传真：010-65270449　　销售中心：010-88310811

Tom Felton has asserted his right to be identified as the author of this work in accordance with the Copyright, Designs and Patents Act 1988.

Every effort has been made to fulfil requirements with regard to reproducing copyright material. The publisher and author will be glad to rectify any omissions at the earliest opportunity.

All images from the author's private collection or reproduced with kind permission of the following rights holders:

Abacus Agency. Warner Bros (Licensed By: Warner Bros. Entertainment Inc. All rights reserved.). Total Carp magazine. Getty Images (Dave Benett / Contributor). PA Images (Alamy Stock Photo). Amy Stares. Getty Images (Kevin Winter / Staff). Getty Images (Stephen Lovekin / Staff). Twentieth Century Fox ('RISE OF THE PLANET OF THE APES' © 2011 Twentieth Century Fox. All rights reserved). Alamy (© 20TH CENTURY FOX / Album). Alamy (Collection Christophel © 2011 Tandem Productions GmbH & F / DR Photo Kelly Walsh). Sony (RISEN © 2016. Fifty Days Productions LLC. All Rights Reserved. Courtesy of Columbia Pictures. Alamy (Rosie Collins / © Sony Pictures Releasing / courtesy Everett Collection). Twentieth Century Fox and Pathe ('A UNITED KINGDOM' ©2016 Pathe Productions Limited, British Broadcasting Corporation and British Film Institute. All rights reserved. Still provided courtesy of Twentieth Century Fox and Pathe). Alamy (Prod DB © Film United - Harbinger Pictures - Pathe / DR A UNITED KINGDOM de Amma Asante 2016 GB/USA/TCH). © IFC Films / Covert Media. Alamy (Dusan Martinicek / © IFC Films / courtesy Everett Collection). Alamy (Levitate Film / Caviar Films / Album). Nick Rutter.

22 September 1987

雅里郡

我出生几分钟后，爸爸妈妈，哥哥们和强褓的我

1991

我和妈妈

法国1993

我和爸爸一起度假

一次家庭露营

金克 克里斯 我 阿什

我父母的房子

和金克、克里斯和阿什一起长大

身穿格兰芬多黄瓜配色

校园生活

... 纽约

我和"外公"拍的第一支广告

真外公坐在霍格沃茨礼堂的教授桌上

小时候登台演出的打扮

abacus agency
39 Horne Road
Shepperton
Middlesex TW17 0DJ
Tel: 01932 568224
Fax: 01932 568225
Full C.V's available from Agency

TOM FELTON

Television: James in BUGS -Carnival Films
Film: Peagreen in THE BORROWERS - Working Title Films
Radio: Hercule in HERE'S TO EVERYONE. Ioeth in THE WIZARD OF EARTHSEA -Both BBC
COMMERCIALS
SINGS. VIOLIN

Height 4 feet 6 inches    Blue Eyes    Tony Arnold 1998
D.O.B. 22.9.87

"反斗神偷"边玩边拍

我和妈妈在谢伯顿制片厂

1996

我和朱迪·福斯特在马来西亚拍摄"安娜与国王"

一个斯莱特林的养成

2001

"哈利·波特"早期的岁月

和艾玛、鲁伯特一起当麻瓜学生

小时候的快乐源泉

克里斯·哥伦布指导
我们拍摄的第一场大戏

谢打,戴立,谢打,乔什!

霍格沃茨特快列车旁
第一张DVD发布

To mum Love u Loads *Tom Felton*

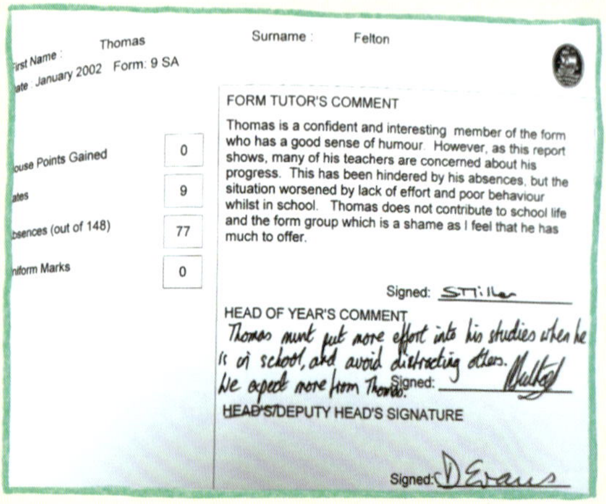

| First Name | Thomas | Surname | Felton |

Date: January 2002  Form: 9 SA

**FORM TUTOR'S COMMENT**

Thomas is a confident and interesting member of the form who has a good sense of humour. However, as this report shows, many of his teachers are concerned about his progress. This has been hindered by his absences, but the situation worsened by lack of effort and poor behaviour whilst in school. Thomas does not contribute to school life and the form group which is a shame as I feel that he has much to offer.

Signed: STiller

**HEAD OF YEAR'S COMMENT**

Thomas must put more effort into his studies when he is in school, and avoid distracting others. We expect more from Thomas.

Signed: _____

**HEAD'S/DEPUTY HEAD'S SIGNATURE**

Signed: DEvans

| House Points Gained | 0 |
| ates | 9 |
| bsences (out of 148) | 77 |
| niform Marks | 0 |

妈妈:
爱你!
汤姆·费尔顿

早年褒贬不一的成绩单评语.

罗彼

马丁

海格和诡异的橡胶汤姆

和艾玛一起出席
迪士尼盛典

赞尔顿兄弟去大学
拜访我

2007

我和妈妈准备前往
"哈利·波特"首映礼

我和克里斯·哥伦布
合照于纽约

阿方索的我介绍《凤凰社们的娇娃》

HP3

《哈利·波特与阿兹卡班的囚徒》拍摄现场
和我最爱的"鹰头马"相处甚欢

百老汇后台

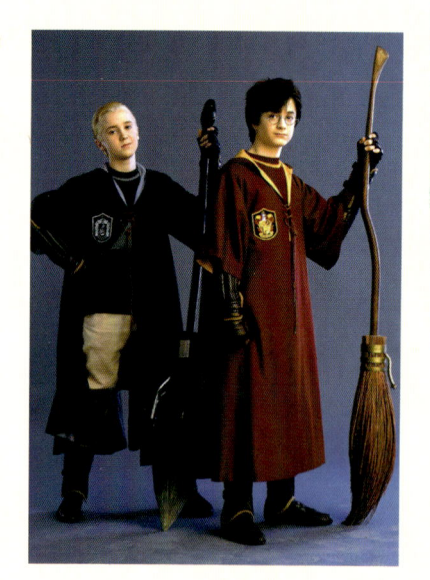

魁地奇和板球
我和丹都是对手

和大卫·赫尔姆斯合照
斯莱特林又一次大获全胜

日本的一场漫展 　　　戏外和格雷伯拥抱

马尔福三口之家 　　　比拥抱老伏好多.

韦斯莱之爱 　　　格兰芬多别墅暨高尔夫一场

戏里戏外啪啪打脸

和艾伦一起走红毯

和最好的伙伴一起"嘎嘎"叫

"猩球崛起"(2011) 　　　跃入好莱坞

2018 在码头边玩滑板 　　　洛杉矶街头卖艺

粉丝见面会

# 不同版本的我

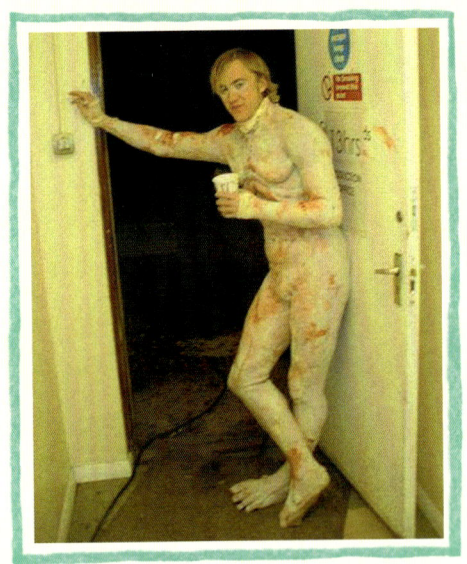

"危机13小时"(2016)

"联邦调阅"(2016)

"迷宫"(2012)

约瑟夫·费因斯

"复活"(2016)

"奥菲莉娅"(2018)

"被遗忘的战役"(2020)

加州海滩上的日子

威洛,我最好的朋友

(她长大了一点儿)

我和格雷格·西佩斯
在威尼斯海滩

戏里死对头
戏外好朋友

比翠丝·罗米利　　曼迪·吉尔　　山姆·斯温斯伯里

我在伦敦西区初次登台